水のかたち 上

宮本　輝

集英社文庫

水のかたち　上

一

百五十四年前の嘉永《かえい》六年に文机《ふづくえ》として作られ、十七年前の平成二年に脚を接《つ》ぎ足して椅子に腰掛けて使うようにしたあの机の前に坐《すわ》り、いつのまにか自然に出来てしまったというゆるやかな机上の窪《くぼ》みを見つめていたくて、志乃子《しのこ》は「かささぎ堂」へと歩きだした。

それは、おおかたの人が机の上に両肘をつくであろう箇所に出来た、たとえ誰かが水をこぼしても決して溜《た》まらない程度の窪みなのだ。

志乃子がその凹みに気づいたのはほんの十日程前で、見入っているうちに、中国の故事を思いだしてしまった。

長遠な年月を表現するための故事で、現実には有り得ない話だが、自分の空想癖や、悠長で機敏ではないと人から評される性格は、あの故事との出会いで確固たるものになったのだと志乃子は気づいた。

純白の大きな鳥が百年に一度飛んできて、ひとつの決まった岩の上で羽根を休める。鳥はそこで羽根を拡《ひろ》げ、嘴《くちばし》で羽づくろいもする。そのとき純白の羽根が岩に触れる。しばらくすると鳥は飛び立って行き、再び百年後にやって来て、また同じことをする。そうやって鳥の羽根が触れた岩の一部分が白くなるほどの歳月……。

その故事があらわそうとした厖大《ぼうだい》な時間の推移とは比べるべきではないにしても、志乃子は厚さ四センチほどの一枚板の堅牢な文机の表面がかすかに窪むほどの人々のさまざまな頬杖を空想してしまったのだ。

文机には抽斗《ひきだし》がない。高さや幅から推定すると、その前にあぐらをかいて坐れば、机上で書き物は出来ない。本を読むにも無理な姿勢を強《し》いられる。だからあの文机を使おうとする人は正坐《せいざ》をするしかなかったはずだ。そうやって手紙をしたため、あるいは帳簿をつけたり日記を書いたりしたのだ。

書き物に疲れたり、文章がつづかなくなったら、筆を擱《お》いて机の上に肘をつき、さてどうつづけようかと考えにひたったり、茶を飲んだり、硯《すずり》で墨をすったりしただろう。

そうやって大切に使われてきて、いつのまにか自然に出来た窪みは、あの文机の価値を損なうどころか、木の机という感情のない生活用具を生き物に似た何かに変えてしまった。

志乃子は、あさっての自分の五十歳の誕生日祝いに、夫には話していないわずかな貯えを使ってあの文机を買えないものかと思った。いったい幾らくらいで売ってくれるだろうか。「かささぎ堂」は十年くらい前までは骨董品も扱っていたという。そんな結構な店ではなく、古道具屋だ、ただのがらくた屋だったという人もいる。

主人が亡くなってから、夫人が喫茶店だけにして営業をつづけてきたらしい。喫茶店といっても、店に並べていたがらくたを処分して、屋号は「かささぎ堂」のまま、コーヒーとカレーライスしか出さないのでメニューはなく、壁にその二品目だけ書いた紙が貼ってある。

脚を接ぎ足した文机は客のためのものではなく、活けた花を置く台として使われているのだ。

「かささぎ堂」は来月一杯で店を閉めるらしい。さして大切に扱われているとは思えないあの文机は、店を閉めたあとどうなるのだろう……。

志乃子は江東区の門前仲町《もんぜんなかちよう》まで歩いて十分ほどのところにある小さな公園にさしかかったところで、五十歳の誕生日なんておもしろくもありがたくもないと思い、歩を止めた。女が五十歳になって何がおめでたいのか……。夫に内緒の貯えは三十万円とちょっと。三年前に父が死んだとき、いまのうちに渡しとくよと言って母が手渡してくれた三百万円は十分の一に減ってしまった。

父が遺してくれたものがどのくらいなのか知らないが、母は自分の面倒をみてくれるのは志乃子ではなく姉の美乃《みの》なのだと考えて分配額を算出したにちがいなかった。

姉の美乃は五十三歳。結婚したが二度の流産のあと三十三歳のとき離婚した。その後実家に戻って両親と一緒に暮らし、結婚前に勤めていた横浜の病院に再就職した。医療保険請求の事務を長くつづけて、再婚しないまま、いまは八十歳の母の世話をしながら週に三日だけ病院の事務局で働いている。

「お金の要ることばっかりだもんね」

志乃子は小さな二階屋の低い門柱の上で昼寝をしている白い猫に向かってつぶやき、「かささぎ堂」のコーヒー三百八十円もなんだかひどく勿体《もったい》ない気がして家に引き返そうと踵《きびす》を返した。すると、うしろに「かささぎ堂」の女主人が立っていた。

「ああ、やっぱり能勢《のせ》さんだわ」

と言い、「かささぎ堂」の女主人は両腕でかかえていた段ボール箱をアスファルト道に降ろした。

どうして私の名を知っているのだろうと思いながら、志乃子は、いまお店に行こうとしていたところだと言ってしまった。

「それ、何ですか？」

「カレーに使う野菜なの。茄子《なす》、たまねぎ、じゃがいも、にんじん。いつも店まで届けてくれるんだけど、その人が怪我《けが》をして入院しちゃって……。お見舞いに行って、その帰りに仕入れて、仕方がないから私がここまで運んで来たのよ。もう重くて重くて。ちょっと一服しなきゃあ」

もう間違いなく七十歳を過ぎているであろう女主人は、六月だというのに毛糸の白い靴下を穿《は》いている。

「怪我をしたって、そこのスーパーの店員さんですか？」

と訊《き》きながら、志乃子は野菜が入っている段ボール箱を持ち上げた。思いのほか重くて、危うく腰の筋を痛めそうになった。人はこうやって腰を痛め、腰痛持ちになっていくのだなと志乃子は思った。

「清澄《きよすみ》通りに馴染《なじ》みの八百屋さんがあるのよ。野菜はいつもそこで買ってて、配達してくれるんだけど、手伝ってるおかみさんは車も運転出来ないし自転車にも乗れないの」

志乃子は自分の肩に下げていたショルダーバッグを女主人に持ってもらって、「かささぎ堂」へと歩きだした。

自分が立っている場所から東西南北をざっと見渡しただけでも、この地に引っ越してきて以来、いつのまにか遠くにも近くにも高層ビルが建ちつづけていて、古い店舗兼住居の居並びの少し上に視線を向けると、そのたびに景色が様変わりしていることに驚いてしまう。

引っ越して来たころは、家の横の通りにまで出れば、毎年七月の末ごろに催される隅田川の花火大会で打ち上げられる花火の一部が見えて、それを遠くから眺めることがかえって風情《ふぜい》をもたらしている気がして好きだったのだ。

だが、四年前に、花火を打ち上げる場所と志乃子の家とを結ぶ線上に二十数階建てのマンションが建ち、翌年にはその近くに同じようなビルが完成して、風に乗って音は聞こえても、花火のかけらひとつ見えなくなってしまった。

志乃子の生活圏は、家から南側の門前仲町周辺、深川不動尊と富岡八幡宮を中心とする界隈《かいわい》、その北側の古い商店が並ぶ清澄通りのほんの一角だけということになる。

永代橋《えいたいばし》から門前仲町へとつづく大通りにも、多くの店舗が軒を並べている。居酒屋、和菓子屋、荒物屋、精肉店、鮮魚店、理容院、美容院、喫茶店、惣菜屋《そうざいや》、八百屋、果物屋、提灯屋《ちょうちんや》……。

昔ながらの商店が店を閉めていって、歯が抜けたようなありさまが全国の都市や町に増えつづけていることを考えると、志乃子の生活圏ではそれらは活気を保っている。

しかし、そんな大通りから少し奥まった路地に入ると、商売をやめてしまった店舗やシャッターを降ろして、建物そのものも人が住んでいるのかどうかもわからないほどに傾いていたりする。

自転車で買い物に出るたびに、志乃子は公園の多さに感心するし、最近は地方都市でさえ目にすることがなくなった懐かしい光景としょっちゅう出会う。

子供たちがそれらの公園で、喚声をあげて走りながら、泥まみれになって遊んでいるのだ。志乃子が子供だったころに興じた素朴な遊びは、門前仲町周辺の子供たちに引き継がれたとさえ思えるほどだ。

不動尊から清澄通りへと抜けられる道は、このあたりでは最も大きい公園があり、子供たちだけでなく老人たちがゲートボールとか、ペタンクという金属の玉を使うゲームに没頭しているが、その公園を出て少し南に行くと、「門仲のゴールデン街」と呼ばれているらしい狭い通りがあらわれる。

せいぜい二十メートルあるかないかの細道の両側には、映画のセットに似た店舗がつづく。スナック、お好み焼き屋、モツ専門店、小料理屋、カラオケ・バーなどには、あとからつけ足した違法建築ではないのかと思える二階があって、どれもおとなは背を屈《かが》めるか中腰になるかしないと天井にぶつかってしまいそうなのだ。

近道をしたいとき、志乃子はその細い通りを自転車で抜けて行くのだが、そのたびに新宿のゴールデン街のほんの一部を切り取って運んで来たかに見える一角が「門仲のゴールデン街」とは言いえて妙だなと思うのだ。

その猥雑《わいざつ》な下町と多くの樹木が繁る公園とがいっしょくたになっているところから「かささぎ堂」までは、歩けば十五分近くかかるし、趣きも一変する。家は多いのに、どこか閑散としているために、そのあたりから見える多くの高層ビルは、志乃子にはどれも真新しい巨大な廃墟《はいきょ》としか感じられないのだ。

「かさぎ堂」の女主人は、八百屋の店主は階段をたった一段踏み外しただけなのに、踵《かかと》の骨が五つに割れてしまったのだと言った。

「たった一段よ。階段から落ちたんじゃないのよ。落ちそうになるのを、おっとっとっとって踏みこらえた瞬間に、踵から脳天まで火柱が走ったみたいな痛みで動けなくなっちゃったんだって。踵の骨って、他の骨と違ってそこだけスポンジ状になってるから、折れると大変らしいわ」

まだたったの五十メートルほど歩いただけなのに腕がだるくなってきたが、七十を過ぎた女が駅の向こう側から一キロの道を運んで来たのだからと思い直し、志乃子はなぜ自分の苗字を知っているのかと訊いた。こないだ初めて夫とコーヒーを飲みに行っただけなのに、と。

「だってご主人はうちの常連さんなんだもん。週に二回はうちにカレーライスを食べに来てくれるから」

「えっ？　そうなんですか……。そんなこと知りませんでした。カレーライスがうまいらしいから行こうって誘われただけで。でもコーヒーを飲んだだけですけど」

「お越しになるのはいつも夜よ。七時とか八時とか。うちは夜の九時まで店をあけてるから。店をあけるのは昼の十一時半だけど」

夫はどうしてそんなことを私に隠しているのだろうと不愉快な気分になったが、それが表情に出ないように気をつけながら、志乃子は人が渡っているのを見たことがない歩道橋の手前の細道を左に曲がり、「かささぎ堂」の店の前に段ボール箱を置いた。店の南隣は文具店で北隣は畳屋だが、どちらも店を閉めてかなりの年月がたっていそうだった。細道に並ぶのは古い民家で、その民家に混じって塗装店や金物屋がある。志乃子の家の周辺とたたずまいは同じだったが、その道の二筋向こうは清澄通りという広い幹線道路なのだ。

コーヒーの香りのする店内に入り、

「来月一杯ですね」

と言って、志乃子は紫陽花《あじさい》を活けてあるガラスの花器と文机を見つめた。

「私は閉めたくないんだけど、月の純益が四、五万しかない商売なんて畳んじゃえって息子が言うもんだから。自分の家を店にして家賃が要らないから、たとえ四、五万でも利益があがってるんだ。もし家賃を払わなきゃいけない店だったら一カ月保《も》たないんだぞって。でも娘は、四、五万でも利益があるんだから、お母さんはこのお店をつづけたほうがいいって言ってくれるんだけど、息子にしてみたら、七十二歳の母親を働かせてるのがいやなのよね。なんとなく罪の意識みたいなのがあるんだと思うわ」

サイフォンでコーヒーを淹《い》れながら女主人は笑顔を志乃子に向けた。

「この机、いいですねェ。見惚《みと》れちゃいます」

「あら、そう？　そんなこと言ったお客さんは初めてよ。主人が生きてたら喜ぶわ。欲しかったら持ってっていいわよ。どうせ捨てるつもりだったんだから」

「えっ？　貰《もら》っていいんですか？」

「この狭い店に邪魔だったの。貰ってくれたらありがたいわ」

「ほんとにいいんですか？」

志乃子が茫然《ぼうぜん》とした目を向けると、

「迷惑でなかったら、椅子も一緒に持ってってくれたらもっとありがたいんだけど」

そう言いながら、女主人はサイフォンをふたつ置いてある低いカウンターの向こうから出て来て、机の上の花器を客用のテーブルに移した。

「さあ、持って帰って」

この人はとんでもなくせっかちな性分なのだ。いますぐに持って行かないと気が変わるかもしれない……。

志乃子はそう思ったが、急いで歩いても十分はかかる家まで机と椅子をかつぎつづけることは不可能なのだった。

夫の琢己《たくみ》が仕事で使うワゴン車なら運べるが、普通の乗用車では無理であろう。きょう夫は千葉県の老朽化した団地で仕事をしていて帰りは遅くなる予定だ。息子の啓次郎《けいじろう》も帰宅が何時になるかわからない。娘の茜《あかね》に手伝ってもらおうか。部活はきょうは休みだと言っていたような気がする。

志乃子は咄嗟《とっさ》に頭をめぐらせて、ショルダーバッグから携帯電話を取り出すと、茜の番号のボタンを押した。

「お母さんだけど、いまどこ？」

「家まで十分くらいのとこ。トシ坊と一緒なの」

と茜は同級生の名を口にした。志乃子は手伝ってもらいたい事態が発生したのだと言い、「かささぎ堂」の場所を教えかけたが、

「ああ、知ってる。おばあさんがひとりでやってる喫茶店でしょう？」

と言って、何を手伝うのかを訊いた。

「机と椅子を家まで運んでもらいたいの」

「えっ！　それって重労働なんじゃないの？」

「うん、かなりのね。敏之《としゆき》くんにも手伝ってもらってよ」

トシ坊と相談しあっている声がくぐもった音で聞こえたが、

「カレーライスをご馳走《ちそう》してくれるなら、俺ひとりで運んでやるって」

と茜は言った。

志乃子は承諾し、電話を切ると机の脚の内側に彫ってある文字にあらためて見入った。

——嘉永六年三月　神崎長雲作——

この文机を神崎長雲という人が作った年にペリーの乗った黒船が来航したこと。それから百五十四年がたつことを、志乃子は長男の智春《ともはる》にネットで調べてもらったのだ。

「六月に入ったばっかりなのに閉め切ってると暑いわねェ」

と言い、女主人は細道に面した窓をあけてから、淹れたばかりのコーヒーをテーブルに運んだ。志乃子は椅子に腰かけて自分の名前を口にした。

「私は能勢志乃子っていいます。子供が三人。上と真ん中が男で、下が女。二十二歳と二十歳と十六歳」

「私、笠木恵津《かさぎえつ》です。子供ふたりに孫四人。きょうは重たい荷物を運んでもらったうえに、この粗大ゴミまで引き取ってもらえて、能勢さんに感謝感謝ね」

「私、こういう古い物が好きなんです。子供のとき、父のお友だちから『きみはなかなかの目利きだ』って褒められてから、ますます好きになっちゃって、焼き物とか工芸品の専門書を読むために図書館通いをした時期があるくらいで……。結婚してからは、そういうものとは遠ざかってしまってたんですけど、この文机を見たとき、ああ、やっぱりこういう古いものっていいなァって……」

「文机のままだったら値打ちがあったらしいのよ。でも主人が浅草の何とかっていう指物師《さしものし》に頼んで脚を接ぎ足しちゃって。それで二束三文になっちゃったって残念がってたわ」

「どなたがですか？」

「美術骨董品を扱ってる専門家が」

それから笠木恵津は志乃子とテーブルを挟んで坐り、天井を指差した。

「古いものがお好きなんだったら、二階に山ほどあるわよ。床が落ちないか心配になるくらい。がらくたばっかりだけど」

志乃子は見せてもらいたかったが、これから机と椅子を家まで運ばなくてはならなかったし、洗濯物を取り込んだら、すぐに夕飯の仕度を始めたかった。

自分の夫は長く海運会社に勤めていたのだと笠木恵津は言った。

原油と天然ガスを運ぶ大型タンカーの乗員として、中東の石油産出国、主にサウジアラビアやアラブ首長国連邦とを行き来する航海の日々をすごした。日本から出港すると最短でも二カ月は帰ってこない。途中、幾つかの国々の港でタンカーの燃料を給油するとき以外は船のなかでの生活がつづく。

二十五歳のときから定年の二年前まで大型タンカーでの航海の日々だった。

夫が定年を迎えてから一年近くは、夫婦で日本のあちこちを旅して廻《まわ》ったが、夫婦ふたりきりの旅というものはどうも揉《も》め事《ごと》が多い。

男と女の違いなのであろう。こちらはせっかくの旅なのだからと名所旧跡は隈なく見て廻りたいのだが、亭主のほうはそういうものに興味を示さず、宿でゆっくりしていたいのだ。こちらは、夫婦別々の生活が長くつづいてきたので、毎日寝ても醒《さ》めても亭主が側にいるというのはうっとうしくてたまらない。

それで一年もたつと旅をやめてしまった。夫がこの土地と家を買ったのはそのころだ。大型タンカーの給油地であるインドのムンバイで知り合った食堂の店主から教えてもらった本場のカレーを作って出すカレー専門店をやると言いだしたのだ。それだけでも私や子供たちから大反対の声があがったのに、夫はそのカレー専門店で美術骨董品も並べたいと言いだした。

結婚して三十五年間、私は夫の口からただのひとことも美術骨董の話題が出たのを耳にしたことはなかった。

だが夫は勝手に準備を進めていき、「かささぎ堂」などというへんてこりんな屋号をつけて開店してしまった。

夫があちこちから仕入れて来た美術骨董の品々は、そんなものにまったく興味も知識もなかった私が見ても、ただのがらくたとしか見えなかった。古伊万里の大皿やぐい呑《の》みがあるかと思えば、どこの国のものか見当もつかない汚れた奇怪なお面もある。浮世絵の版画もあれば根付けもある。大蛇がのたうっているような判読不明の書。江戸時代の煙管《キセル》。朝鮮の李朝時代の家具。蒔絵《まきえ》細工の手文庫。古唐津の油壺《あぶらつぼ》。古九谷の絵皿。

茶釜。志野焼《しのやき》の抹茶茶碗。戦国時代の武将の鞍《くら》や鐙《あぶみ》……。

よくもこれだけ不統一に集めたものだとあきれるばかりで、そのどれもが「本場のカレー」の専門店とは水と油の代物だ。

肝心のカレーも、日本人の味覚ではスープカレーの範疇《はんちゆう》に入るもので、とろみというものがなく、それをかけたご飯は、カレー味の雑炊と化してしまう。

口出しはすまいと決めていたが、ついにたまりかねてカレーにとろみをつけようと提案し、少し小麦粉を入れ、さらにあれこれと工夫をして、いまの「かささぎ堂」のカレーを作り上げたのは私だ。

あとから知ったのだが、夫がカレーのレシピを学んだインド人はヴェジタリアンで、彼が営む食堂はヴェジタリアン料理の専門店だったのだ。インドには宗教上の理由でヴェジタリアンが多いという。

だがそれだけに、医食同源の思想に裏打ちされていて、使用するスパイスやその比率によって生み出される味も香りも、日本では滅多に遭遇出来ない深みがあった。

日本人はカレーには牛肉を好む人が多い。それで私はビーフカレーと野菜カレーの二種類を「かささぎ堂」の柱にしたが、訪れた客の多くは食後にコーヒーか紅茶を求める。

せめてコーヒーくらいは出そうということになり、昔から懇意だった銀座の老舗《しにせ》のコーヒー店のご主人に淹れ方を教えてもらった。

そうしているうちにいつのまにか店の切り盛りは私がするようになり、夫は骨董品の掘り出し物を探す旅に専念してしまった。

夫が旅先で仕入れて宅配便でまとめて送ってくる美術骨董品を見るたびに、私は頭をかかえたものだ。いったいあの人には美的センスというものがあるのだろうかと首をかしげる代物ばかりなのだ。

もう酔狂もこのへんにしておいてもらわないと退職金を使い果たしてしまうと真剣に悩み始めたころ、夫の食道に癌《がん》が出来ていることがわかった。病院に行ったときは、もう手遅れだった。食道の癌は肺と脳に転移していて、手術をしても無駄だということだった。病気が発見されて八カ月後に夫は死んだ……。

「死ぬ十日くらい前に、アラビア世界や、寄港地のインドやベトナムで見たことを楽しそうに喋《しやべ》ったわ。航海の途中で巻き込まれた嵐の凄《すご》さとかも」

笠木恵津がそう言って微笑《ほほえ》んだとき、あけてある窓から茜が声をかけた。

「先に家まで運んでからカレーを食べるって」

志乃子が椅子に腰掛けたまま振り返ると、トシ坊が軽く頭を下げ、机と椅子はどこにあるのかと訊いた。トシ坊の父と母は、トシ坊がまだ五歳のときに離婚し、母はそれから三年後に好きな男が出来て、息子を自分の母親に預けて家を出て行った。月々なにがしかの仕送りはしてくるらしいが、トシ坊は八歳のときからずっと祖母とのふたり暮らしなのだ。

学校の鞄を「かささぎ堂」に置き、

「あっ、案外軽いじゃん」

と言いながら、トシ坊は机を両手で持って出て行った。茜は椅子を持ったまま、志乃子の耳元で、買ってほしい服があるのだと小声でねだった。

「智ちゃんの就職祝いに買ってよォ」

「なんで智春の就職祝いに、あんたの服を買わなきゃいけないのよ」

と言い返しながらも、志乃子はわかったわかったというふうに頷《うなず》き返した。あの机がただで手に入ったのだ。そのために使おうと決めていた内緒の貯金から茜の服のお金を捻出しようと思った。こうやって私のお金は減りつづけてきたのだ、と。

「かささぎ堂」の女主人は、どなたかの就職祝いをするのかと志乃子に訊きながら、顔を近づけて志乃子の顔を見つめた。肌の状態を診察する医者のような目つきだなと思い、志乃子は肌を凝視されたくなくてカウンターの右横にある木の階段の上を覗《のぞ》き込んだ。

智春という名の長男がことし大学を卒業して輸入調理器具の販売会社に就職したが、就職と同時に会社が所有している信州の研修所に泊まり込みで三十日間の研修生活に入り、それが終わると横浜支店に配属となってしまい、ついに就職祝いなるものを持つ機会を逸してしまった。

どこかのちゃんとしたレストランでお祝いの会をしようと思っていたが、智春は横浜に同僚とふたりでワンルームマンションを借りて、月に二、三度しか帰ってこないので、何か記念になるものを買ってやることにしたのだ。

志乃子がそう説明すると、

「サラリーマン一年生には間服《あいふく》の背広がいちばん役に立つのよ」

と笠木恵津は言った。

「それも色違いのを二、三着ね。調理器具を作る工場で働いてるんじゃないんでしょう?」

「ええ、主に関東一円のデパートと直約店廻りで一日中外に出てるらしいです」

就職して初めて出社するときに、背広とワイシャツと靴を買ってやったのだが、それもすでにかなり使い込んで、二足目の靴を買ったらしい。もう見た目なんかどうでもいい。軽くて履《は》きごこちのいい靴でないと足が痛くてどうにもならない。志乃子がおとなしい智春に電話をかけると、なんだかひどく疲れた口調でそう言ったのだ。

そのとき、ちゃんとした就職祝いをまだしていないので何がいいかと訊くと、智春は電子レンジが欲しいという。

共同生活をしている青年は京都の料亭の次男坊で、店は兄が継ぐ予定でいま修業中の身だ。次男のほうは料理人になる気はまったくなくて卒業後の進路も実家の家業と何等《なんら》かのつながりのあるものを選んだというのではない。何社かの採用試験を受けて、たった一社、ＭＣインダストリーという会社だけが採用してくれたのだ。それがたまたま輸入調理器具の販売会社だったという。

津並厚《つなみあつし》という名のその青年には、いまは息子に店をまかせて隠居した祖父がいて、その祖父が十日に一度くらいの割合で、自分が作った料理を冷凍して送ってくれる。どんな素材や調味料を使っているかわからない店での外食はしないように。仕事のつきあいでやむを得ないとき以外はマンションに帰って、このおじいちゃんが腕によりをかけて作った料理を解凍して食べるように。

津並厚の祖父が料理を送ってくる発泡スチロールの箱のなかには、必ずそう書いたメモも入っているという。

それらは津並厚と智春が共用する冷蔵庫に隙間《すきま》もないくらい詰まっている。いわしの梅煮、豚の角煮、鮑《あわび》の柔らか煮、プリンの容器に入れた茶碗蒸し、スッポンの煮こごり、鶏と海老のしんじょ……。

だが津並の祖父の思いは、まだほんの少ししか孫の胃袋におさまっていない。

智春も津並も、狭いワンルームマンションに帰って来るのが夜の十時よりも早い日はほとんどなく、帰宅しても発泡酒を飲んで、近くのコンビニで買って来た弁当を食べて寝てしまう。仮に早く帰って来ても冷凍してある料理を解凍するなどという悠長な時間を持つ精神的な余裕がないのだ。

冷凍品を解凍する機能が付いた電子レンジがあれば、京会席の有名な料理人だった津並の祖父の、孫の健康を気づかっての贅沢《ぜいたく》な料理にありつける……。

それが智春の、電子レンジを買って送って欲しいという理由だった。

お金を送ってやるから自分で選んで買えと志乃子は言ったが、電気器具の量販店に行くのも面倒臭いというのだ。

「その横浜にいらっしゃるのが長男なら、次男はまだ学生さん？」

と笠木恵津は訊いた。視線は相変わらず志乃子の顔の肌に注がれている。顔そのものを見ているのではなく、肌を観察しているのだということは志乃子にもわかるのだ。

志乃子はその視線が気になって、笠木恵津の問いとはまったく関係のないことを口にしてしまった。

「ここから横浜までなら電車で通勤できるんだから、余計な家賃を払ってワンルームマンションで暮らさなくても、家から通えばいいのにって、私も主人も言うんですけど、智春はその津並さんていう同期生ととても気が合っちゃって……。家賃は折半だから、津並と一緒に暮らしたいんだって……。まあ、うちも狭いですから。次男も勤め先から帰って来るのは遅くて。帰ってからも鋏《はさみ》の使い方の練習をして、そのカチャカチャって音が耳についで神経に障るんです。きっとまだまだ未熟な鋏使いだから、その音のリズムが悪いんでしょうね」

「鋏？」

そう問い返されて、志乃子は次男の啓次郎は高校を卒業して美容師になるための専門学校に入り、ことしから青山にある美容院で修業を始めたのだと説明した。そして、とうとう我慢できなくなって、私の顔に何か気になるところがあるのかと訊いた。

「ごめんね。私、無作法だなァって思いながらも、能勢さんの色の白さに見惚れちゃって。能勢さんの肌、芯《しん》から白くて、きれいよね。なんだかんだとお金をかけて白くした肌じゃなくて、持って生まれたきれいな肌なんだなァって感心して、ついつい眼が釘付けになっちゃうのよ」

志乃子は照れ臭くて、両手で頰を隠すようにしながら、子供のころはこの色の白すぎるのが大きな劣等感だったのだと言った。

「私、おばあちゃんに似たんです。おばあちゃんもとても色白で目鼻立ちが整ってて……。目鼻立ちは父に似て、色の白いのはおばあちゃんに似て、体つきは母に似たんだって、親戚の人たちはみんなそう言います」

二階に床が抜けそうなほどに置かれてあるという骨董品が気になって、茜もトシ坊もまだ戻って来そうにないので、

「笠木さんが、がらくただと思ってるもののなかにとんでもない宝物が眠ってるかもし

れませんね」

と言い、志乃子は黒光りする木の階段の上を再び覗き込んだ。

「宝物なんてあるもんですか。賭けてもいいわよ」

笠木恵津は階段をのぼって行き、しばらくしてから、

「どうぞ。ちらかってるけど、死んだ亭主の集めたがらくたをご覧になって」

と言った。

一段のぼるごとに軋《きし》む音が変化する階段には、その幅とは不釣合な太くて頑丈な手すりが付いていた。滑りやすい階段なので、息子が手すりを付けてくれたのだと笠木恵津は言った。

二階の北側の窓からは隅田川の東側の運河に架けられた青いアーチ状の鉄橋と、その近くに建つ十五階建ての新しいマンションが見えた。

窓側の八畳と襖《ふすま》で隔てられた六畳で笠木恵津はひとり暮らしをしているらしい。黒ずんだ桐の簞笥《たんす》と年代物の鏡台、それとはまったくそぐわないビニール張りの簡易クローゼットが六畳の間に並んでいる。そのさらに南側の四畳半に「がらくた」は白い大きな布を被せられて眠っていた。

窓ぎわに小さな仏壇があり、その上の鴨居《かもい》のところに白い船員服を着た亡夫の写真が飾ってある。

日頃は閉めたままなのであろう南側の窓をあけてから、笠木恵津はがらくたを覆っていた布を勢いよく取った。

「さあ、気に入ったものがあったら持って帰って」

志乃子の目に最初に入ったのは、陶製でもなければ木製でもない赤銅色の大黒天だった。

がらくた中のがらくただ、と志乃子は思った。このようなものをわざわざ遠くまで出向いて買ってしまう人の美的センスなるものから推し量れば、他の段ボール箱や木の箱に納められているのがいかなるものか想像がつくというものだ……。

「能勢さんちは、一階を不動産屋さんに事務所として貸してるんだったわね？」

と笠木恵津は訊いた。志乃子の夫から聞いたのだという。

「ええ、六年前に杉並区から引っ越して来たんです。夫の従兄《いとこ》の家だったんですけど、ちょうど六年前に、従兄が癌にかかって。従兄の家ではお金が要ることが重なった年で、江東区のあの家を買ってくれないかって頼み込まれて。隅田川から西側に住んでると、その東側って、住むにはちょっと馴染みが薄いでしょう？　住んでる人たちの気風が違うっていうか……。でも、交通の便はいいし、土地は狭いけど三階建てで、一階は貸し店舗にしてその家賃収入があるし……。それでいろんなとこでお金を工面して買ったんです」

時を同じくして、夫が仙台支店への転勤を命じられたことが、従兄の家を買う決心につながったのだが、そんなことまで笠木恵津に説明する必要はあるまいと思い、志乃子は大黒天を持ちあげてそれを部屋の隅に移し、いちばん大きな段ボール箱をあけた。

夫の琢己は大学を卒業すると都内に本社のある照明器具のメーカーに就職した。最初の二年間は信州の松本にある工場に勤務したが三年目に本社の営業部へと転属し、四十七歳になるまで本社勤務がつづいた。

たいていは二、三回の転勤を経験するのが通例なのに、なぜ自分にはその辞令が出ないのだろうと不思議がっていた矢先に、仙台支店への転勤が決まったのだ。よほどのことがないかぎり短くとも五年間は仙台での生活を覚悟しなければならないと知ったとき、従兄の重病と手術が重なった。

六年前は、志乃子は四十四歳。智春は十六歳。啓次郎は十四歳。茜は十歳。思春期の難しい年頃に東京から仙台の学校へ転校させることにも躊躇《ちゅうちょ》したが、さりとて夫に五年以上も単身赴任を強いるのはためらわれた。

しかし、会社勤めの身に転勤はつきものだし、場合によっては長期の単身赴任を余儀なくされるのも珍しいことではない。さてどうしたものかと志乃子が悩んでいると、夫は会社を辞めると言い出したのだ。

従兄が癌を克服するかどうかはどうやら五分五分のようだ。従兄はサッシのメーカーに勤めたあと独立して、建物のサッシの取り付けやメンテナンスの仕事を始めたが、元の勤め先の上司や同僚、それに取引先の人たちの肝煎《きもい》りで、仕事は順調だ。自分で開拓した取引先も増えて、人を雇わなければ仕事をこなせないところまで商売を伸ばした。その従兄に、お前、俺がここまでにした仕事を継いでくれないかと持ちかけられたという。

自分にやれるかどうかわからないが、照明器具メーカーでの二十五年間で、建築関係の会社とのつきあいも多い。それが役に立つかもしれない。

短くとも五年間、下手をすれば十年も仙台でひとり暮らしなんてご免被りたい。それが日本のサラリーマンの宿命だと割り切るしかないにしても、妻と三人の子と長く別れて暮らす生活よりも、自分で商売をするという賭けのほうを選びたい。無から始めるわけではない。従兄が作ってくれたレールに乗って始めるのだ。やれないわけはあるまい。

夫はそう決めて、退職金と貯金と信用金庫の融資で隅田川の東側の土地二十八坪と三階建ての建物を買ったのだ。従兄の癌は手術後五年たって再発せず、去年、医師から寛解を告げられた。従兄夫婦には子供がいなかったので、いまは夫の仕事が忙しいときだけ手伝ってくれて、小学校の教師をしている妻の収入で暮らしている。

志乃子は、段ボール箱のなかの、どうやら朝鮮の古い手文庫らしいものを出した。抽斗が二つ。取っ手のついた蓋《ふた》は開け閉めができるようだが鍵がかかっている。二段の抽斗をあけてみたが鍵はない。手文庫の片面に焼け焦げの跡がある。

これさえなければ、味のある手文庫なのにと思いながら、次に新聞紙に包まれた固いものの中身を見た。頬の部分の塗りが剝落《はくらく》した能面だった。

うぐいすが木の枝で囀《さえず》っている山水画。何という焼き物なのかわからない小鉢が八枚。あきらかに模写したものとわかる稚拙な春画が五枚……。

「なんで光源氏が吉原の花魁《おいらん》と馬小屋でなさってるの？」

そうつぶやいて声を忍ばせて笑いながら、志乃子は別の段ボール箱をあけて、積み重ねてある新聞紙の包みのなかからひとつを取り出した。

それは小ぶりの薄茶茶碗だった。わずかに青味がかった鼠色の厚めの肌に、釉薬《うわぐすり》を施されなかった部分が白く残って、それが子供が描いたかのような稚気《ちき》に満ちた橋の形になっている。

志乃子は、若いころ、志野焼の名品を特集した美術雑誌で、鼠志野《ねずみしの》の六角鉢の写真を見たことがあったので、もしかしたらこの茶碗も鼠志野かと思ったが、稀少品とされる鼠志野が「かささぎ堂」のがらくたのなかに混じっているはずはないと考え直し、両の掌に包み込むようにしてさまざまな角度から見入った。

見れば見るほど好きになると同時に、やはり鼠志野以外に考えられないという気もしてきたが、かりに焼き物の鑑定家が一笑に付す贋物《にせもの》であっても、私はこの茶碗がとても気に入ったと思い、窓辺に坐って隅田川と中川を結ぶ運河に目をやっている笠木恵津のところに手文庫と薄茶茶碗を持って行った。

「これ、いただいてもいいですか？」

「ちゃちな鍵みたいだけど、これが頑固でねェ。どうやっても開かないのよ。この茶碗も底が欠けてるし。嬉しいわ。ふたつ減っちゃった」

そう言って笑い、

「あの運河が小名木《おなぎ》川って名だってこと、知ってた？」

と笠木恵津は訊いた。

「知りませんでした。私、ここに引っ越してきて六年間、あの橋のところまで行ったことがないんです」

「私もつい最近まで知らなかったのよ」

窓の下で茜とトシ坊の声がして、かささぎ堂のドアがあいたので、志乃子は手文庫と茶碗を新聞紙で包み直して階段をおりた。

「そうだ、カレーをあっためるんだったわね」

笠木恵津もそう言って店におりて来て、冷蔵庫からプラスチックの大きな密閉容器を出し、中身を厚手の鍋に移した。

茜もトシ坊も汗を拭《ふ》きながら、あの机も椅子も最初は軽かったが運んでいるうちに重くなってきて、途中で七、八回道に置いて休まなければならなかったと文句を言った。

夫がうまいと絶賛し、私に内緒で週に二回も食べに来る「かささぎ堂のカレー」とはいかなるものであろうと思い、カウンターの奥の調理場の壁に設けられた三段の棚を見ると、「ターメリック」「クミン」「ウコン」「黒粒こしょう」「チリパウダー」「シナモン」「グリーンカルダモン」「コリアンダー」と書いた紙が貼ってある金属缶が並んでいた。他にも、志乃子がその名を知らない香辛料の壜《びん》もあった。

鍋のなかのカレーが温まってくると、いい香りがかささぎ堂の店内に漂った。

「一度に二十人分ずつ作るから、忙しい日は大変なの。前の晩に四十人分作るのが精一杯。だからときどき四十人前以上が出た日は、お客さまには申し訳ないけど、売り切れましたってお断りするしかないのよ。まあそんな日は滅多にないけど」

笠木恵津はそう言って、ジャーのなかのご飯を皿に盛り、温まったカレーをかけて、トシ坊の前に運んだ。

「あなた、お母さんに似て、色白できれいな肌ね」

茜は笠木恵津に褒められて、

「日に灼《や》けたら真っ赤になっちゃって、小麦色の肌になんかならないんです」

と不満そうに応じ返し、ふたつの新聞紙に包まれたものを見やった。

「それ、何？」

「手文庫と茶碗。笠木さんに頂いたの」

「それは自分で運んでね。私、もう腕がぱんぱんに張ってる」

すると、茜のためにアイスコーヒーを運んで来た笠木恵津が、あなたがた母子と同じくらい肌のきれいな色白の美人があの小名木川の手前のマンションに住んでいると言った。

「どこの女優さんかって見惚れちゃうくらい美人なの。歳は三十五、六ってとこかしら。その人も、かささぎ堂のカレーが日本でいちばんおいしいって褒めてくれるのよ。もうすぐ店を閉めるって知って、すごく残念がってくれて……。絶対に家庭の主婦じゃないし、水商売でもない。どこかの会社に勤めてるってふうでもない。といってね、何か仕事を持ってるっていう感じでもないの。その雰囲気がねェ、なんか正体不明で……。誰かの愛人かもね。うちの男の常連さんの多くは、彼女見たさに来てるって気がするわ」

「その人、うちのお母さんと似てるんですか？」

茜の問いに、

「色の白さと肌のきれいさがね」

と笠木恵津が即座に答えたので、志乃子はそのあけすけさに笑った。

「顔の造作は似ても似つかないんですね」

そう笑いながら言うと、笠木恵津は、能勢さんは和風の一見地味な顔立ちだが品があると、自分のいささか無遠慮な言葉を取り繕うように笑いながら答えた。

夫が私に内緒で週に二回、ここでカレーライスを食べるのと、その美人の存在は無関係ではないと志乃子は感じた。

誰の作かは知らないし、新聞だったか雑誌だったかも忘れたが、夫の春愁《しゅんしゅう》を妻は見逃さじ、という川柳を読んだことがある。妙に心に残った川柳だが、私も見逃さじだ……。

志乃子はそう思いながら、野菜を運ぶときに持った段ボール箱を貰い、そこに手文庫と薄茶茶碗を入れると、カレーライスとコーヒー代を払い、茜とトシ坊を残してかささぎ堂を出た。

細い通りから店舗の並ぶアスファルト道へと出て、南へと歩いた。

ほとんどの店舗は二階が住居になっている。寿司屋、薬屋、塗装店、畳屋、雑貨屋、文具店、整骨院、深川めし屋、理髪店、精肉店、医院、仏具店……。住居兼店舗でないのはガソリンスタンドとコンビニくらいのものだ。

山手線の外側とはいえ、東京駅までは地下鉄で十分程度、バスの便数も多く、その気になれば自転車で東京駅周辺に行くこともできて、およそ生活に必要なすべてのものが近くで手に入る地なので、猥雑な下町ではあっても地価は高い。

夫が従兄の土地と家を買い、会社を辞めて独立してからの六年間、よくもなんとかやってこれたものだとあらためて思いながら、志乃子は立ち止まって段ボール箱を道に置き、手文庫を持ちあげて耳元で振ってみた。何の音も聞こえなかった。

二

このまま南に歩いて行けば十五分ほどで富岡八幡宮の西側につながるという小さな四つ辻の角に理髪店がある。志乃子の家はその角を東に曲がって五軒目で、隣は老舗の寝具店の倉庫が建っている。その三階建ての倉庫のお陰で、夏の日差しが志乃子の家に照りつける時間はだいたい昼の一時から四時ごろまでなのだ。

理髪店の隣は婦人科の医院、その隣は店舗ではなく老夫婦とその長男夫婦、そしてその三人の子供たちの住む二階屋だ。

つい二年ほど前までは、「大橋《おおはし》産婦人科」という看板が掛けられていたが、そこからはいつのまにか「産」の字が消えてしまった。昔から「大橋産婦人科」には分娩のための設備も態勢も整っていて、二階には新生児と産婦が一週間ほど入院できる部屋とベッドがあった。

だがある日「産」の字がなくなり、「婦人科」だけになってしまった。分娩の際の医療事故がたてつづけにあり、そのすべての事故で訴訟を起こされたのが理由だった。

どれも出産にはつきものの突発的なもので、母親も赤ん坊も命に及ぶほどではなかったのに訴えられ、六十三歳のベテラン院長は嫌気がさしてしまったという。

「陰でそそのかして、訴訟の法手続きもしてくれる組織があるんですよ」

大橋医師は町内会の会長にそう語ったらしい。だから、産婦人科医になろうという医師の卵もいなくなるのだ、と。小児科も似たような理由で医師不足に拍車がかかっているという。

「なんでもかんでも訴えられたら、医者なんかやってられるか。人間の体なんて、いつ何が起こるかわかったもんじゃないんだ」

行きつけの焼き鳥屋でそう怒鳴りだした温厚な大橋医師を、「財津《ざいつ》ホーム」の財津厚《あつ》郎《ろう》はなだめるのに苦労したと志乃子の夫に話したのだ。

能勢家の一階を事務所に借りて、不動産の斡旋業《あっせんぎょう》を営んでいる財津厚郎は、建物を能勢琢己の従兄が所有していたころから「財津ホーム」の経営を始めた。いわば町の周旋屋だが、扱う物件は多岐にわたっている。最近は那須や軽井沢の別荘地分譲にも手を拡げたらしく、事務所のドアにはその物件の所在地や土地面積などを書いた紙を貼るようになった。

志乃子は「財津ホーム」の西側の狭くて急な階段をのぼりかけたが、ドアの向こうで事務員の土屋《つちや》早苗《さなえ》が大きく手招きをしたので、「財津ホーム」の事務所に入った。

「うちの社長、再婚するんです」

去年、高校卒業と同時に「財津ホーム」で働くようになった土屋早苗は言った。

「相手は二十六歳。社長は五十六ですよ。三十歳も若いんです。それってほとんど淫行じゃん」

「えっ！　二十六？　どこでみつけてきたのかしら。財津さん、奥さんを亡くして、ちょうど三年よね」

「できちゃった婚なんです」

「えっ！　それ本当？」

「本人から聞いたんだもん。朝来るなり『できちゃった、できちゃった。いやァ、どうしようかァ』って……嬉《うれ》しそうに。妊娠四カ月と少しなんだって」

志乃子は、財津と妻とのあいだには子供ができなかったことを知っていた。結婚して四年目に妊娠したが、まだそれとは気づかぬうちに流産したのだ。

「いやらしいですよねェ。五十六のおっさんが、できちゃった婚なんて……。私、恥ずかしくて、こんな会社、辞めちゃおうかと思って。顔を上げてこの近所を歩けないじゃん」

夕飯の仕度に取りかからなければと気は急《せ》いているのだが、自分も茜も冷蔵庫のなかにあるものでいいし、夫は「かささぎ堂」のカレーを食べて帰ればいいではないかという意地悪な気持ちが生じて、志乃子は「財津ホーム」の社長の身に起こった大事件の詳細をもっと知りたくなった。

確かに大事件であるに違いないと志乃子は思った。きょうは六月五日。出産予定日はいつなんだろう。もしかしたらことしの暮れかも。

五十六歳で初めて子の親となるのだが、その子が親の庇護なしで生きていかれるようになるころには、財津厚郎は少なくとも七十五歳くらいの年齢に達するのだ。これは大事件だ。志乃子はあらためてそう思いながら、

「早苗ちゃんが恥ずかしがることないわよ」

と笑って言った。

「だって、もう近所の人のほとんどが知ってるんですよ。さっき大橋先生が来て、『財津ちゃんが若い女とできちゃった婚だって聞いて、一瞬、相手は早苗ちゃんかと思ったよ』って笑いながら言うんだもん。私がなんであんなおっさんの子を産まなきゃいけないのさ。私は男だったら誰だっていいのか！　きっと、噂《うわさ》を耳にした人は、相手は私だって思ってるのに違いないんだもん」

志乃子はおかしくて笑いをこらえるのに苦労しながらも涙が滲《にじ》んできた。小さいころから、真底おかしいことがあって笑うと、志乃子は涙が止まらなくなるという癖があった。

「泣くほどおもしろいですか？」

憤然とした表情で志乃子を睨《にら》んでから、土屋早苗も笑った。

「財津さんはどこに行ったの？」

「軽井沢。お客さんを車に乗せて現地の物件案内に行ったんです。軽井沢の物件を扱うようになって初めてのマブ客」

「マブ客？」

「ひやかしじゃなくて本気の客ってこと。十年前にうちを通じて分譲マンションを買ったんです。そのときの面倒見とか、そのあとのサーヴィスが良かったから、こんども財津さんに頼みたいって。来年、定年になったらマンションを売って、軽井沢に永住したいらしいの。そういう人が増えてるんですって。東京から軽井沢まで長野新幹線で一時間ほどだもんね」

土屋早苗はそう言ってから、自分の事務机の上のパソコンの前に志乃子をつれて行き、無数のファイルのひとつを開いた。財津厚郎と若い女が並んでVサインをしながら笑っている写真があらわれた。

「この人なの？　わかーい。二十六歳には見えないわねェ。女子大生って感じよねェ」

「近くで見ると、二十六歳の小皺《こじわ》がちらほらなんだけど」

「二十六歳で小皺なんてないわよ。笑い皺よ。なんか可憐な人よねェ」

「そう見えるだけかも……。この人のお母さん、五十二歳なのよ。うちの社長より若いのよ。この人のお母さん、まだ自分の娘が妊娠したこと知らないの。知ったら大変よねェ。しかも、相手は財津のおっさんなんだから。ただじゃ済まないわよねェ」

この女と母親は永代橋の向こう側のビルの地下でトンカツ屋を営んでいるのだと早苗は言った。父親はいない。幼いころに死んだらしいが本当かどうかはわからない……。

「早苗ちゃんはどうしてこの写真を持ってるの？」

「だって私が撮ってあげたんだもん」

事務所の電話が鳴り、早苗が客の応対をしているとき、近くの焼き鳥屋の主人が自転車でやって来て、事務所に入ると勝手にクーラーを入れた。

ことし還暦を迎えた「とり門」の主人は、短く刈った頭頂部の汗を拭きながら、

「噂を聞いてさァ。能勢さん、知ってる？　財津ちゃんの快挙を」

と志乃子に訊いた。

快挙かァ……。大事件かつ快挙で、これからが大変なのだと思いながら、志乃子は「とり門」の主人に笑みを向けた。

「へえっ！　ほんとなんだ。相手は二十歳だって？　いくら何でも若過ぎるよ。財津ちゃん、命がもたないぜ。半年で干涸《ひか》らびちゃうよ。その子、なんとかっていうキャンペーンガールだってのはほんとかい？」

もう尾ひれ背びれが付いていて、噂はひとり歩きしてこの界隈に浸透し、とどまることはない……。志乃子は、あきれながらも声をあげて笑った。

「私じゃありませんからね」

電話を切るなり、早苗は怒った顔で言った。

「当たり前だよ、キャンペーンガールなんだぜ」

「誰がキャンペーンガールだなんて言ったんですか？　あのプロポーションでキャンペーンガールだったら、日本中キャンペーンガールだらけじゃん。それに、相手は二十歳じゃなくて二十六歳」

早苗はそう言いながら急ぎ足でドアのところまで行き、クーラーのスイッチを切った。

「財津ホーム」からそっと出ると、志乃子は階段をのぼり、玄関口に置いてある文机を脇に寄せて、その上にふたつの新聞紙の包みを段ボール箱から出して置いた。ここまで運んだのだから、玄関をあけて家のなかに置いといてくれたらいいではないかと少し腹が立った。

茜は気が利かないというのではなく、何事につけて雑なのだ。次男の啓次郎は男の子にしては几帳面《きちょうめん》過ぎて、自分の目に入るところに散らかり物があると苛々《いらいら》して、すぐに片づけてしまい、それはそれで病的な潔癖症に近いのではないかと心配になるときがあるのだが……。

志乃子はそう思いながら、玄関の鍵をあけて、朝鮮の古い時代のものに違いない手文庫をまず台所に持って行き、フローリングの床の上の六人掛けのテーブルに載せた。それから志野の薄茶茶碗も運び、さてこれはどこに置こうかと思案しつつ文机を持ち上げた。

右の肩に痛みが生じた。首のつけ根から肩にかけての鈍痛はおとといの朝からつづいていて、きっと寝ちがえたのだと思っていたのだが、文机を持ち上げた瞬間の痛みで、「五十肩」という言葉が浮かんだ。

「五十歳の誕生日直前に五十肩発症？　そんなの出来過ぎた話よねェ」

そうひとりごとを言って、志乃子は文机をとりあえず冷蔵庫の横に置いた。椅子も運んで来て、冷蔵庫に背を向ける格好で腰掛けてみると、なんとなく納まりのいいところに納まったという感じだった。

食事用のテーブルに置いたショルダーバッグのなかの携帯電話が鳴った。姉の美乃からだった。

「お母さんが階段から落ちたのよ」

と美乃は言った。

「えっ！　どこかが折れたの？」

八十歳の年寄りが階段から落ちて無傷で済むわけはあるまいと思い、志乃子は厄介な方向へと進んでいくのではと案じた。近所の老人は転んで脚の骨を折ったのがきっかけで、ぼけが始まり、たったの半年で嫁の顔の見分けがつかなくなり、いまでは孫の名も忘れてしまったのだ。

「顎《あご》の下を切ったの。二針縫って、きょうは念のために入院させてくれってお医者さんが言うもんだから」

「骨は？　どこか折れたりしてないの？」

「それがどこも折れてなさそうなの。階段をのぼってて足を滑らせて、ちょうど階段に体の前面をこすりつけるみたいにして落ちたらしいの。体を支えようとしたときに右手に力が入ったのね。手首から肘にかけての筋も痛めて、いまは動かないんだけど、骨には異常なし。だからちゃんと歩けるの」

自分の勤めている病院に入院させてから、理事長に頼まれた用事で大手町まで来たので、それを済ませてからデパートの食料品売り場の惣菜コーナーを見て歩いていたら、うしろから肩を叩《たた》かれた。以前に同じ病院で看護師をしていた女だった。

女は芝居を観るために千葉から来たのだが急用が出来て家に帰らなければならなくなったという。芝居のチケットは二枚ある。友だちと一緒に観る予定だったのだ。友だちに電話をかけたら、自分も今夜は芝居を観る精神的な余裕を失う事態が勃発して、いま断りの電話をかけようと思っていた矢先なのだという。

美乃はそう説明し、

「志乃ちゃん、今夜つきあってよ」

と言った。

「開演は六時半。つきあってくれるんなら、いま惣菜コーナーで買ったばかりのクリーム・コロッケと肉団子の餡《あん》かけを志乃ちゃんの家まで持って行くわ」

「芝居ってどんな芝居？」

「シェイクスピアの『オセロ』」

美乃は劇場の場所もつけくわえた。

あまり気乗りはしなかったが、姉からの滅多にない誘いだったので、志乃子は了承して電話を切ると、すぐに夫の琢己に電話をかけた。

琢己は乱れた息遣いで電話に出て来て、古い四階建ての公団にはエレベーターがないので、梱包《こんぽう》された新品のアルミサッシを十八セットも階段で運び終えたばかりなのだと言った。

志乃子がわけを話すと、

「行ってこいよ。俺も今夜は遅くなるよ。下手をしたら家に帰るのは十二時前かもしれないな。とにかくここの仕事を今晩中に終えないと、あしたの八時に逗子《ずし》の現場に行けなくなっちゃうからなァ」

と言った。

姉が買ったデパートのお惣菜があるが、自分は十一時までには帰れるはずだと言い、志乃子は電話を切ってから、啓次郎と茜宛のメモを走り書きしながら、さて何を着ていこうかと考えた。

「考えたって、いまのこの時期に着られる外出用の服ってひとつしかないじゃん」

早苗の言い方を真似て奥行きのないクローゼットから薄茶色の丈の長いワンピースを出した。

髪を整え、化粧をしているとタクシーの停まる音が聞こえ、窓から姉の首から上が見えた。姉は志乃子よりも十センチほども背が高くて百七十センチもある。

玄関のドアをあけて姉を迎え入れ、志乃子はベランダの洗濯物を慌てて取りこんだ。

「早かったわねェ、タクシーのなかで走ってたんじゃないの?」

志乃子は笑顔で言って、美乃が差し出したデパートの紙袋を受け取り、中身を冷蔵庫に入れた。美乃はせっかちな性分で、三十分もあれば充分間に合うときでも、一時間前に出かけないと気が落ち着かないのだ。母はいつもそんな美乃を「お父さんに似たのよ」と不機嫌そうに言う。何事にも悠長な志乃子は「お父さんのお父さんに似た」らしい。

新聞紙に包んだままにしておいたら、帰宅した茜や啓次郎がぞんざいに扱うかもしれないと思い、志乃子は文机の上のふたつの包みを解いた。

靴を履きかけていた美乃が、それは何かと訊いたので、志乃子は文机と鼠志野らしき茶碗と手文庫を貰うことになったいきさつをかいつまんで説明し、玄関へと急いだ。

すると、美乃は靴を脱いで台所へと戻って来て、薄茶茶碗を両手で持ち、

「これ、本物よ。それもかなりの上物じゃないの？」

と言った。

美乃も古い焼き物や調度品が好きで、とりわけヨーロッパの磁器とアールヌーボーの時代の家具には一家言《いっかげん》持っている。志乃子は東洋のものが好きだが、美乃は西洋のそれへの嗜好《しこう》が強いのだ。どちらも、父と仲の良かった三好与一郎《みよしよいちろう》という人物の影響だった。

「さあ、どうだかね。高台のところに欠けがあるでしょう？　かなり大きな欠けだから、このままだと茶碗が立たないのよ」

「修理してもらったらいいのよ。いいものだったら金継ぎって方法で修理したら、完品とほとんど同じ価値を保つんだって、三好のおじさまが言ってたじゃない？」

それから美乃は、風呂敷はないかと志乃子に言い、テレビの上に置いてある四角い紙箱の中身を出した。そこにはマジックペンとかボールペン、定規やカッターナイフなどが入れてある。

志乃子が風呂敷を渡すと、美乃は茶碗を箱に入れて風呂敷で包んだ。

芝居が終わって劇場から出たのは九時半で、私からの誕生日のお祝いだと誘われてホテルのコーヒーラウンジに入ったのは十時前だった。メニューには、幾種類かのグラス

ワインとシャンペン、それにミラノ風カツレツとかビーフシチューなどがあった。

テーブルに着くと、美乃は風呂敷包みを解きながら、

「日本の演劇って質が高くなったわよねェ。日本の映画が斜陽だって言われてるあいだに演劇の世界が地道に力をつけてきたって感じね。お芝居を劇場で観たのは十五年ぶりよ」

と言った。

「半分飲んでね」

と頼んで、酒が飲めない志乃子はシャンペンと、ミラノ風カツレツとサラダとパンを註文《ちゆうもん》した。

「私もおんなじものを」

とウェイターに言って、美乃は箱から薄茶茶碗を出し、両手に載せた。

「それ、どうするの？」

「三好のおじさまに見てもらおうと思って」

「いまでも目が利くのかしら」

「まだらぼけってやつなのよ。しっかりしてるときは、自分でトイレにも行けるし、頭脳明晰《めいせき》なの。だけど、そうじゃない日は、加奈《かな》ちゃんに『あんた、誰だ？』って怖い目で訊くし、トイレは汚すし……。仕方がないわね。それが歳を取るってことかもね。三

好のおじさま、もうじき八十七なんだもん」

シャンペンが運ばれてくると、美乃はフルートグラスを持って、

「五十歳の誕生日、おめでとう」

と言った。

志乃子は冷たい紅茶のほうがありがたかったのだが、姉からのせっかくのお祝いだと思い、シャンペンをほんの少し飲んだ。

「美乃ちゃん、完全に終わった？」

志乃子の問いに、いったい何のことかと訝《いぶか》し気《げ》な表情を浮かべたあと、

「ああ、終わったんだ、完全にフィニッシュしたんだって思ってたら、そうじゃなかったわ。先月にまた名残りの花が……。志乃ちゃんはどうなの？　卵巣の定年てやつは」

「三月以降ないわ。病院に行こうかなァって思ってるの。ときどき凄い眩暈《めまい》で立ってられなくなるし、夢を見て泣くのよ。たいして悲しい夢でもないのに。びっくりして目が醒めて、ああ、夢かって思ったら、ほんとに涙が伝ってるの。これって、かなり危険な症状じゃないのかって思って……」

「揃《そろ》って更年期の姉妹に乾杯」

そう言って美乃は志乃子のシャンペンを飲み干した。母が最近の美乃の酒量を心配していたなと志乃子は思った。

「私、このままの人生をおくって、平凡に終わっていくのかしら、それってつまらないなァ、ってよく思うのよね」

と美乃は言った。

「銀行員の家庭でたいして波風もなくおとなになって結婚して、子供ができないままだった三年で離婚して出戻りで両親と暮らして、父を亡くしたあとは母とふたりきりの生活で、病院の事務局で保険請求の仕事をつづけて五十を過ぎて、母も老いて、その母が亡くなるころには私も六十歳くらいになって、父が遺してくれた家でひとりぼっちで暮らしていくのか、って……。私、そんな人生をおくるために生まれてきたのかなァ……」

志乃子は姉の寂しさはよく理解できたが、どんな言葉を返したらいいのかわからなかった。自分の人生も平凡なものだが、働き者の夫と三人の子供がいる。子供は親のものではないのだから、やがてそれぞれの道を歩きだし、あと十年もたてば夫とふたりだけの生活が始まるであろう。だが、結婚して子供を産んで育てるだけが自分の人生だったのだろうかと考えることが最近多くなった。

そんな自分の心の空洞といってもいいものを姉に話せば、志乃ちゃんは贅沢《ぜいたく》だと言い返されることであろう。姉は離婚したあとそれきり男性との縁がなくて独身をつづけたので、なりゆきとして老いた母の面倒をみなければならなくなったが、もし再婚していたら、いまごろは母の世話をめぐって姉妹で一悶着《ひともんちゃく》起きていたかもしれない。

志乃子はそう考えながら、

「ごめんね、美乃ちゃんばっかりにお母さんの世話をさせて」

と言った。

「お母さんもあんな性分だから、うちに来ても落ち着かないのよ。横浜のあの家がいちばん落ち着くの。琢己の仕事は朝が早くて、夜も遅いときが多くて、智春はやっとひとり立ちしたけど、啓次郎はまだまだ修業中の身だし、茜は高校生だし……。美乃ちゃんがどこかでゆっくり息抜きがしたいってときは、私ができるだけ横浜の家に行くようにするわ」

その志乃子の言葉に、美乃は笑みを浮かべ、首を横に振りながら自分のシャンペンを飲み干した。喉が渇いた人が炭酸入りのジュースを飲むような勢いだった。

「志乃ちゃんとこの事情はよくわかってるわよ。子供が歳を取った親の世話を焼くのは当たり前のことよ。うちのお母さんは、まだぜんぜんぼけてないし、お料理だって私よりもはるかに上手だし、レパートリーも格段に多いし、洗濯だって全部やってくれるし。それができなくなるときはいつか必ずやって来るにしても、年寄りをかかえてる他のおうちの人たちから見たら羨《うらや》ましがられてるわ」

美乃はそう言ってから、自分は志乃ちゃんが想像しているよりもはるかにお金持ちなのだと少し身を乗り出すようにしてささやいた。

「駅からうちの家に行くときに通る商店街を抜けたところに、昔からの居酒屋さんがあるでしょう？　私たちが生まれる前からあるお店よ」

「うん、お父さんがときどき行ってた居酒屋さんでしょう？　『海雛《うみひな》』だったかな」

「いまは四代目なんだけど、おととし奥さんが死んでから、『海雛』のご主人、元気を失くしちゃって、店を開けたり閉めたりで……。子供もいないから、もう自分の代でおしまいだって。それでね、私にやってみないかって」

その言葉の意味がすぐにはわからず、志乃子は姉の顔を見つめた。

「やってみるって、何を？」

「居酒屋を。私が。『海雛』を買うの」

自分の唇が半開きになったのに気づくと、志乃子は慌てて口元をひきしめ、

「美乃ちゃんが居酒屋をやるの？」

と訊き返した。

「まだ決めたわけじゃないのよ。志乃ちゃんの意見を聞こうと思って。私に客商売ができると思う？　ご主人は、ほんとにやる気なら半年間は手伝ってやるって。手伝うっていうのは、つまり『海雛』の商売のやり方を教えるってことなんだけど、そこにはこれまでお店で出してきた料理も教えるし、日本中のいろんな地酒の知識も、その仕入れ方

法も教えるってことなの。『海雛』っていう名前が残ってくれたら、親父やおじいちゃんや、そのまた親父さんに申し訳がたつって」

「海雛のご主人て、お幾つ？」

「ことし還暦を迎えたわ。あの居酒屋から身をひいたら、自分の家の庭に造った窯《かま》で焼き物を焼いて暮らしたいんだって。志乃ちゃんは鹿島《かしま》さんの焼き物をぜったい気にいるわ。墨だけで描く線がいいのよ。この人、道を間違えたんだって思うわよ」

この宮津《みやづ》美乃という五十三歳の女に酔客の相手など到底無理だと思いながらも、志乃子は姉のあと押しをしたくなった。姉にもそんな冒険があってもいいではないかという思いが、ふいに志乃子を強気にさせて、

「仕事中に客と一緒に酒を飲まないって誓えるなら、私、応援するわ。応援ていっても、お金はないんだけど。でも、銃後の守りにはなれるわよ」

と言ってしまった。

「銃後の守り……。古い言葉を知ってるのねェ」

そう言って美乃は笑い、やっとミラノ風カツレツを口に運んだ。

「ねェ、海雛を買うって、あの土地も建物も買っちゃうの？」

「うまくいくかどうかわからないから、とりあえず一年間は借りて、家賃を払うってのはどうかって……。調理器具も食器も、みんな揃ってるんだもん」

「でも、料理を覚えるのが大変じゃない？」

「料亭じゃないのよ。町の居酒屋なのよ。海雛は旬の魚が売りだけど、家庭料理に毛がはえたようなもんよ。サンマの塩焼きとかゲソのバター炒めとかカツオのたたきとかサザエの壺焼きとか。あそこはカウンターの奥に炉が切ってあって、そこでいろんな魚を炭火で焼くのよ。この焼き方が難しいんだけど。でも、居酒屋の良さってのは、そういう料理が安く食べられるってことだから。昔は、どこの町にも居酒屋さんてあったでしょう？　最近、また昔ながらの居酒屋さんに客が戻ってきてるのよ。昔のよりもちょいと小粋で、料理もちょっと凝ってあって、器もいいものを使って……」

志乃子は、日本に昔からある居酒屋なるところに足を踏み入れたことがないので、海雛という店の内部をまったく想像できなかった。映画やテレビドラマに出てくる居酒屋や小料理屋は、男の主人がカウンターのなかにいて、日本各地の地酒が棚に並んでいて、調理場には皿洗いのおばさんがいて、客は近所に住む常連で……。そんな居酒屋と似たような小料理屋とどこがどう違うのだろう。

それにしても、姉は、五、六人の客がほとんど同時に料理を註文したら、ひとりでそれを段取り良く作れるのだろうか……。

俺はサンマの塩焼き、ぼくはゲソのバター炒め、俺は冷奴とカツオのたたき、ぼくは……この店のお得意料理を、なんて一斉に言われたら、宮津美乃という女は、

「あら、私ひとりでそんなにいっぺんに作れないから、ちびちびやりながらお待ち下さーい」

なんて笑顔で対応できるだろうか。私の姉は、あれもこれもと同時にふたつ以上のことをこなせない女なのだ。こっちでサンマを焼き、あっちで冷奴を器に盛り、さらにこっちのフライパンでゲソのバター炒めを作っているうちにヒステリーを起こし、三日で音《ね》をあげて投げだしたりはしないであろうか。

そんな不安にかられながら、志乃子は「海雛」という屋号の由来を訊いた。

元は町の酒屋だったが、店のなかに立ち飲み所を作って、近くの工場で働く人たちが仕事帰りに一杯ひっかけていけるようにしたのは鹿島虎之助《とらのすけ》という三代前の主人だ。そのころはあの近くに造船所に納める船舶用の何十種類もの部品を造る工場があり、多くの工場労働者で賑《にぎ》わっていたという。

立ち飲み所は大繁盛で、酒屋のなかだけでは客が入りきらなくなり、いまの場所に土地を買い店を大きくしたが、それから間もなく工場は閉鎖されてしまった。軍の方針で、工場は造船所に隣接するところに移転となったからだ。

途端に客は途絶え借金だけが残った。町そのものが工場の移転とともにさびれてしまって、本業の酒屋すら立ち行かなくなった。

主人は暢気《のんき》な性格で、店が暇になると好きな海釣り三昧《ざんまい》の日々をおくったが、それは店を拡げたときに借りた金を取り立てに来る借金取りから逃げるためでもあった。

ある日、磯釣りをしていると、岩と岩とのあいだに、どこかから波に乗って打ち寄せられた一対の雛人形をみつけた。着ていたであろう着物は波に揉まれて脱げてしまって、男雛も女雛も全裸だったが、どこにでもある安物の雛人形ではなかった。なによりもその表情が良かった。

どっちかひとつだけが打ち寄せられたというならさして気にもとめなかったであろうが、一対が離れることなく岩礁の窪みに流れてきたことを不思議に思い、主人はそれを持って帰った。

裸では可哀相だからと、家にあった市松人形の着物を着せ、閑古鳥の鳴いている店の隅に飾った。

それから十日ほどたったとき、工場の跡地に、海軍の技術研究所員たちのための官舎の建設が始まり、その工事のための人々がやって来た。近くに居酒屋はなかったので、店は以前の活況を取り戻した。工事が終わっても、官舎には研究所員とその家族が住むようになり、店はなんとか経営が成り立っていけそうだった。居酒屋に客が来るかどうかはわからなかったが、酒屋は固定客をつかんだのだ。

海で拾ったお雛さまのご利益だと思った主人は、東京の人形店に頼んで男雛と女雛のために着物を作り、それを居酒屋の神棚に祀《まつ》ると同時に屋号を「かしま屋」から「海雛」と変えた。時代の変遷とともに、海軍技術研究所官舎は失くなったが、跡地には別の工場が出来、やがていまの住宅地へと変わり、商店街が生まれ、東京と横浜の中心部をつなぐ沿線の町として人口も飛躍的に増えて今日に至っている……。

美乃は長い説明を終えると、ミラノ風カツレツに添えてあるクレソンを食べながら、

「海で拾ったお雛さまのお陰だから『海雛』なのよ」

と言い、ウェイターにコーヒーをふたつ頼んだ。

「この屋号だけは変えてはならぬ、ってのが、えーっと何代前になるんだっけ……、三代前の虎之助さんの厳命なの。でも海雛を『うみひな』と読む人が少なくて。それはそれでいいんだって鹿島さんのお父さんが言ってたそうよ」

説明を聞いているうちに、志乃子は姉が鹿島という男に好意を抱いているという気がして逢《あ》ってみたくなった。

その男は、妻をおととし亡くして、いまは独身なのだ。子供もいない。宮津美乃という女に四代つづいた「海雛」という居酒屋を譲ろうと決めたくらいだから、男も美乃に幾分かの好意を持っているに違いない。そうでなければ、自分の店の客のひとりにすぎない五十三歳の女と、そんな話を進めるはずがあるまい……。志乃子はそう思ったのだ。

「ほんとに居酒屋をやるつもりなの？」

志乃子の問いに、ホテルのコーヒーラウンジの天井から吊り下げられた賑やかな照明

器具を眩《まぶ》しそうに見上げながら、

「やるわ。志乃ちゃんが銑後の守りになってくれるなら」

と美乃は答えた。

こうやってすぐに人に依存しようとするところは、小さいときから少しも変わっていないと思い、

「私は、たまにお店に行って皿洗いを手伝ったり、お母さんの面倒をみるくらいしかできないわよ。その程度の銑後の守りよ」

と言った。

「それでもかなり気がらくになったわ」

運ばれてきたコーヒーにミルクを入れながら美乃は笑みを浮かべた。

あした、夫は逗子で仕事なので、朝の五時に起きなくてはならない。夫の弁当を作り、仕事に送り出し、それから啓次郎と茜を起こして朝食を食べさせ、洗濯をして家を出られるのはたぶん十一時くらいになるであろう。東横線の、実家に近い駅に着くのはお昼ごろ。三好のおじさまに志野焼の薄茶茶碗を見てもらってからその海鼈に行くというのはどうか。

志乃子の提案に、

「お店を見に来てくれるんだったら、夜のほうがいいのよね。やっぱり、お店が営業し

ててお客さんがいるときのほうが、いろいろと目安をつけやすいでしょう?」

と美乃は言った。

夕飯の仕度をして行けば、夜に海雛に行けるであろう。夫にわけを話せば、逗子での仕事の帰りに夫も寄ってくれるかもしれない。

志乃子はそう思った。


「とんでもないお宝をみつけて来たもんだなァ。こんな凄いもんが出てくるんだねェ、お宝捜しがやめられないわけだ」

まだらぼけの状態にある八十六歳の老人とは思えない滑舌のいい喋り方で、強い眼光を志野の茶碗に注いだまま三好与一郎は言った。

大手の化学薬品会社の専務取締役を務めて六十五歳で退職したあと、子会社の役員として五年間の気楽な役職を経てその後は仕事からは一切身を引いた三好老人は、いまでも各界の要職にある知己が多かった。

志乃子は、かささぎ堂を訪ねた理由とか、この志野の茶碗を貰ったいきさつを話すと、

「さすがは志乃ちゃん、ぱっとこの茶碗に目が行くなんて凄いよ。そのうえ、ただで貰ってくるなんてねェ……。泥棒よりも悪いやつだ」

そう言って三好老人は笑い、応接室から出て行った。

同居している長男の嫁が紅茶とケーキを持って来てくれたので、志乃子は声を潜めて、

「ぜんぜんぼけてなんかいないじゃないですか。私の顔も忘れてたらどうしようって心配しながら来たんです」

と言った。

「きょうはね」

長男の嫁といっても、ことし五十八歳になる三好加奈も声を潜めて言った。

「志乃ちゃんが来るっていうから余計にしゃっきりしちゃったのよ。あしたはどうなるかわからないわ。反動が怖いわねぇ」

「反動が来たら、どうなるんですか?」

「魂が抜けたみたいになって、いまご飯を食べ終わったのに、自分だけまだ食事にありつけてないって怒るのよ」

三好老人が戻って来たので、

「志乃ちゃん、ゆっくりしていってね」

と笑顔で言って加奈は、応接室から出て行った。

応接室には魯山人《ろさんじん》の染付花入と熊谷守一《くまがいもりかず》の油絵が飾ってある。魯山人の花入は、志乃子が五歳のとき、自分が結婚したらお祝いに頂戴《ちょうだい》ねと言った代物だという。

「志乃ちゃんがまずやるべきことはだなァ、この高台の欠けを修理することだ。焼き物

の修理では、いまこの男が日本で一番だよ」

三好老人はテーブルの上に一枚の名刺を置いた。

「ぼくが電話しとくよ。この茶碗を見たら、びっくりして目を剝《む》くと思うよ」

その次に志乃ちゃんがすることは、と言ってから、三好老人は志乃子を見つめた。

「この茶碗、大事に自分の手元に置いとくかい？　それとも売るかい？」

「買ってくれる人なんているでしょうか？」

志乃子の問いに、三好老人は意味不明の奇妙な微笑を浮かべ、

「というよりも、買える人間がいるかどうかだな」

と答えた。

「志乃ちゃん、売るとしたら幾らの値をつける？」

「さあ……、見当もつきません。三好のおじさまなら、どうなさいます？」

「ぼくなら、三千万円以下では売らないね。完品だったら七千万円以下では売らない」

志乃子は三好老人の顔を見つめ、やっぱりまだらぼけというのは本当だったと思った。

「ゼロがふたつ多いんじゃありません？　ふたつ取ったら三十万円ですけど……」

「へえ、志乃ちゃんはこれを三十万円で売るのか。じゃあ、買った。いますぐぼくが現金で買うよ。金継ぎする修理代はぼくが払うよ」

自分の目に狂いがなければ、これは桃山時代のもので、志野焼の発案者といわれる志

野宗信《そうしん》の意志を継ぐ者の作であり、美濃桃山陶の傑作といってもいい出来の鼠志野だ。これほどのものがまだどこかに隠れていたのかと茫然となる……。

三好老人はそう言った。

「志乃ちゃん、三十万円じゃないよ。そこにゼロをふたつ付けるんだ」

そう言って、三好老人は乳白色の地肌と青鼠色とが混ざり合った茶碗を持ち、それを志乃子のほうに差し出した。志乃子は茶碗を受け取ろうと無意識に両手を出したが、それは震えていた。

「かささぎ堂のおばあさんに返さなきゃあ」

思わずそうつぶやいた声も震えていた。

「返すことはないよ。こういう美術骨董の世界では、つまり『取引きは終わった』んだ。かささぎ堂の主人は志乃ちゃんにあげるから持って帰れと言った。志乃ちゃんはそれを貰って帰った。取引きは終わった。正々堂々たるものだ。三千万円で売れたら、そうだなァ……、儲《もう》かったからって三十万円くらいを、そのばあさんにあげたらいいさ」

いま、三好のおじさまは、ぼけてはいない。明晰すぎるくらいに明晰だ。志乃子はそう思い、恐る恐る茶碗を厚いボール紙製の箱にしまった。またよりにもよって、四、五年前からテレビの上に小物入れとして置いてある角のすりきれた紙箱に入れてくるなんて……。

志乃子は頭の芯に、にわかに痛みを感じながらそう思い、テーブルに置かれた名刺にやっと目を落とした。名刺には住所と電話番号と氏名しか印刷されていなかった。京都市東山区○○通○○下ル○丁目○番、香川道忠《かがわみちただ》。

三好老人は、もし売ろうと思うなら、この男のところへ持って行けと言って、カーディガンのポケットから別の名刺を出した。

きょうは関東地方のほとんどは曇りで、夜から雨が降るという予報だったが、そのせいか蒸し暑くて、志乃子は半袖の上着を脱いでノースリーブのシャツ一枚になりたいくらいだったので、三好与一郎のカシミヤのカーディガン姿がひどく暑苦しいものに見えた。

名刺を手に取ってその文字に見入ると、「オフィス・イザワ　代表　井澤繁佑《いざわしげすけ》」と印刷してあった。

「この井澤さんが買うとは思えないけどね、安心して売ってもいい相手をみつくろってくれると思うよ」

と三好与一郎は言った。

「茶碗の修理が終わって、井澤さんとこに持って行くとき、事前にぼくに電話で知らせてくれ。そしたら、ぼくから井澤さんに連絡しとくから」

はい、と返事はしたものの、志乃子はやはり「かささぎ堂」の笠木恵津に内緒にしておくわけにはいかないと考えていた。

美術骨董の世界では、「取引きは終わった」のかもしれないが、自分はその世界で生きている人間ではない。三千万円の値がつく希少な逸品を、お互い知らなかったとはいえ、ただで貰ってしまうのは重罪を犯すようなものだ。

それにしても、この茶碗が三千万円だなんて信じられない。三好のおじさまは目利き中の目利きとして知られてはいても、まだらぼけの症状を呈し始めて、家族の悩みの種となりつつある老人なのだ。三好のおじさまの焼き物を観る眼力は健在だとしても、価格に対する数字的な能力にはがたがきているのに違いない……。

「ボール紙で作った箱に入れとくのは危ないなァ」

と三好与一郎は言って、茶碗を入れてあったという桐箱を持って来てくれた。志乃子は茶碗をその桐箱に入れ、蓋をきつく紐で縛って三好家を辞した。そしていったん実家に行くと、桐箱を仏壇の前に置き、母をつれて帰るために病院に向かった。

病院の事務局のなかを捜すと、美乃がパソコンの画面とカルテを見較べながら仕事をしていた。診察時間外だったが病院を出入りする人は多くて、救急外来の診察室の前では救急隊員と若い医師が立ち話をしていた。

「もう二時間も前からお待ちかねよ。家に帰りたくてしょうがないのよ。タクシーを呼ぶからそれでお母さんをつれて帰ってね。私はあと一時間くらいで帰れるわ」

志乃子と目が合うと、美乃は急ぎ足でやって来て、そう言った。母は午前中は頭部のMRI検査を受けたという。

「ねェ、あの志野焼の茶碗、三好のおじさまは、三千万円以下では売るなって」

その志乃子の言葉に、

「三好家はこれから大変だわねェ。三好のおじさまは八十歳までゴルフをつづけたのよ。足腰は丈夫なのよ。あの足腰で徘徊《はいかい》されたら、加奈さんのほうがもたないわ」

美乃は言った。

姉は、老人の世迷言《よまいごと》だと決めてかかっている。まあそう思うのは当然だ。私も同じ思いなのだから……。

志乃子はそう考えながら、母の病室に行った。顎の下にネット状のガーゼを貼った母がベッドに腰かけて待っていた。

「その程度の切り傷だけでよかったわねェ」

「顎を打ったときの衝撃で入れ歯がこわれちゃったのよ。この病院には歯科がないから、寺内《てらうち》先生のとこに行かなきゃあ」

舌がもつれたような話し方は、顎の傷のせいだけではなく、こわれた入れ歯を外しているからだと知って、志乃子は母の澄江《すみえ》の体を支えるようにしてエレベーターに乗った。

「うちの階段、滑りやすいのかもね」

家に帰り着くと、築四十年の木造の二階屋のあちこちを点検してから、志乃子は母のために茶を淹れながら言った。三好家を辞してから生じた顔の火照《ほて》りはまだつづいていて、志乃子はそれが「三千万円」のせいだけではないと気づき、

「お母さんの更年期って、どんなだった？」

と訊いた。母は長いこと考え込んでから、

「忘れた」

と言った。

「きれいさっぱり忘れちゃったってことはないでしょう？　重かった？　軽かった？」

「重かったら覚えてるだろうから……。台所仕事をしてるときに、よく立ちくらみがしたわね。それに、いまから思うと、何でもないことによく腹を立ててたって気がする。ほんとに何でもないことによ。たとえば、私が大事なことを相談してるときに、お父さんが欠伸《あくび》をした、とか、ちゃんと洗ったつもりのお茶碗にご飯粒が一粒くっついてた、とか……。まあそんな他愛のないもんよ」

そう言ってから、母は茶を飲みながら、またしばらく考え込み、

「あ、そうそう、むやみやたらに買い物がしたくてたまらないって時期があったわ。あれは我ながら異常だったわね」

とつづけた。

「買い物って、たとえばどんなもの？」

「自分が身につけるものよ。洋服とか着物とか帯とか……。でもそんなお金はないから買えないでしょう？　そしたら、買えない自分がすごく惨めに思えて腹が立つのよ。ホルモンって、いろんないたずらをするんですよって婦人科の先生に言われても、ああそうですかって納得できなかったわねェ」

「よく覚えてるじゃないの」

「だんだん思い出してきたのよ」

そう言って笑ったあと、

「あっ、そうかァ、志乃子もそういう歳になったのね」

と母は志乃子を見つめた。

「娘の歳くらいは覚えといてよ。私だけじゃないわよ、美乃ちゃんはまさに真っ只中よ」

志乃子は言って、縁側の窓をあけ、手入れの行き届いた庭に見入った。紫陽花が蕾《つぼみ》をつけていた。その横の二坪ほどの場所には毎年コスモスの種が植えられる。コスモスのために空けてある地面の東側には、金木犀《きんもくせい》の古木とコブシの木が並んでいる。

狭い庭だが日当たりが良くて、志乃子が少女時代を思い出そうとするとき、それはいつも庭に咲く花々から始まる。どれもみな母が植えて育てつづけてきたのだ。

父がこの地に四十五坪の土地を買い、家を建てようとしたとき、母は年中何かの花が咲いている庭を造りたいと言ったという。その要望は頑迷なほどに強くて、そのためにはいささか余裕のない二階屋を建てるしかなかったのだ。下は六畳と八畳と台所、それに浴室、トイレ。上は六畳二間とトイレと納戸。

　美乃と志乃子が大きくなると、なんと工夫のない窮屈な家かと思ったものだが、美乃も志乃子も嫁ぐと、夫婦ふたりにとっては、使わない二階が邪魔になってしまった。しかし、美乃が離婚して帰って来て、父が死んでしまうと、二階は美乃だけの棲家《すみか》となって、この家は母と娘ふたりきりの暮らしには頃合の空間となったのだ。

「向日葵《ひまわり》の種は蒔《ま》いたの？」

　と志乃子は訊いた。美乃が「海雛」を買って居酒屋を営むつもりだということをもう母は知っているのかどうかを確かめたかったが、もしまだ美乃が話していないのなら、自分が先に口にしてはいけないと思った。

「五月の初めに蒔いたわよ。もうだいぶ伸びてると思うけど……」

　と母は言い、縁側に来て、志乃子と並んで坐った。

「私、向日葵って好きだわ。うちの庭の向日葵って、どうしてあんなに大きく育つのかしら」

「どこで咲こうが、明るい花よねェ。夏は、向日葵と朝顔よ。あのふたつの花を見ないと、どんなに暑くても夏だって気がしないわ」

「なんとかっていう有名な華道家が言ってたけど、向日葵と朝顔って活けるのが難しいんですって。朝顔が活けにくいのはわかるけど、向日葵も確かに難しいだろうなァって気がするわね」

ああ、なるほどという表情で、

「活ける人間の手が、花の明るさにかなわないんでしょうね」

と母は言って、おいしそうに茶を飲んだ。

志乃子は、まだまだ母は大丈夫どころか、以前よりも心の置き所にゆったりとしたものが生まれてきたような気がした。そして、そう感じて安心した途端に顔の火照りが鎮まっていった。

美乃が軽自動車を運転して帰って来た。着替えるために二階にあがって行った美乃を追って階段をのぼり、

「居酒屋のこと、まだお母さんには話してないんでしょう?」

と訊き、姉の机の上に積み上げられている本の多さに驚いて目をやった。「和食の基本」「日本の地酒」「酒の肴《さかな》百品」「東北地方の名酒」「杜氏《とうじ》の歴史」「有機野菜農家ベスト一〇〇」……。

「すごーい。やる気満々ね」

志乃子は十数冊の本の背表紙に見入りながら言った。

「お母さんには、今夜話そうと思ってるの。きっと大反対するだろうなァって考えるだけで気が重いわね」

と美乃は言って、もう五年近く愛用しているミッソーニのTシャツを着た。

「反対する理由はひとつだけよ。美乃ちゃんに酔っ払いの相手はできない、ただそれだけ」

「これが私の仕事だってことになったら、ちゃんとうまくやるわよ。居酒屋の女将《おかみ》なのよ。色気を売り物にするわけじゃなし」

「売れるような色気があると思ってるの？」

志乃子は笑いながら言って、机の上にある美乃の老眼鏡をかけてみた。雑誌の小さな字が鮮明になった。

「よく見える……。美乃ちゃんの老眼鏡をかけたら世界が変わっちゃった。うわァ、私も老眼なんだ」

「これは老眼鏡とは言わないの。お手元眼鏡って言うのよ。言い方を変えただけだけどね。この眼鏡をかけて小さい字がよく見えるようになったら、更年期もへったくれもないわよ。志乃ちゃんもさっさと女にさよならしなさい」

「心はいつまでも女なのにねェ」

「そのうち、心も女じゃなくなるわ」

「じゃあ何になるの？　男になるの？」

「お化けになるのよ。やまんばに」

志乃子は姉の老眼鏡を鼻眼鏡にしたまま笑い、どうやら五十肩にかかったらしいと言った。

「いつから？」

「なんか痛いなァ、寝ちがえたのかなァって思ったのは、三日くらい前ね」

「五十肩もねェ、引き金はなんとかっていうホルモンの分泌《ぶんぴつ》が少なくなることだって説が有力なのよ。ただそのホルモンは、男と女とでは種類が違うんだって、うちの病院の内分泌科の先生が言ってたわ」

そう言ってから、美乃はあの茶碗をこれからどうするつもりなのかと訊いた。志乃子と母が病院から出たあと、なんだか気になって三好のおじさまに電話をかけてみたのだという。

三千万円などという話を信じたわけではなく、老人のぼけ具合が心配になったらしい。

「あの話し方は、絶対にぼけてないわ。ぼくなら、買い手に堂々と三千万円を要求するけど、ああいうものは、どうでもいい人には五千円でも高いのだ。美術骨董ってのはそういう世界だ。ぼくの目が正しいかどうかは、志乃ちゃんが京都の金継ぎ職人のところに行かなくても、銀座あたりのちゃんとした美術骨董店にあの茶碗を見せたら、すぐにわかることだ。……三好のおじさまは、かなり憤然として言ったわ。私、怒らせちゃったみたい」

そう言いながら階段を降りて行く美乃のあとから仏壇のある八畳の間に入り、

「金継ぎ修理をするのに幾らくらいかかるのかしら」

と志乃子は言った。

京都へ行って帰るのだって新幹線代が必要だ。せっかく京都へ行くのだから、とんぼ返りなんて勿体《もったい》ない。六年前に夫と京都旅行をしたとき食べた料理屋のお弁当を食べたい。あれは高台寺《こうだいじ》の南側の坂道をのぼったところにある料理屋がお昼だけ出すお弁当で、漆塗りの容器に入っていた。

それを食べて、祇園の歌舞練場の近くの「甘味処　かおる」のくず餅と白玉ぜんざいも食べたい……。

志乃子が頭のなかで合計金額を計算していると、

「三千万円の茶碗なのよ。それをただで手に入れたのよ。高台の欠けを直す修理代くらいが何なのよ」

そう美乃は言って、自分の大きなショルダーバッグのなかに桐箱を入れた。

「美乃ちゃん、三千万円なんて話、信じちゃったの？」

「一千万円でしか売れなくたって凄いじゃないの」

大事そうにショルダーバッグをかかえて家から出て行こうとしている美乃に、どこに行くのかと訊くと、海雛へ行くのだという。

「えっ？　夜じゃなかったの？」

志乃子は慌てて自分のハンドバッグを持ち、母を捜した。母は蔓薔薇《つるばら》を植えてあるところの雑草を抜いていた。志乃子は美乃と一緒にちょっと出かけてくると母に言って、丈の低い門扉《もんぴ》をあけて坂道に出た。おとしまでは天気が良ければそこから富士山が見えたのだが、宮津家の真向かい二軒が土地を売り、家はたちまち取り壊されて、その跡に五階建ての分譲マンションが建ってしまい、眺望は閉ざされたのだ。

「きょうは鹿島さんに海雛の定番料理を教えてもらうの。鮭の南蛮酢と茄子の煮びたし、それに焼き豆腐と季節の野菜の煮物」

と美乃は言った。いつもその三品は大皿に入れてカウンターの上に並べてあるのだという。

「鹿島さんも焼き物には詳しいのよ。彼までもがこの茶碗は凄いって評価したら本物よ」

「三好のおじさまよりも目利きだっていうの？」

志乃子は、坂道を駅のほうへと下って行きながら、ひやかすように訊いて、大きな土地に建っていた家々がいつのまにかどれも似たような形の二階建て住宅に変わってしまったなァと思った。

「三好のおじさまのほうが年季は入ってるわよ。でも鹿島さんは自分で茶碗を焼いてきた人だから。実際に造ってきた人の目はまた違うでしょう?」

「焼き物を焼くようになってからどのくらいたつの?」

と志乃子は訊いた。

「三十二のときからって言ってたわ。海雛を継ぐ前は、岐阜の多治見《たじみ》にある瀬戸焼の陶芸家のとこで修業してたのよ。そのあと、いろんな焼き物の窯を転々としたって。常滑《とこなめ》、唐津、伊万里……」

「なんでひとところで修業をつづけなかったの?」

「いろんな焼き物を勉強したかったんだって。その道で生きようなんて考えてなかったらしいわ。でも焼き物が好きで好きで……。どうせ家業を継がなきゃいけないんだから、そのときが来るまでは好きなことをさせてもらおうと思ったそうよ。で、三十八のときに酒屋と海雛を継いだのよ」

公園の横を過ぎ、公民館と市立図書館が並んでいる四つ辻を右に曲がると、東横線の線路が見え、駅へとつづく商店街のアーケードも見えてきた。

美乃は銀行の向かい側の細い道を左に曲がった。小さな本屋と喫茶店のあいだに海雛と酒屋がある。

「酒屋さんも閉めちゃうの?」

と志乃子は訊いた。

「酒屋は、昔から勤めてくれてた人に譲るんだって。この近くには安売りのリカーショップもあるんだけど、お酒だけじゃなくて、調味料なんかもこまめに配達して、古いつきあいのお得意さんが多いのよ。ご用聞きに来て、配達もしてくれる酒屋さんが少なくなったから重宝されてるそうなの」

志乃子は、そんな町の酒屋がここ数年で姿を消しているのだなと思った。志乃子が暮らしている深川周辺ではまだ商売は成り立っているが、量販店に客を取られて売り上げは激減をつづけているのだ。

海雛と酒屋のあいだに、人ひとりがやっと通れるほどの通路があった。美乃はそこを通って海雛の裏口へと向かったが、志乃子はしばらく道に立って、海雛と墨文字で書かれた小さな木の看板に見入った。店全体が杉らしい黒塀で包まれているといった趣きで、黒ずんだ格子戸は年代を感じさせた。海雛という看板のなかに居酒屋という文字がなければ、いったいいかなるものを扱う店なのかわからない。

格子戸の上には、暖簾《のれん》を掛けるために金具が埋め込まれているが、それには緑色の錆《さび》が浮いている。本来、別の用途のために造られた頑丈な金具を、あえて暖簾を掛けるために取り寄せたような気がして、志乃子は、店内も居酒屋という言葉から自分が想像していたようなものではなさそうな気がした。

窮屈な通路のほうへと行きかけたとき、格子戸があいて、縁なしの眼鏡をかけた背の高い男が出て来た。そのうしろに美乃が立っている。

「どうぞお入り下さい」

と男は言った。前頭部の髪は薄く、そのせいか側頭部の毛がいやに長くて多いように見えた。

志乃子が店先で初対面の挨拶をすると、男はジーンズの尻ポケットから名刺を出した。

「居酒屋　海雛　鹿島仁義」という文字に目をやって、

「ジンギってお読みするんじゃないですよね」

と志乃子は言った。そうではないとわかっていたが、仁義という字の訓読みが咄嗟《とっさ》に浮かばなかったのだ。

「ヒトヨシです。客はジンギさんて呼びますが」

と言って鹿島はかすかに笑みを浮かべた。子供のときからいったい何回訊かれたことか、といった表情だった。

店にはテーブル席はなく、壁に向かってコの字型になっているカウンターの奥は広くて、魚を焼くための囲炉裏《いろり》も大きかった。壁の上部は漆喰《しっくい》で下部は杉板、天井には目のつまった葭簀《よしず》が張ってある。

カウンターの奥の棚には、数十本の清酒と焼酎《しょうちゅう》が並べてあり、さらにガラス張りの長方形の冷蔵庫のなかにも冷酒用の清酒が整然と納められている。

カウンターの出入口の横に調理場と店を区切る暖簾が掛けられていて、ゴム長を履き、丈の長いエプロンをした六十前後の女が野菜を洗っていた。

あの女性は、昼に仕込みの手伝いをして、いったん家に帰り、六時にまたやって来て、閉店の十一時まで調理場で働くのだと美乃が小声で説明した。

もし姉が海雛の経営者となったら、まず最初に直面するのはこの六十前後の従業員との折り合いであろうと志乃子は思った。長くここで働きつづけて、どこに何があるかもすべて把握していて、客に出す料理の多くも作るし、炉で魚も焼くのだとしたら、姉はとにもかくにもこの女と気心を通じ合わせなければならない。

嫌われて、陰湿な意地悪をされるようになったら、商売をつづけていくことなどできなくなってしまう。

志乃子はそう思い、

「あの人、美乃ちゃんがここを買うことになるってこと、もう知ってるの？」

と小声で訊いた。

「知ってるわよ。私、はこべさんがいなかったら、ここを買うなんてこと考えもしなかったわよ」

美乃はそう言って、暖簾をくぐり、志乃子を調理場につれて行くと、

「こやつが妹の志乃子なの。ねっ？　似てるでしょう？」

と女に言った。

「はじめまして、堂本《どうもと》です。今後ともよろしくお願いいたします」

女は頭に巻いていた藍染のバンダナを取ってお辞儀をした。志乃子も初対面の挨拶を返しながら、堂本はこべの人となりを観察してみた。

「はこべさんて、どんな字ですか？」

「ひらがなです。祖母が、はこべが好きだったらしいんです。野に生えるはこべがね」

堂本はこべは、高くて肉厚の頬のせいで余計に小さくて低く見える鼻を掌で隠しながら照れ笑いを浮かべた。

姉が居酒屋を営むことになるとは夢にも思っていなかった。お世辞を口にするのが嫌いで苦手で、この年代のたいていの女がこなせる日常の家事も満足にできなくて、喋り方はつっけんどんで、人には厳しく自分には甘いが、悪意というものはひとかけらも持ち合わせてはいない。こんな姉だが、どうか欠点には目をつむって助けてやってくれ。堂本さんがいなければ、きっと何ひとつできないはずだから……。

志乃子はそう言って、もう一度深くお辞儀をした。

「私って、最低の女なのね」

美乃は少し怒った表情で志乃子を見つめて言った。

「これくらいに言っといたほうがいいの。それよりも、私、何に似てるのよ。何にそっくりなのよ」

「内緒」

美乃は笑いながらそう答え、カウンター席に戻ると、ショルダーバッグから桐箱を出し、早口で中身の説明をしてから、薄茶茶碗を出した。

カウンターのなかの囲炉裏を掃除していた鹿島仁義は、日本人にしては茶色が勝ち過ぎている目で茶碗を凝視し、カウンターに両手をつく格好を長いことつづけたのち、それを手にとった。

「珍しいね。これだけ大きく高台が欠けたのに茶碗の本体が無傷だなんてね」

と言った。

それから、シャツの胸ポケットから老眼鏡を出して茶碗の底に見入った。

黒いマントを着せたら、大昔に遠い異国から船に乗ってキリスト教の布教にやって来た宣教師に似るだろうと思いながら、志乃子は鹿島の言葉を待った。

「ぼくには値段まではつけられないけど、これは志野焼の名品であることは間違いないよ。これだけの鼠志野の茶碗には滅多にお目にかかれないよ。作った人、名人の域を超えてるよ。底に小さな印が捺《お》してあるけど、あえて浅く捺したんだろうな。彫られてある銘の判読不明。何か意図があってそうしたんだな。誰の作かわからないままで結構だ。

この茶碗を超えられるものなら超えてみろ……。そんな気概かな。凄いね。ただ凄いなァって溜息《ためいき》をついて眺めるしかないね」

鹿島の口から溜息という言葉が出るのと同時に、志乃子は我知らず深い溜息をついた。それにつられるように、美乃の口からも同じものが吐き出された。

いったん調理場に行った鹿島がサイフォンと、細挽きしたコーヒー豆を入れてある缶を持って来て、コーヒーを淹れ始めたので、志乃子は茶碗を桐箱にしまい、それを紐できつく縛って自分のハンドバッグにしまった。

「はこべさん、火加減はぼくが見るから、もう帰ったら？」

鹿島にそう促され、堂本はこべは、長いエプロンを取ると小さくお辞儀をして裏口から出て行った。

堂本はこべには二十七歳の息子と十七歳の娘がいる。息子は大手電機メーカーの子会社の、コンピューターシステムを制作管理する会社でシステムエンジニアとして働いているが、娘は生まれついて障害があり、いまも養護学校に通っている。昼の三時に帰宅するので、そのときに母親が家にいないと動揺して、いわば一種のパニック状態になり、どんな不測の事態が生じるかわからない。

だが、夕方、母親が海難に働きに行くことは彼女の日常のなかに組み込まれているので、母親が帰宅するまでおとなしく留守番をしていられるのだ……。

美乃はそう説明し、

「はこべさんの娘さん、ダウン症なの」

と言った。

「ご主人は？」

「その娘さんが八歳のときに姿をくらましちゃった。年に一度か二度、お金を送ってくるらしいわ。名古屋の警備会社で働いてるってことがわかったのは最近よ。なんと女と暮らしてて、その女とのあいだにふたりの子供が生まれてたのよ。その子供たちのために、正式に離婚してくれって、人を介して頼んで来たのが三カ月ほど前なの。上の子が小学校にあがるから、戸籍上の正式な父親になってやりたいんだって……。ダウン症の自分の娘から逃げだしといて、よくもそんなことが言えるもんよね」

美乃がそう言ってエプロンをつけると、淹れたばかりのコーヒーをカップに注いでから、鹿島は足元の段ボール箱から清酒の四合壜を出した。

「これ、紀州の酒。きょう初めてうちで出すんだ。酸味が強くて味も濃いから、料理も味の濃いやつと合うんだ。冷酒が基本だけど、燗《かん》をしてほしいって客には、ぬる過ぎるくらいのぬる燗。文字通りの人肌が限界だと思うよ。美乃さん、覚えといてね」

鹿島の言葉と、その清酒名と酒造会社名を美乃は大きめの手帳に書き写した。志乃子がその手帳を覗き込むと、さまざまな清酒の名が書かれてあり、どんな料理に合うか、どんな酒器がいいか、などが細かい字でつけ加えられていた。

純米、純米吟醸、山廃《やまはい》吟醸、本醸造……。

日本酒にもそれぞれ幾通りかの造り方があることを志乃子は初めて知った。

カウンター席からうしろを見ると、壁には白い和紙がほとんど隙間なく押しピンでとめられていて、そこに清酒の名と一合あたりの価格が筆文字で書かれてある。

それらは青森県から宮崎県まで、日本列島を北から南へと区分して並べられている。

青森県は二銘柄、秋田県は三銘柄、山形県は五銘柄……。宮崎県までのすべての地酒を志乃子は数え切ることができなかった。そこにさらに焼酎が加わる。芋焼酎、麦焼酎、米焼酎、さらに沖縄や奄美《あまみ》の黒糖焼酎。

姉は記憶力も学校の成績も良かったから、これらすべてを頭に入れるのにさほど骨は折れないだろうが、魚を刺身にしたり、焼いたり、魚以外の料理をどうさばくのか……。

これはしばらく自分が手伝ってやらなくてはならないのではないかと志乃子は不安になってきた。

きょうは「鮭の南蛮酢と茄子の煮びたし」などを教えてもらう予定だと聞いていたが、調理場では魚のおろし方の話をしているな、と思いながら、志乃子が一対の男雛と女雛はどこに飾ってあるのかと首をもたげて店内を見廻していると携帯電話が鳴った。次男の啓次郎からだった。

見習いの美容師として、いまは昼食も店の奥の更衣室で立ったまま食べなければならないほどに忙しく働きつづけている啓次郎が、こんな時間に電話をかけてくるのは初めてのことだ。何か悪いことでも起こったのだろうか。志乃子は不安を感じながら携帯電話を耳にあてがった。

「お母さんが貰って来た木の箱、俺、あけちゃったんだよ」

と啓次郎は言った。

「箱？」

咄嗟に何のことだかわからなくて、訊き返すと、焼け焦げの跡がある古い木箱だという。

「ああ、朝鮮の古い手文庫ね。べつにあけたっていいわよ。なんとかあけようと思って、ペンチで鍵を廻してみたんだけど、どうしてもあかなかったのよ」

「仕事で使うカーラー用のピンを持ってたから、それで鍵穴のなかの四角い突起物をつかんで廻してみたら、あいちゃったんだ」

「啓ちゃん、いまどこにいるの？」

「家だよ」

店長の私的な用事を頼まれて門前仲町の近くまで来たので、ちょっと息抜きをしたくなって家に寄ったのだと啓次郎は父親そっくりの声と喋り方で説明した。

「この箱、かささぎ堂のおばあさんから貰ったんだよね」

「うん、そうだけど……」

「返したほうがいいんじゃないのかなァ。凄く大切そうなものがぎっしり詰め込まれてるよ。手紙が一通、ノートが二冊、それから空のリュックサック……」

「リュックサック？　あの小さな手文庫のなかに？」

「うん、ちっちゃくて可愛らしい布製のリュックサック。折り畳まれて皺だらけになってるけど。ノートには、何枚もの古い写真が貼ってあるし、いろんな領収書とか保険証書とかも貼ってあるんだ。日付のほとんどは昭和十八年とか十九年とか……。ロシア語の単語がたくさん書いてある手帳もあるよ」

そう言ってから、啓次郎は、手文庫のなかに入っていたという手紙を声に出して読み始めた。


——菊子《きくこ》ちゃん、貴女に贈る思い出のリュックサック。

敗戦の翌年の六月十五日、北朝鮮城津《ソンジン》港より七月二十八日山口県仙崎《せんざき》の港に上陸した四十三日間の長い長い命がけの旅の間、貴女はこのリュックサックを背負い続けてきたのです。

六月二十六日に苦しい野宿の果てにやっと三十八度線を突破したあのときの感激は幼

かった貴女も覚えているでしょうね。脱出にそなえて私が一生懸命に縫った手製の品です。幼き日の思い出に大切にしまっておいて下さいね。一九九〇年十月一日　父より

「北朝鮮から日本に帰るのが、そんなに苦労だったの?」

啓次郎の問いに、志乃子は、たぶんそうだろうとしか答えられなかった。昭和三十二年生まれの自分は「敗戦」が太平洋戦争で負けたことであろうことくらいしかわからないし、その翌年に朝鮮半島がどんな状況にあったのかも皆目わからないと志乃子は言った。

「とにかく、このままにしとくよ。ノート、うっかりページをめくったりしたら破れそうなんだ。もう表紙も、なかの紙も変色してて、なんていうのかなァ、全体が劣化してて、下手に触れないよ。でも、字ははっきり読めるよ。書き出しを少し読むよ。読めない字は飛ばすけど」

志乃子は、啓次郎はいったい何に興奮しているのであろうと考えながら耳を澄ました。

敗戦、嗚呼《ああ》夢想だにしなかった敗戦の御詔勅を拝した時の惨たる感情こそは……それからの一年間……元山への移動、軍隊からの脱走、ソ連軍の城津侵入、現地人の暴動、日本人の追放、耳にする咸興の惨状、双浦町への移住、避難生活での越年、脱出の準備、

そして脱出決行、海金剛の危難、三十八度線の突破、注文津の幕舎《ばくしゃ》生活、引揚船、本土に上陸、……そしてそして懐かしい故郷に。……血と涙にて綴られた一カ年間……。

今日、はからずも生き長らえし不思議なる此の身此の魂の置き所を懐かしの京洛西郊の地に安住の場所を求め得て、この幸福感、この感激、何物にも比すべくもあらず。

一九四六年九月一日……何もかも再び立ちあがらんとする再出発の日、幸あれかしと祈りつつ過ぎ去りぬ此の一年間をいま静かに思い出ずるの儘《まま》に、つたなきペンに鞭打《むちう》ちながら書きとどめんとす。

げに燈火親しむ秋の夜、子らはみな安らけく眠りにつき、妻は傍にて半布し継ぎ足しに子らが冬の衣にせんと貧しきながらもいと楽しげに針運ばしけり。インフレーションの波とうとうと打ち寄せ、飢えの叫び耳を打つ。


判読不明の文字を飛ばしてそこまで声に出して読むと、

「写真のほとんどは、この人の奥さんや子供たちのだよ」

と啓次郎は言った。書いた人の名は横尾文之助《よこおぶんのすけ》で、菊子というのはこの人の長女だ、と。

「茜が下手に触ってノートを破ったりしないように、お母さんの寝室のクローゼットのなかに入れとくよ」

と言って電話を切った。

「うまいなァ、美乃さん、筋がいいよ。見直したなァ」

という鹿島の声のあと、裏口のあく音がして男の大きな声が響いた。

「きょうの関サバはいいよ。カツオは土佐から。ちょっと脂乗りは落ちたけど、中オチは刺身にもってこいだ。下手なトロよりも十倍うまいぜ。いつものは別の箱に入れてあるから」

鮮魚の卸業者らしかった。

志乃子は暖簾から顔だけ出して、実家に帰っているからと美乃に言った。

夫の逗子での仕事は遅くとも六時には終わる予定で、そのまま車を運転して志乃子の実家に行き、シャワーを浴びてから海雛へ行くという予定になっていた。仕事を終えて居酒屋へ行くのだから、酒を飲ませないのは可哀相だ。もう三カ月ほど夫の仕事用のワゴン車を運転していないが、深川までの帰路は自分がハンドルを握るしかないと志乃子は決めていた。

「お母さんにちょっとだけ話の前振りをしといてよ」

美乃は包丁を持ったまま近くにやって来て、そうささやいた。

「うん、前振りをね。でも話を始めたら、前振りだけじゃ済まなくなるわね」

「具体的なことは、美乃ちゃんが帰ってから直接話すと思うって言っといて」

そう言って、美乃は魚の卸屋が運んで来た発泡スチロールの大きな箱のところに戻った。

海鼡を出て道を曲がり、坂道をのぼって行きながら、選《よ》りにも選って、という言い方があるが、自分はたいして選りもしないで、とんでもない代物を貰ってしまったものだと志乃子は思った。

この鼠志野の薄茶茶碗は、とんでもない代物どころではないし、たぶん李朝の時代のものである手文庫にしまい込まれていたものも、横尾文之助という人とその家族にとっては、かけがえのない大切な宝物といっても過言ではないはずだ。

いったい自分はどうすればいいのだろう。やはり、かささぎ堂の笠木恵津に話さなければならない。私は内緒にしたまま平気で一生をすごせる女ではない。私は小心者で、正直だけが取り柄なのだ。

志乃子はそう考えながら、実家の門扉をあけ、生け垣の向こうの庭を見た。向日葵を植える場所に母が坐り込んで首を前に垂れていた。

慌てて玄関から座敷に上がり、縁側に走った。

「お母さん、どうしたの？」

母は何事かといった表情で顔をあげ、蟻《あり》を観察していたのだと笑顔で言った。

熊谷守一という画家が、庭の蟻をひたすら見つめつづけて、蟻は左の二本目の脚から歩きだすことを発見したという話を思い出し、それを確かめようと思った、と。

志乃子は縁側に長々と横たわり、体中の力を抜いて目を閉じた。

「びっくりしたわよ」

坐ったまま死んでるのかと思ったわ、という言葉を危うく口にしそうになり、志乃子は口をつぐんだ。

「熊谷守一翁の観察どおりだった？」

「いくら見ててもわからないのよ。当たり前よねェ、老眼鏡、かけてないんだもん」

母は土にまみれた手を庭の散水用に掘った井戸で洗い、

「死んでも離さないって感じの持ち方ね。そのハンドバッグに何が入ってるの？」

と訊いた。

「三千万円のお宝」

「珍しい……。宝くじ買ったの？　あんたくらい籤運《くじうん》の悪い子はいないのよ。五十枚の籤のなかに外れは二枚しかないっていうのに、その二枚のうちの一枚を引いたことがあったでしょう」

ああ、確かにそんなことがあった。あれは幼稚園に通っていたときだ。クリスマスの催しに、父母たちが園児のために籤を作ったのだ。全部が当たり籤だと、いくら幼稚園児でも喜ばないだろうからと、誰かが二枚の外れ籤を混ぜたのだ。そのうちの一枚を見事に引いてしまったのは、この私だった……。

「美乃ちゃんは、もしかしたら自分で何か商売を始めるかもしれないわよ」

縁側にあお向けに横たわって雲を見つめながら、志乃子はそう切り出してみた。

「商売？　美乃に出来る商売なんてあるのかしら」

「出来る商売だったら賛成する？」

「インチキな商売じゃなきゃあね」

「インチキな商売って、たとえばどんな？」

「お金や物が実際に目の前で動いてない商売よ。先物取引とか、使い物にならない土地の売り買い、とか。それから無尽講みたいなのもあるでしょう？」

「海雛って居酒屋、知ってる？」

「知ってるどころか、あそこの先代の奥さんとは仲が良かったのよ。死ぬまでお嫁さんと憎み合ってたけど、いい人だったわ」

そう言って、母は縁側に腰をおろし、志乃子の腹を撫で始めた。志乃子は、自分が子供のころ、母にかまってもらいたくなると、わざとふくれっ面をしてあお向けに寝転びつづけたことを思い出した。母はそれをちゃんと知っていて、いつも無言で腹を撫でてくれたのだ。

日頃の籤運が悪くても、大事な要《かなめ》でいい籤を引きさえすればそれでいいのだと母は言った。

「大事な要って？」

と志乃子は訊きながら、母に体のどこかを優しく撫でられるというのは幾つになっても幸福感に満ちているものだと思った。

「海雛の松子《まつこ》さんは籤運が強くてねェ。この人には何かが憑《つ》いてるんじゃないかって思うほどで。宝くじを買って、あれは何等賞だったかしら、百万円当たったことがあるの。私もそうだけど、周りで宝くじを買う人はいても、せいぜい何百円かが当たるだけで、そんなまとまった大金が当たったなんて人はいないでしょう？」

志乃子は、上体を起こして、こんどは自分が母の手をさすりながら、松子さんというのはお姑さんのほうなのかお嫁さんのほうなのかと訊いた。

「お姑さんよ。つまりいまの海雛のご主人のお母さんなの。目鼻の大きな、外人さんみたいな顔だったわ。なんだかいつも何かにびっくりしてるって感じの顔」

そして母は、松子さんは宝くじが発売になると、いつもわざわざ銀座まで出向いて、当たり籤の出ることが多いという販売所でまとめて百枚買うようになったと言った。

「百万円で味をしめたのね。いちど嘘みたいな出来事があったわ」

「どんな？」

「一等賞が一億円ていう宝くじを買ったとき、その一等賞と下一桁が二番違いの籤を持ってたの。一番違いだったら前後賞で、かなりの大金が当たるでしょう？　でも二番違いだから一銭にもならないの。私、その宝くじを見せてもらって、新聞に載ってる当せん番号と照らし合わせて、びっくりしちゃった。組番号もおんなじ。でも最後の数字が4じゃなくて2なの。あとは全部一等賞の番号とおんなじ。たった二番違い……。これ、十万円くらいくれたっていいのにねェって言ったら、松子さん、凄く怒っちゃって、私の目の前でその宝くじを破ったのよ。阿修羅像《あしゅらぞう》みたいな顔をして……」

「お母さんのせいじゃないのにね」

志乃子は笑いながら言った。

海雛の松子さんは、トランプをやっても花札をやっても、気味が悪いほどに強かったと母はつづけた。

「とにかく欲しい札を引いてくるのよ。これでスペードのエースがあったら大勝ちだなァって思いながらうしろで見てると、スペードのエースを引いてくるの。花札でもそうよ。これで鹿を引いたら猪鹿蝶《いのしかちょう》の出来上がりだと思うと、ちゃんと鹿を引くのよ。世の中にはこんなに籤運の強い人がいるんだって、私、感心するよりも、なんか恐ろしかったわ。でもねェ、松子さんの人生は、籤運が悪かったわねェ。亭主は大酒飲みのギャンブル狂。あげく女をつくって家には寄りつかない。息子は名うての不良で借金まみれ。娘は高校を中途で辞めて品のないチンピラとかけおち。五年後にふたりの子供をつれて帰って来たときには、まだ二十二なのに四十女に見えたわよ。まともだったのは、いちばん下の息子だけ。それなのにその息子の嫁と憎しみ合いつづけて……。上ふたりの子供のことで悩んで悩んで、やっと下の息子が酒屋と海雛の商売に精を出すようになったと思ったら、癌で死んじゃった。松子さんのあの籤運の強さは、あの人の人生に何ひとつ役立たなかった……」

母はそれきり黙り込んで志乃子と並んで縁側に坐りつづけ、しばらくしてから、

「何の話をしてたんだっけ？」

と訊いた。

「美乃ちゃんが病院勤めを辞めて、商売を始めるかもしれないって話」

「それと海雛と何の関係があるの？　あれ？　どうして海雛の話になったの？」

「あの海雛を買って、美乃ちゃんが居酒屋の女将になるのよ」

結局、自分がすべて説明しなければならなくなったと思いながら、志乃子は姉から聞いたことをすべて母に話した。

母の性格から推し量ると、あからさまに反対はしなくても、遠廻しに美乃に思いとどまらせようとするだろうと予想していたが、

「やってみたらいいわよ。海雛には昔からいい客がついてるから」

と母は嬉しそうに言った。

「えっ！　お母さん、大賛成って顔よ。本気なの？　あの美乃ちゃんが居酒屋の女将に

なるのよ。客商売なんていちどもやったことがないあの美乃ちゃんが、よ」

「願ってもない話よ。あの子には居酒屋の女将が向いてる。魚をさばくのは、私、得意よ。他の料理の下ごしらえだって、私が手伝ってやるわよ。ありがたいことに私、まだ元気だから」

そう言って、母は立ちあがり、縁側を行ったり来たりしたあと、美乃がこのまま歳を取っていくのかと思うと、なんだかつらくて眠れない夜があったのだと言った。

何を幸福とするかは人それぞれであろうが、どんな事情があったにせよ、わずか三年の結婚生活ののちに離婚し、実家に戻って来て、それ以後病院の事務局で地道に働きつづけ、浮いた話ひとつなく、贅沢をするでもなく、ただ孤独な寝酒だけを楽しみとして、もっと長生きすると思っていた難病の父親の看護を懸命にやり遂げ、その父親の死を看《み》取《と》り、年老いていく母親とともに自分も齢《よわい》を重ね、やがてその母も死んだら、この家でひとりぼっちとなり……。そんなつまらない人生を生きるために、あの子は生まれてきたのであろうか。

確かにこの世界には、もっともっと恵まれない、悲惨といってもいい人生をおくっている人も多い。少なくとも美乃は、いまのところ健康で、日々の生活に難儀をするほど貧しくはない。父が遺してくれた家もある。

けれども、人間の幸福というものは、他の人と比べてどうのこうのと考えるべきではない。私があの子を不憫《ふびん》に思うのは、あの子が自分の人生を生きていないと感じるからだ。あの子の美質が、あの子の得手なものが、あの子の隠された良い性格が、まったく発揮されないまま、この小さな家で年寄りの母親とともに老いていく……。

そんなにつまらないことがずっとつづいていくのを手をこまねいて見ていていいのだろうか。なんとかしなければならない。そう思いながらも、何をどうすればいいのかわからない。そのような焦燥に最近とみに強く駆られていたのだ。

母はそんな意味のことを珍しく早口で喋りつづけたあと、おそらく興奮して少し気分が悪くなったらしく、再び志乃子の横に坐り、

「どうせ一度は死ぬ身なんだもん。勇気を出して動かなきゃ損するわ」

と言った。

首都高を降りて隅田川大橋から清澄通りに入ると、道はにわかに車の渋滞が始まった。高速道路から降りたことで志乃子は神経がほぐれたが、夫の琢己も同じらしく、もっと左に寄れ、とか、車間距離をあけろ、とか、サイドミラーをちゃんと見ろ、とかの怒鳴り声とはまったく異なる口調で、

「事故だなァ。右折したほうがいいよ」

と言った。

逗子での仕事が予定よりも早く終わり、琢己が志乃子の実家に着いたのは五時前だった。

汗で濡れたところが残る作業着を見て、母が風呂を沸かしてくれて、琢己は力仕事のあとの体を湯舟でほぐし、朝、志乃子が弁当と一緒にワゴン車に載せた着替えの下着と新しいポロシャツ、それに夏物のジャケットを身につけて海雛に向かったのだ。

きょうはやめておくという母を無理矢理誘ったのは琢己で、海雛にやって来た母が入口を入ったところの壁に特別に設けた神棚に並ぶ一対の雛人形を懐かしそうに見上げている姿に驚いた美乃が、藍染の作務衣《さむえ》姿のままふいに泣きだしたので、すでにいい気分で酔っていたらしい三人の客がいっせいに黙り込んでしまった。

そのときの姉の顔を思い浮かべながら、志乃子は夫に礼を言った。

「美乃ちゃん、口にはしなかったけど、お母さんに反対されるのがいちばんいやだったのよ。お母さんがきょう私たちと一緒に海雛に入って来た瞬間、お母さんが賛成してくれたってすぐにわかったのね。きょう、お母さんを海雛に誘ってくれてよかった」

うん、うんと頷き返して、

「いまだ！　いま右折するんだ。後方確認を瞬時にやれ！」

と琢己は叫んだ。その声に驚いて、志乃子はアクセルではなくブレーキを踏んでしまった。後部座席に置いてあった桐箱が転がり落ちた。

アクセルとブレーキを踏み間違うなんて、決定的に命取りになるんだぞと怒鳴られ、「もう、その声でびっくりするのよ。私には私の運転の呼吸ってのがあるの。もう黙っててよ」

と志乃子は怒った。

「俺はお前が運転する車には一生乗らないからな。お義母《かあ》さんの家からさっき首都高を降りるまでに心臓が七、八回痙攣《けいれん》して、酔いなんてきれいさっぱり醒めちゃったよ」

「私もタクを乗せての運転なんてもう二度とこりごりよ。これからは自分ひとりで電車で帰ってね」

本気でそう思いながら、志乃子が渋滞している通りを右折したとき、また琢己が大声をあげた。

「茶碗が転がり落ちたよ」

「マットの上だから大丈夫よ。柔らかい布で包んであるんだし」

そう言ったものの、志乃子も不安になり、ワゴン車を停めて桐箱を拾いあげ、茶碗の無事を確かめた。家まであと七、八分のところの狭い通りの、親子で営んでいる喫茶店の前だった。

「コーヒー、飲んでいこうよ」

と琢己は言い、喫茶店の二軒向こうの酒屋の駐車場を指差した。店はもう閉まっていて、駐車場は空いていた。

土曜と日曜は近所の競馬好きの連中が席を占拠してしまうその喫茶店の主人は、「大橋婦人科」の院長と小学校から高校までずっと同級生だった。

店内は、競馬関係の本や雑誌で埋められていて、壁には主人の好きな何頭かの名馬の写真が飾ってある。

「うちの店には二年ぶりだね」

氷の入った水を運んで来て、主人は琢己に言った。

「競馬をやらない客には肩身が狭いんだよ、この店は」

琢己は笑顔で言い、コーヒーをふたつ注文した。夫は、相手が気を悪くするかもしれない言葉を平気で口にしても、言い方に妙な愛嬌《あいきよう》があるので笑い話として済んでしまうという得な性分なのだと志乃子はあらためて思った。

「海雛のカツオの刺身、うまかったなァ」

と琢己は言った。

「私はサンマの囲炉裏焼きがおいしかったし、出汁《だし》巻き玉子もおいしかった。でも最高においしいのはふりかけご飯ね。あのふりかけ、どうやって作るのかしら。豆腐をカリカリに炒って細かくほぐしてあるんだけど、焦がさずにあそこまでカリカリに炒るのって、何か特別なこつがあるのよ。こまかく砕いた山椒と海苔の塩梅《あんばい》もいいのよね」

「俺は先付のヌタに唸《うな》ったね。あれはただの居酒屋じゃないよ。お義姉《ねえ》さん、あの味を引き継げるかなァ」

そう言いながら大きな欠伸をした琢己を見て、志乃子は夫がひどく疲れていると感じた。

「あしたは午前中はゆっくりできるんだから、久しぶりにマッサージをしてもらいに行って来たら？」

志乃子の言葉に、マッサージを受けるのは、そのあと仕事の予定が入っていないというときにしたいと琢己は答え、コーヒーにミルクも砂糖も入れずに飲んだ。

「マッサージよりも、病院で検査してもらうほうが先かなって気がするんだ」

「えっ！　どこか具合が悪いの？」

志乃子の問いに、このごろひどく疲れを感じるし、脚が理由もなく痺《しび》れるときがあるのだと琢己は言った。

志乃子は木場《きば》の近くにある病院の名を口にして、あした診てもらいに行ってくれと言った。個人病院だが設備が整っていて、志乃子たちが深川に引っ越して以来、家族の誰かが風邪をひくとそこで診察してもらうようになっていた。

「たいしたことはないいんだけど、体全体が重い感じで……。疲れが溜まってるだけだと思うけどね」

志乃子がもう一度病院に行くよう促すと、琢己はわかったというふうに大きく頷き返した。

家に帰り、すぐにパジャマに着替えると、琢己は歯も磨かずにベッドに入って、たちまち寝息をたてた。

志乃子もパジャマに着替え、茜がひとりでとった夕食の食器を洗いながら、放っておいたら短くても一時間は風呂場から出てこない娘に洗面所のドア越しに声をかけた。

「自分の食器くらい自分で洗いなさい。お風呂に入ってからもうどのくらいたつの？」

「もう出たよ」

茜の声のあとにドライヤーの音が聞こえた。

これからが長いのだ。髪を乾かし、それから眉を整えたり、爪の手入れをしたり……。

自分が高校生のときはどうだったろう。どっちが先に風呂に入るかでよく姉とケンカをした。どちらも長風呂だったからだが、それでよく父に叱られたものだ。

志乃子はそう思いながら寝室に行き、クローゼットの棚から手文庫を出すと、台所兼リビングの、冷蔵庫の横の、脚を接ぎ足した古い文机の前に坐った。

手文庫をあけると、四つに折り畳んだ布製のリュックサックがいちばん上にあった。

薄緑色の縦縞柄の木綿の布で、拡げると横が十二、三センチ、縦が十五、六センチの小さなリュックサックで、中央にポケットが付いている。

ポケットを取り付けるための針目は手縫いだとわかる。肩に掛けるためのふたつのバンドも本体と同じ布で、取り付け部分に少し綻《ほころ》びがあるが、リュックサックそのものは丁寧に洗ってから手文庫にしまわれたらしく、汚れはなかった。

茶色に変色したノートの上に革表紙の薄い手帳があり、表紙をめくると「露単語」とペン字で書かれてあり、その下に「耳　ウウルー」「鼻　ノース」「手　キインティー」「紙　ブマガー」「いくらか　スコリカー」「来い　イジスター」「わかりますか　ポニマアーイ」「わかりません　ニポニマアーイ」といった文章が読みにくい文字で走り書きしてあった。

手帳の半分は日本語とそのロシア語での言い方で占められていたが、残りの半分には書いた本人だけがわかる略し方で、幾つもの数字が記されている。借入金と貸付金という文字がかろうじて判読できた。

志乃子は一冊目のノートをひらいた。ノートの一ページ目には、啓次郎が電話で読んでくれた文章があった。

志乃子は、ノートの後半の部分を注意しながらめくった。啓次郎の言葉どおり、紙はすべて劣化して、そっとめくらなければ破れてしまいそうだったのだ。

ノートに貼られてある写真は一枚や二枚ではなかった。そしてどの写真にも、菊子という娘にわかるように、のちに書き添えられたと思える説明文が付け加えてある。この写真は、何年何月にこのような状況下で、このような理由から撮ったものである……、という説明文なのだ。

最初は、若い男と女の別々の顔写真で、「私たち両人のはじめて知り合ったのは昭和十三年正月でした」という説明文があり、その下に、「昭和十四年六月頃写す」と記されている。

三つ揃えの背広を着て頭髪をきれいに七三に分けた青年。そして着物を着て笑顔でカメラのほうに向いている二十歳そこそこの女。

次のページには、ふたりが海岸の近くの松の木の下で写っていて、「昭和十五年一月二十八日、結婚式をあげた私達は新婚旅行に出かけました。熱海海岸、お宮の松の前での記念写真です。昭和十五年一月三十日に写す」とあった。

だが、夫婦が三人の子と一緒に写っている写真の一方の隅には、写真館の者による達筆な筆文字で「於朝鮮城津昭和18・8・4」と書かれてあって、「生めよふやせよのかけ声に忠実にはげんで、せっせと造りました。十八年三月には三人の子の親となっておりました」という日記の主による文章が記されていた。

この若い夫婦は、日本で結婚したあと何かの事情で朝鮮の城津というところへ行き、そこで生活をしていたのだなと志乃子は思った。

啓次郎は、とりあえずノートやリュックサックを手文庫にしまう際、蓋をあけたときの並べ方とは違う順番で入れたらしく、菊子という娘に宛てた封書はノートの下にあった。

志乃子はそれを何度も読み、手文庫にしまうと、文机に頰杖をついた。そして、すぐにまたノートを出し、「結婚後、初めて迎えたお正月には早くも長女菊子が生まれていました。昭和十六年一月一日写す」と説明が添えられている写真に見入った。

母親が赤ん坊を抱いて家の前でカメラに向かってポーズをとっている。いいお天気で、若い母親も、生後二、三カ月とおぼしき娘も眩しそうだ。

昭和十五年の秋頃に生まれた菊子は、ことし六十七歳ということになる、と志乃子は暗算してから思った。

この写真を撮った場所は日本なのであろうか朝鮮なのであろうか……。

志乃子は別のノートの後半部分を占めている金銭出納帳を見た。それは敗戦を迎える前のものらしく、毎日の仕事上の金の出入りをこまめに控えていた。

それを見ていると、横尾文之助という人は服飾関係の商売を営んでいたようだった。洋服の仕立屋だったのかもしれない。その世界の職人だけが使うのであろう符丁で走り書きされた仕入品には、二千三百円とか、七百二十円とかの価格が書き込まれている。

志乃子には当時の貨幣価値は皆目わからなかったが、二千三百円がいまと比べるとかなりの金額であったことは想像がつくのだ。

横尾文之助の結婚前の顔写真に見入ると、理知的で意志の強そうな目であることに気づいた。この若さで、結婚したばかりの若妻とともに朝鮮に渡り、いまの北朝鮮で洋服屋を営むだけの気概を持つ青年だったということになる。

茜がやっと洗面所から出て来たとき、

「あっ、私、財津さんの大事件をタクに話すのを忘れちゃった」

と志乃子は小声でつぶやいた。

三

　きょうは平成十九年八月十五日、日本が無条件降伏し、天皇の声がラジオで全国に放送されて敗戦を告げた日から何回目の終戦記念日を迎えたのだろうかと思いながら、志乃子は京都駅のタクシー乗り場に行った。

　祇園祭《ぎおんまつり》は七月だったな。たしか、七月一杯かけて京都の町すべてが祇園祭一色となると聞いたが、自分の住んでいる深川では、深川八幡祭が始まっている。

「江戸三大祭り」のひとつだから、地域の人々の力の入れ方は尋常ではない。あのあたりには、祭りに命を懸けているような人たちがたくさんいるのだ。

　本祭りの年だと、富岡八幡宮の前の永代通りを埋め尽くすように、法被《はっぴ》姿の男たちが神輿《みこし》をかつぎ、互いをぶつけ合うようにして、ワッショイワッショイと練り歩き、沿道の人々は清めの水を浴びせて楽しむのだ。

　うっかりと群れのなかに巻き込まれようものなら、足は踏まれるわ、あちこちから飛んでくる水でびしょ濡れになるわ、夜明けから飲みつづけた酒と祭りの騒乱で正気を失くしたような男どもに罵声を浴びせられるわで、殺されるのではないかと本気で恐怖に駆られるのだ。

引っ越した翌年に、自分たちも深川の住人となったのだから、地域のコミュニティーを大切にすべきだと、すさまじい人混みを縫って八幡宮前までやっとの思いで辿り着き、神輿をかついでいる男たちに水を浴びせようとしたが、まさに、もみくちゃ状態のまま、群れのなかから出られなくなってしまった。

夫を見失い、子供たちを見失い、疲労困憊《こんぱい》で逃げるように家へと帰り着いたときは、汗と水で文字どおり全身「ぼろ雑巾」と化していた。

志乃子は、コミュニティーは大切だと承知しながらも、私はもうこりごりだと思ったが、智春も啓次郎も茜も、遠くから祭りの囃子《はやし》や人々のどよめきが聞こえてくると、やはり参加しないわけにはいかないと出かけて行くのだ。

きょうも、茜は友だちと一緒に祭りを楽しんでいることであろう。

志乃子はそう思った。

運転手に行先を告げて、額や首筋の汗をハンカチでおさえるようにして拭いていると、個人タクシーのかなり年配の運転手が東京からお越しになったのかと訊いた。

志乃子がそうだと答えると、

「京都は暑おっしゃろ」

と運転手は訊いた。

新幹線から降りてホームに出た瞬間、眩暈がしそうだったと志乃子は言った。

「そうですやろ。京都は盆地ですよってに、夏は暑うて冬は寒いんです。東は東山、西は天王山、北は鞍馬山。そのなかに京都の街。この山の囲いの内と外とでは夏でも冬でも気温が二度違いますねん。大阪や滋賀が三十五度のときは、京都市内は三十七度っちゅう計算です。冬はその逆。他のとこよりも二度低いんです。たったの二度かと思うけど、この二度の差は大きいんです」

ああ、話し好きの運転手に当たってしまったと辟易《へきえき》とする思いなのに、運賃メーターの横にある個人タクシーの営業許可証を見て、運転手が六十五歳だとわかると、志乃子は、きょうは何回目の終戦記念日なのだろうかと訊いた。

「終戦は昭和二十年。ことしは昭和八十二年やから、六十二回目です」

運転手は即座にそう答え、自分は、ことしは平成十九年と覚えるよりも昭和八十二年と頭に入れておくほうが、何かにつけて計算しやすいのだと言った。

話題の材料を与えてしまったと観念したが、運転手はそれきり話しかけてこなかった。

志乃子は、茶碗を修理に出すために六月二十日に京都の東山区の職人を訪ねてからの忙しかった日々を思い返し、なにもかも一段落ついたといっていいなと思った。

姉の「海雛」の土地と建物、それに経営権までをも含めての正式な購入は七月一日付けだったが、ちょうどその日、病院に行くのを一日延ばしにしていた夫の診察結果が出て、糖尿病とわかった。

空腹時血糖値が五〇〇近くもあって、HbA1cという数値が八・五。これは入院治療をしなければならない数値だと、医師は脅しとは思えない言い方をしたが、緊急処置をして血糖値を下げて、どうしても片づけてしまわなければならない工事を終えてからブドウ糖負荷試験をしてくれた。

仕事中に水代わりに飲んでいたスポーツドリンクが空腹時血糖値を五〇〇近くまで上昇させていたのだが、それをやめて三日後の検査でも、正常値をはるかに超えていた。

まず何よりも食事の量を減らすことが最重要事だということで、妻である志乃子が糖尿病患者のための食事管理を学ばなければならなくなった。

とにかく炭水化物を減らし、スポーツドリンクとジュース類は厳禁。一日の食事量をこれまでの七割に抑え、甘い物は、チョコレートなら板チョコで二センチ四方の大きさまで。ビールは三五〇ccの缶ビール一本だけ。カレーライスと蕎麦も厳禁。それを守って一カ月後の検査を待とうということになった。

糖尿病だとわかった当初、夫の琢己は死の宣告を受けた病人のように打ちひしがれてしまい、この世も終わったといった表情だったが、きちんと血糖値の管理さえしていれば長生きできるし、一病息災で、加齢によって生じる別の病気から免れる結果になると専門医に励まされて気を取り直した。

しかし、急激な食事制限による心身の不調が始まり、怒りっぽくなると同時に、仕事への集中力がつづかなくなって、次第に覇気まで失ってしまった。「糖分切れ」という症状で、これまで体内に入って来ていたカロリーや糖分がいちどきに激減したことによって心身のバランスが崩れるのだ。

欲しいものを我慢しつづけることへのストレスも加わって、なにかにつけて悲観的になり、表情からは精彩が失せ、なんとなく人間としての張りが消えたといった印象を漂わせ始めたので、志乃子は近くの婦人科の大橋医師に相談してみた。

「その専門医は、あまり名医じゃないな」

と大橋医師は言い、食事制限を少し緩和して、ビールをもう一本増やしてあげるか、焼酎かウィスキーの水割りに変えてやれと提案してくれた。

「そんなに食べるものを制限して、あれも駄目、これも駄目、猫の餌くらいのものを与えられて、うんと体を動かして働けなんて言われたら、うつ病になっちゃうよ。血糖値が五〇〇にもなった原因はわかってるんだから、それがおさまったら、あとはそんなに神経質にならないほうがいいよ。糖尿病ってのは、一度なったら一生のつきあいなんだから。琢ちゃんはまだインスリンの注射は必要ないって言われたんだろ。それに仕事もデスクワークじゃなくて体を使うんだし」

その大橋医師の言葉を伝えて、食事の量も少し増やしたのが十日前で、琢己はその日から元気を取り戻したのだ。

夫の糖尿病騒ぎが始まってすぐに、横浜の母が手の甲の骨を折ってしまった。風呂場を洗っていて、ふと手の甲を見るとナメクジがくっついていたので、びっくりして手を強く振った拍子に風呂場の壁にぶつけてしまった。

よく見るとナメクジではなく、窓から風に乗って入って来たハナミズキの枯れ葉だった。そのときはさほどではなかったのだが、時間がたつにつれて痛みは強くなり、打ちつけた箇所が腫れてきた。「海雛」で料理の仕込みをしていったん帰宅した美乃が、これは単なる打ち身ではないと思い、病院につれて行き、骨折していることがわかったのだ。

手の甲でよかった、脚だったらこれきり寝たきりになってしまう可能性もあったと、不幸中の幸いを喜んだが、肘から先をギプスで固められた母は、家事のほとんどが出来なくなってしまった。

居酒屋の女将稼業を始めたばかりの姉は、店を終えて帰宅するのが夜の十二時で、自室のベッドに入れるのは夜中の二時くらいなので、午前中に自分が家事をこなしていたら仕込みを始める時間に間にあわない。

八十歳の老人の骨折がいつ治るかは医師にもわからず、それ以来三日置きに志乃子は横浜まで自分で軽自動車を運転して行き、洗濯と掃除と雑事を引き受けて夕刻に帰宅するという生活をつづけた。

父親の糖尿病と祖母の怪我によって、事情は理解しているとはいえ、とばっちりを受けて不満を溜め込んだのは娘の茜だった。

ファスト・フードを嫌う志乃子に幼いころからそうしたものを外で食べることを禁じられてきた茜は、それが能勢家の家訓だと自覚して、夕食は母親が作ったものしか食べない。

いつも夕食は七時からなのに、母が祖母の家から帰宅するのはそのころになる。そして作られる料理は父のためのいわゆる糖尿病食で、油類を極力省いた魚と野菜中心の献立になってしまった。

最初のころは、「私も一緒にダイエット」などと言っていたが、一週間もたつと不満が高じてきて、別の何かを一品余分に作ってくれと文句をつけるようになった。

志乃子もそれは無理からぬことと思うのだが、もう高校生なのだから、冷蔵庫にあるものをみつくろって自分で作りなさいと言ったら、こんな生活がつづくのなら家出すると茜は言い返した。

売り言葉に買い言葉で、じゃあ家出したらいいじゃないのと志乃子が言うと、茜はその日は自分の部屋に閉じ籠もって、母親とも父親とも口をきかず、翌日、学校から帰って来なかった。家出したのだ。志乃子がトシ坊の家に行って訊いてみると、学校も休んだことがわかった。茜の携帯電話は電源が切られていて、部屋を調べると、お気に入りの服が何着か消えていた。思い当たるところに手当たり次第に電話をかけてみたが、茜の居場所はわからなかった。

いつまで家出してられるか、やれるものならやってみるがいいと志乃子は腹立ちまぎれに思ったが、夫は心配で居ても立ってもいられないようで、あてもないのに軽自動車で家の周辺から門前仲町、さらに月島あたりを捜し廻った。そして、ゲームセンターの前で警官に職務質問されている茜をみつけたのだ。

自分自身の苛々を持て余していた志乃子は、これ以上の厄介事を増やしたくなくて、茜との親子ゲンカを収めるために一歩も二歩も退いた形で、茜を叱ることをやめた。そのお陰で、茜の家出騒ぎはうやむやのまま決着したが、志乃子のなかでは終わってはいないのだ。

京都のこの暑さもたまらないが、タクシー内のクーラーの冷気も不快だ、と思いながら、志乃子は自分が茜の家出に対して怒りつづけている真の理由を分析してみた。答えはすぐに出た。

自分は、年頃の女の子にありがちなすね方に腹を立てたのではない。たとえささやかな家出らしきものではあっても、一時の感情をそのような実際の行動に移してしまった娘の内面に落胆したのだ、と。

人はかっとなって近くにあった皿を床に叩きつけようとはするが、制御する心が働いて自分を抑える。それが人間であることの証なのだ。だが稀《まれ》に、感情のおもむくままに皿を叩きつける人もいる。昨今、稀ではなくなったとはいえ、まっとうな人間は自分の瞬間的な衝動を思いとどめることができる。だが、私の娘は実行に移してしまった。そうか、私の娘はその程度の人間だったのか……。

「つまり、私はそこにこだわってしまってるのよね」

志乃子は胸のなかで言い、自分がそのように感じたということを、今夜正直に茜に話そうと決めた。

「このあたりやないかと思うんですが」

と言って、鴨川《かもがわ》沿いの川端通を北へ行ったところで運転手はタクシーを停めた。

志乃子は、香川道忠の仕事場兼住居の前まで行ってもらいたかったのだが、クーラーの冷気から逃げ出したくてタクシーから降りた。

日傘を持ってきたらよかったと思いながら鴨川の畔《ほとり》に立って対岸を見た。「先斗町《ぽんとちょう》歌舞練場」の看板を掛けた古い建物が河岸の陽炎《かげろう》のなかにあった。歌舞練場の周りには不揃いな高さのビルが密集して、それらが冷房の室外機からの熱風を吐き出すために生じる陽炎なのであろうと志乃子は思った。

川端通の東側の、花見小路までの一角は、いつのころからか鴨東《おうとう》古美術の街と呼ばれるようになったところで、香川道忠の営む陶磁器の修理屋は、そのいちばん東の北側にある。

半ズボンを穿き、サングラスをかけた外国人の夫婦らしき中年のカップルが、ガイドブックを見ながら老舗の骨董店に入って行った。

あの人たちには格式が高く感じられないのであろうか、自分はあの店にウィンドウショッピングの気やすさで入ることはできないなと思いながら、志乃子は小路を東に歩きだした。

すぐに香の匂いに包まれた。香屋の店先で初老の女たちが幾つかの香を選別している。

小路の両側には、主に焼き物を扱う店が並んでいて、あえて小さいものを選んだかのような看板や暖簾がなければ、見た目は地味だが値段は高い料亭かと間違いそうなたたずまいで、いかにも、「一見《いちげん》さん、お断り」と語りかけてくる。

格式の高さを誇示しなければ、修学旅行生たちや、あつかましいおばさんたちや、ジーンズ姿のお臍《へそ》を出した女の子たちが無遠慮に入って来るのであろうと思いながら、志乃子は古伊万里だけを扱う店の前で歩を止めた。

扇がひとつだけ染め付けられた小皿が小さなショーウィンドウに飾ってあった。

「あっ、これ、いい。お金に余裕があったら絶対買う」

そう小声で言って、志乃子はショーウィンドウのガラスに顔を近づけるために中腰になった。その瞬間、グキッという音が脳に響いて、腰に痛みを感じた。慌てて腰を伸ばし、再び古伊万里の小皿に見入り、自分がひと目見て、こんなにすぐに欲しいと思うものに出会ったのは初めてだと考えた。

いつ頃のものだろうか。高台の形を見ればだいたいの見当はつく。江戸中期として、値段は幾らかなァ……。買えないまでも、訊くだけ訊いてみようか……。

だが、自分はきょう高台の欠けの修理を終えたあの三千万円の鼠志野らしい茶碗を受け取りに来たのだ、こんなところで古伊万里の小皿一枚に気を取られている場合ではないのだと思い、志乃子は修理屋へと急ぎ足で歩きだした。

小路が突き当たるところに、仕立し料理が専門だが、弁当にも贔屓客《ひいききやく》の多い店があって、志乃子はその店先に来たときには、腰の骨が外れたような痛みとも圧迫ともつかない違和感に襲われて歩けなくなった。

「あれ？　私、どうしちゃったの？」

志乃子はそうつぶやいて電柱につかまり、なんとか香川の家まで辿り着かねばと歩きだしたが、どうにも歩を進めることができず、仕方なく携帯電話で香川に電話をかけた。

「能勢です。近くまで来てるんですけど、歩けなくなっちゃって」

香川は、えっ？　と声をあげ、

「歩かれへんて……、なんでです？」

と訊き返した。

「さあ、なんででしょうねェ。でも歩けなくて困ってるんです」

「いま、どこらへんにいてるんですか？」

「『菱岩』の横の電柱につかまってるんです」

「ほなすぐそこやがな。ちょっと待ってて下さい。いまぼくが行きますから」

一分ほど待っていると、小路の北のほうからサンダル履きの香川が小走りでやって来た。

「どないしました？　気分が悪いんですか？」

と香川は、白髪と黒い髪とが半々の脂っ気のない頭髪にかぶっていたタオルを取りながら訊いた。

「そこのお店のショーウィンドウを覗き込んだとき、腰がグキって……」

「あらァ……、腰をいわせてしもたんやなァ。まあとにかく、ぼくの家まで行きましょう。おんぶしますわ」

香川は背を向けて、しゃがんでくれたが、志乃子はうまく背負われるように体を動かすことができなかった。だが、香川は痛がっている志乃子を無理矢理背負って歩きだした。

「これはぎっくり腰ですよ。痛いやろけど、ちょっと辛抱して下さい」

背負われたことで腰の痛みは激しくなったが、志乃子は耐えるしかなかった。

これが歯を食いしばるということなのかと思いながら、道行く人の好奇な視線など気にしていられなくて、志乃子は顔を歪《ゆが》めつづけた。

香川の家に着いて、香川があちこちに電話をかけて誰かに整体師の電話番号を教えてもらい、やっとその整体師が来てくれるまでの一時間、志乃子は仕事場の奥の板の間であお向けになったままだった。

応急処置はすぐに終わったが、整体師は、家族の誰かに迎えに来てもらったほうがいいと言い、それができない場合の最善の方法を教えて帰って行った。

「どうなったのかしら、私、このまま死んじゃうのかしらって思いました」

背や腕を伸ばして板の間に正坐したまま、志乃子は香川に礼を述べた。その姿勢が最も腰に負担がかからないようだった。香川は笑いながら、冷たい麦茶を運んで来てくれて、

「ぎっくり腰で死んだ人なんかいてへんでしょう」

と言った。

「ぼくの家内も二年前の冬にやりました。洗濯物を干してるときに。能勢さんのは、ぎっくり腰というとこまではいってないって、さっきの整体師が言うてました。ぼくの家内は見事なぎっくり腰で、この二階の物干し場でグキっといわしてからそのまま身動き

がでけへんまま、ぼくの帰りを二時間も待ってたんです。いっつもいてるお隣のおばあちゃんが、その日に限って出かけてて、呼べど叫べど助けは来ず……。二時間も真冬の物干し場にうずくまってて、風邪ひいてしもて……」

そう言って自分も麦茶を飲むと、香川は立ちあがり、板の間から坪庭へとつづく短い廊下の棚に置いてある桐箱を持って来た。坪庭を照らす夏の日が苔《こけ》の一部を枯らしていた。

「磨き金にするか消し金にするか迷いましたが、この鼠志野の豪快さ、威風堂々とした姿には磨き金のほうがふさわしいと考えまして」

香川は桐箱から修理を終えた茶碗を出し、板の間に置いた。高台の部分の長さ二センチ、高さ三ミリの欠けはサビ漆と呼ばれる漆で形成され、そこに金粉を塗られて、見事に甦っていた。

「能勢さんがこれを持ってお越しになった二カ月前にもご説明しましたが、サビ漆が完全に乾燥するまでは次の作業に移れませんので、二カ月というお時間を頂戴したわけでして。そやけどお預かりしてた二カ月のあいだに、何人もの古美術の目利きが見にお越しやした」

「京都の目利きの方々が？」

志乃子は茶碗を両の掌の上に載せた。

「うっかり口を滑らせて喋ってしもて……。人の口に戸は立てられませんなァ、あっという間にこの茶碗のことが目利きはんらの耳に入ったらしいて」

香川は、人差し指で西のほうを指差し、高名な古美術商の名を口にした。

「そのかたは、この茶碗をしげしげと見つめて、何べんも溜息をついて、『こんなもんが出て来るんやなァ』って魂が抜けたような顔をしてはりました。言葉がないほどの名品です。値段のつけ様もおまへんなァ」

そして香川は、こんなことは古美術の世界では訊いてはならないことだし、まして自分ごとき修理職人が関わってはならないのだがと前置きし、

「どこで、どうやって、手にお入れやしたんです？」

と訊いた。

志乃子は、実家の物置きから出て来たのだと嘘をついた。実家を改築することになり、死んだ父の遺品を整理してしまおうと、あれこれ片づけているときに段ボール箱の底にあったのだ、と。

「お売りになる気はありますか？」

と香川が訊いたとき、弟子である二十二、三歳の青年と香川の妻が帰って来た。

香川は妻に、この能勢さんが菱岩の前でぎっくり腰で歩けなくなって大変だったのだと説明した。

「出先の道でぎっくり腰になったら、そら大変やわァ」

小太りの妻はそう言って、外出先で買った和菓子を小皿に載せて持って来た。

「椎間板ヘルニアとかの、はっきりした原因があるとき以外は、要するに疲れですねん。全身の疲れが腰に出たんです。応急処置には整体がよろしいねんけど、痛みがおさまったら、マッサージ師にかかるほうがよろしおす。私の経験上の結論です」

東京に帰ったら、マッサージを受けに行くことにすると志乃子は言い、恐る恐る体を前に屈めてみたり、左右に捩《よじ》ったりしてみた。その程度では痛みは感じなかった。

ひとりで東京まで帰れるだろうかと案じていたので、志乃子は少し安堵《あんど》して、やっと落ち着いた気分で香川の仕事場を眺めた。修理の途中らしい古九谷の皿が作業台にあり、壁の棚には焼き物を入れてある木の箱が並んでいる。古い木と漆喰《しっくい》の町家の内部には、外の猛暑から隔絶されたような涼しさが流れていた。

志乃子は、自分の周りを、焼き物の壺や茶碗や花器や皿が取り囲んでいると思うだけで嬉しくて、餡《あん》を透明の葛《くず》で包み込んだ和菓子を、減っていくのが惜しいといった心持ちで食べた。ずっとここに坐っていたいと思った。

何段もの棚の目立たないところに高さ十センチほどの陶製の人形があった。手足が長く、それは奇妙に曲がっていて、そこに蝶とトンボがとまっている。蝶と思って見れば蝶だし、トンボと思って見ればトンボ……。そんな稚気そのもののような昆虫を楽しそうに見ている人形の顔は、鼻が高くて長く、ピノキオを模したらしい。頭には青い帽子をかぶり、やはり青色の絵具で半ズボンとサスペンダーが描かれ、京焼の釉薬がかけられて焼かれている。

腕の先と脚の真ん中に折れた跡があり、それは膠《にかわ》を混ぜた漆で接着されている。おそらく、折れた箇所の修理に出されて、漆と膠が完全に乾くのを待っている状態なのであろうと志乃子は思った。

これをおとなが作ったのなら、その人は天才だ。志乃子は、昔、図書館で読んだ「ピカソ」という評論を思い浮かべながら、その人形を手に取ってみたくなって、腰に気をつけながら、壁に手を添えてこわごわ立ちあがった。

――十歳で　どんな大人より上手に　描けた／子供の　ように描けるまで一生　かかった――

その小さな人形は、少し背伸びをしなければ届かないところにあったが、爪先立っても腰は痛まなかった。

顔と同じくらいの大きさの掌に小さな指紋が残ったまま薄く釉薬をかけられて焼かれていた。蝶もトンボも、その羽根がこれ以上薄かったら窯のなかでの焼きに耐えられなかったであろうと思われた。

通りに面した仕事場から戻って来た香川道忠は、

「お目にとまりましたか」

と笑顔で言った。

京焼で知られた陶工の息子が五歳のときに、自分にも粘土をこねさせてくれといってきかず、父が仕事をしている横で作ったのだという。父親は好きなように粘土遊びをさせていたが、おもしろいものができあがったのでそれを乾燥させてから、息子に筆を持たせて絵付けをさせ、自分の作品と一緒に登り窯で焼いたのだ。

その子は次男で、親の跡を継ぐ気はなく、粘土で何かを作ったのはそれきりだった。兄が跡を継ぎ、その子は神戸の大学に進んだが、親の反対を押し切って、好きになった女子大生と暮らし始め、平成七年の阪神淡路大震災で死んだ。暮らしていた安アパートは全焼し、遺品は何ひとつ残らなかった。一緒に暮らしていた女子大生は遺骨すらみつからなかった。それほどすさまじい火勢《かせい》だったのだ。

実家の机の奥に眠ったままだったこの人形が遺品といえば唯一のものだった。親に反対されて女と暮らし始めたとき、自分の服や本や、その他のがらくたまでもすべて実家から持って出たからだ。親への当てつけでもあったのだろう。

父親はこの人形を見るのがつらく、大震災から半年ほどあと、床に叩きつけた。そのとき腕と脚が折れた。だが息子が死んで十二年がたち、なにかの折に人形を掌に載せて眺めているうちに、これがいかに優れたものであるかがわかった。それでこの香川に修理を依頼してきたのだ。

香川はそう説明し、

「子供が無心に粘土をこねて作ったもんやから邪心がないのは当然やと言うてしもたらそれまでやけど、それにしても、なんやしらん、味わいのある楽しい人形ですやろ？」

と言った。

「そうですねェ。見てるといろんなファンタジーが湧いてきそうで」

志乃子は、白地に濃淡のある青の線が、とても五歳の子の手になるものとは思えなかった。細い筆の使い方には練達の手筋が感じられたのだ。

指先の細かい作業に才のある、とても器用で繊細な子だったのであろうと考えていると、幼児が造り出す特有のデフォルメ以上のものを感じ取った父親が、雑な線を自分で丁寧に補ってやって、つまり仕上げは親子合作ということになったそうだと香川道忠は説明した。

「阪神淡路大震災から十二年ですなァ。あのときは、うちの家のなかも無茶苦茶になりました」

「えっ、京都にも被害があったんですか？」

と志乃子は人形を香川に渡しながら訊いた。

「京都は震度5くらいやったはずです。古い町家で傾いたのもぎょうさんあります。この店のなかも、何もかもひっくり返したみたいな状態で、棚に並べてあった陶器も磁器も、ほとんど全部、床に転がり落ちて……」

香川は人形を元の場所に戻し、志乃子に腰の具合を訊いてから、

「うちに修理を頼んでくるのは、由緒のある名品ばっかりやないんです」

と言った。

どこにでも売っているような安物の焼き物であっても、持主にとっては大切な思い出の品である場合が多い。それを長年大事に使ってきたが、うっかり手を滑らせて落として割ってしまった。二十年前に五百円で買ったご飯茶碗だが、こんなものでも直してもらえるだろうかと訪ねて来る人は多いのだ。そんな人から修理代を二万円も三万円も貰えるものではないが、能勢さんのこの茶碗の修理代に三万円を頂戴しても罰は当らないだろう……。

香川はそう言って微笑んだ。志乃子は財布から三万円を出した。

「もしお売りになる気ィになりはったら、お電話を下さい。安心できる人をご紹介できるはずです」

香川は茶碗を布でくるみ、木箱に入れ、それを紐で強く結んでから藍色の風呂敷で包み、さらに手提げ用の紐のついたビニールの袋に入れてくれてから、タクシーを呼ぼうかと言った。

茶碗を受け取ったら、祇園を散策し、どこかで食事をしたあと、祇園の歌舞練場の裏手の甘味処に立ち寄る予定をたてていたが、そんなことをしていたらまた腰が痛くなって歩けなくなるかもしれないと思い、志乃子はタクシーを呼んでもらうことにした。

いずれにしても、志乃子は、この猛暑の京都を昼日中に散策する気は失せてしまっていた。五分も歩いたら眩暈がしそうな暑さだった。

東京駅に着いたのは四時で、新幹線の座席から立ちあがったとき、また腰に痛みが走った。それで志乃子は人にぶつからないように通路の端を歩き、なんとかタクシー乗り場まで辿り着くと、タクシーに乗った。

家の前でタクシーから降りると、「財津ホーム」の社長が汗だくになって歩いて来て、

「どうしたの？　どこか痛いっていう脚の運び方だね」

と声をかけた。

京都でぎっくり腰になってしまったのだと志乃子は言った。整体師に応急処置をしてもらったが、東京駅でまた痛くなった、と。

「そりゃあ大変だ。階段、のぼれる？　ぼくが支えようか。あっ、それよりも明智《あけち》さんとこにつれてってあげるよ。ぎっくり腰なら明智さんだよ。ちょっとここで待っててよ。車を持って来るよ」

財津厚郎は、もと来た道を小走りで戻って行った。明智さんとは何者なのか。財津の車でどこまで行くのか。自分の家は目の前にあるというのに、玄関までの階段をのぼるのが恐ろしい。

志乃子は携帯電話を出し、茜の携帯電話にかけた。

「いまどこ?」

と訊くと、自分の部屋にいるという。

「私、家の前なんだけど、荷物を取りに来てくれない? 荷物といっても、あの茶碗だけ」

「茶碗だけ? 家の前にいるんでしょう?」

そう言って電話を切り、茜はTシャツにバーミューダパンツ姿で階段を降りて来た。財津の運転するワゴン車もやって来た。

理由を説明すると、茜もワゴン車に乗り、明智というのは月島にあるカイロプラクティックの施療院だと教えてくれた。そこの娘と友だちなのだという。

「かささぎ堂、お店を閉めちゃったわよ」

月島のもんじゃ焼き店が並ぶ商店街に入ったところで茜が言った。

「あそこのカレー、うまかったのになァ。俺は週に二回は必ずあそこの鶏ひき肉と茄子のカレーにナンのセットだったんだよ。小麦粉を使ってない。じゃがいもを入れてない。市販のルーじゃなくて、いろんな香辛料を配合してるから、俺みたいな糖尿病患者にはもってこいだったんだ。セットになってるからナンも付いてくるんだけど、それは食べなきゃすむことだからね。思い切って『糖質制限食』ってのを実践して大正解だったね。それまでは空腹時血糖値一八〇、食後二時間時血糖値二九〇、ＨｂＡ１ｃが七・八だった俺がだよ、血糖降下剤を服《の》まなくても、空腹時血糖値九八、食後二時間時血糖値一二〇、ＨｂＡ１ｃは四・八だ。これだと、もはや糖尿病じゃないもんね」

財津のその言葉で、志乃子は「糖質制限食」とは何かと訊いた。

「うちの琢己も糖尿病なの」

財津は月島橋の手前を左に曲がり、さらに川沿いに進んで、また左折したところでワゴン車を停めた。

「やっぱりね。なんかそんな気がしてたんだ。琢ちゃん、春ごろから急に太りだして、最近、また急に痩せたからね。これは糖尿病食に変えたやつの痩せ方だなって思ったけど、ゆっくり話す機会がなくてさァ」

治療が終わったら電話をくれ、また迎えに来てやるから、と言って財津は帰って行った。

明智という整体師の治療は痛かった。志乃子は何度も悲鳴をあげた。処置が終わると、明智はあした全身マッサージをしてもらえと言い、月島橋を渡って西へ十分ほどのところにあるマッサージセンターを紹介してくれた。そこには常時三人のマッサージ師がいるが、みな上手なのだという。

代金を払い、待合室で財津が迎えに来てくれるのを待っていると、明智整体師は、能勢さんのお歳から推測して、腰の不具合は内臓からのものだという気がすると言った。

「内臓？　どこか悪いんでしょうか」

「更年期障害が元凶だってケースが意外に多いんですよ」

「ぎっくり腰がですか？」

明智は頷き返し、

「ちょうどそのあたりに卵巣とか子宮がありますよね。それが何かの病気にかかってるんだってことじゃなくて、ホルモン分泌の変調でそのあたりの調和が乱れて、それが腰椎の周辺部の疲れとして出るんです。ぼくが触ったかぎりでは、椎間板の神経に異常があるっていう感じはなかったですし、患部周辺の神経や関節にも変異はないですから、卵巣とか子宮の変調から来た腰痛だと思ったほうがいいんじゃないですかねェ」

「それは婦人科で診てもらったほうがいいってことでしょうか」

こんどは明智は大きく首を横に振り、よほど何かの不具合があれば婦人科で診てもらうのが常識だろうが、更年期というのは誰もがみんな通って行く道なのだから、自然にまかせるのがいちばんいいと思うと言った。

二階で明智の娘と話し込んでいた茜が待合室に戻って来て、それとほとんど同時に財津の運転するワゴン車も着いた。

家の前に戻って来ると、志乃子は財津に礼を述べ、早苗はどうしたのかと訊いた。

「あさってまでお盆休みだよ。友だち三人と軽井沢で別荘暮らしさ。うちの物件だけどね。つまりモデルハウス。電気も水道も家電製品も鍋や食器も揃ってるから自炊もできるんだ」

志乃子は、財津の子を宿した二十六歳のトンカツ屋の娘のことを訊いてみたかったが、茜がいたのでそのまま階段をのぼって自分の家の居間の、文机の前に坐った。そこに坐って文机に頬杖をつくと落ち着くのだった。

あの五歳の子が作った陶製の人形を文机の上に置きたいと志乃子は思った。ここに置けば、あの人形は誰もいないときに動きだして、自分にだけ聞こえる声で喋りだすような気がした。

あっ、子供のときの癖が甦《よみがえ》ったと志乃子は思いながら、寝室に行って服を着替えた。次から次へと空想の物語が連鎖しつづけて終わることがないという癖は、琢己と知り合う前までつづいたのだ。

それは自分でも持て余してしまうような癖で、ときにはその空想が肥大しすぎて、自分は頭がおかしくなるのではないかと怯《おび》えるほどだったのに、琢己の出現と同時に消え失せてしまった。

デパートで夕食のおかずを買うつもりだったのだが、ぎっくり腰でそれどころではなくなってしまって、さあどうしようかと考えていると、冷蔵庫から麦茶の入ったペットボトルを出している茜の視線を感じた。

母親の機嫌の悪さや、ある種のよそよそしさを感じつづけている茜の目に反抗的なものがなかったので、

「きょうは外食しようか。永代橋の向こうのトンカツ屋さんに行かない？」

そう志乃子は言ってから、茜のつかのまの家出について、自分の心のなかに生まれたものを話して聞かせた。

「私は、こんなことをしてやろうかってふと思ったことを、実際に行動に起こしてしまう人間が嫌いなの。それがいいことなら、すばらしい意志と行動力よ。でも、良くないことなら、その衝動を抑えるのが教養というものよ。私はそう思うんだけど、茜はどうなの？」

無言で床に視線を向けたまま母親の言葉を聞いていた茜は、麦茶をグラスで二杯飲んでから、

「家出の用意をして家を出て、学校とは反対の方向へ歩いて地下鉄の駅へ降りて、電車に乗った瞬間、ああ、やっちゃったって思っちゃった。でも、あと戻りできなくなっちゃって……。ごめんね」

と言った。

少し照れ臭かったが、志乃子は茜に近づき、自分よりも背が高くなった体を抱きしめ、

「お母さんも、とんでもない罪を犯しちゃって、ずうっと悩みつづけてるの。今日の突然のぎっくり腰は、きっとそのせいだって思うのよ」

と言った。

「どんな罪を犯したの？　まさか、お母さん……。私、そんな話、聞きたくないからね」

茜は志乃子を見つめながらあとずさりして、自分の部屋に入ろうとした。

「まさかって、何がまさかなの？」

「聞きたくないわよ」

この子は何を勘ぐってしまったのだろう……。志乃子はわけがわからなくて、とりあえず鼠志野の茶碗の価値について話して聞かせ、

「かささぎ堂のおばあさんに正直に打ち明けなきゃあって思うんだけど、茶碗を返してくれって言うに決まってるって思って……。それで、きょうまでかささぎ堂に行けなかったのよ。わざわざ京都まで行って修理したのを見せて説明したら、じゃあ売れたら折半にしようって言ってくれるかなァ、なんて姑息《こそく》なことを考えたり……。私、この罪の意識に耐えられないのよ」

と告白した。それは、夫にも言わなかったことだった。

「三千万円？　それがほんとだったら、かささぎ堂のおばあさんは返してくれって言うに決まってるわよ。がらくただと思ったから、あんたにあげたんだ、そんな凄いもんなら、誰が他人にただであげるもんか、冗談じゃないわよ、すぐに返せ！　絶対そう言うわよ」

と茜は顔を赤くさせて言った。声がところどころ裏返っているようだった。

志乃子は、茜に、三好老人の「取引きは終わった」という言葉を話してから、

「でもねェ、お母さんは、それで割り切って平気でいられる人間じゃないのよ」

と言った。

「お父さんは何て言ってるの？」

「お父さんは、糖尿病だってわかって、うちひしがれちゃって、あげくカロリー制限食をつづけて慢性的ないらいらで、精神に余裕がないのよ。いまは、さわらぬ神に祟《たた》りなしの状態だから」

「ひとりで、ずうっと罪の意識にさいなまれてきたの？」

「うん」

「いい人なんだァ……」

「私、気が小さいのよ」

茜は台所を行ったり来たりして、しばらく考えていたが、文机を指差して、志乃子に

そこに坐るようにと言った。その命じるような指示の仕方に何の抵抗も感じないまま、文机のための椅子に腰をおろしたあと、志乃子は腰痛のことを忘れてしまっているのに気づいた。いまの坐り方は危険なのだ、と。

「お母さん、いい？　よーく考えるのよ」

茜は志乃子と文机を挟んで向かい合い、

「世の中は、取引きで動いてるのよ」

と言った。

「商売でも、政治でも、スポーツでも、みんなそうでしょう？　相手はこう来るだろう、だからこっちはこう行こう。相手は千円で売ろうとするだろう、こっちは八百円で買いたい、そうしないと儲けがない、だから最初の言い値は五百円から始めよう。それが、五百円と値をつけて、相手があっさり五百円で売ってくれたからって、いちいち良心がとがめるような商売人がどこにいるのよ。それが取引きってもんよ。だから、お母さんが、かささぎ堂のおばあさんに、じつはこの茶碗は、なんてひとことも話す必要なんてないわよ。三好のおじさんの言葉は正しい。取引きは終わったのよ。良心とか、罪の意識なんて、どこに入る隙間があるっていうの？　そんなのナンセンスよ。無駄よ。無意味で無価値じゃん」

そして、茜は志乃子の肩をなだめるように二度優しく叩いた。

志乃子は、上目遣いで茜のいやに凜々《りり》しい顔つきを長いこと見つめ、

「子供は親の知らないところでちゃんと成長してるもんだっていうけど、茜、いつからそんなにしっかりしちゃったの？　いまの弁舌、私、ほれぼれしちゃった。私、長いこと、悩まなくてもいいことで悩んで、ぎっくり腰になっちゃったのね」

と言った。

「正義をおこなうためにだって、取引きってもんがあるわよ。歴史がそれを証明してるじゃん」

「凄い。茜、あんたは凄い。しっかりしすぎてるわよ。怖いくらい」

「わかってくれたら、それでいいのよ」

そう言ってから、茜は志乃子に少し休んだらどうかと勧めた。言われるままに寝室に行き、ベッドに横になると、志乃子はすぐに眠ってしまい、目を醒ますと日は落ちて、全身汗まみれになっていた。ゆるくクーラーを入れるのも忘れたまま三時間も熟睡したのだ。

四

椅子に腰かけている架空の人間の頭を設定し、容貌も明確に心に描き、その人の髪の毛を櫛《くし》を指で挟んだ左手で持ち、それを前後左右から鋏《はさみ》でカットしていく。髪を自分の思い描いた曲線に切っていくために手首のカーブは曲芸師のように大きくうねる。鋏の刃を動かすのは親指だけで、人差し指、中指、薬指で持つほうの刃は固定させてある。そうでないと、刃と刃のあいだで髪の毛は動いて真っすぐに切れない。刃先を真下に向けるとき、手首は極限まで折り曲げなければならないが、その場合でも動かすのは親指だけ。

素早く、ためらいなく、刃の先端部分を使うか真ん中あたりを使うかを判断しなければならない。

啓次郎は、どんなに遅く帰宅しても、寝る前の三、四十分間、その練習を欠かしたことがなかった。それなのに、あしたから三日間の盆休みに入るという夜、手首をリストバンドで固定させて帰って来ると、食事もとらずに三階の自分の部屋にあがってしまった。

仕事を終えたら家に帰らず、そのまま先輩の車でキャンプに行くはずだったのに、と思いながら、志乃子は階段をのぼって啓次郎の部屋のところに行き、どうしたのかと訊いた。きのう、整体師の明智が紹介してくれたマッサージ師のところに行ってから、腰の違和感が完全に消えただけでなく、全身が軽くなって、きょうは久しぶりに横浜の実家に行き、何日分かの洗濯をして、家の掃除もやったのだ。

「キャンプに行くんじゃなかったの？　晩ご飯は食べたの？」

志乃子はドア越しに訊いたが、啓次郎の返事はなかった。

「入るわよ」

と言って、志乃子はドアをあけた。啓次郎は上半身裸になり、ベッドの上に立て膝をして坐り、缶ビールを飲んでいた。高校二年生のとき、友だちの家で初めてビールを飲み、気分が悪くなって病院に運びこまれ、アルコールに弱い体質だと知っているので、啓次郎は二十歳の誕生パーティーで父に勧められても決してビールを飲まなかったのだ。

「手首、どうしたの？　お母さんに見せなさいよ」

志乃子の言葉で、啓次郎はリストバンドを外した。手首は赤く腫《は》れあがっていた。きっと、鋏の使い方の練習が過ぎたのであろうと思いながら、志乃子は啓次郎の手首を両の掌で撫でた。

「熱をもってるから、冷やさなきゃ駄目よ。湿布もしないでリストバンドを巻いていた

「余計な力が入ってるからだって先生に叱られちゃった。お前の鋏の使い方はお前そのものだ、見てたら苛々してくるって、レザーカッターの柄で思いっ切り叩かれたんだ。骨が折れたかって思ったよ。……叩かれる前から腫れてたんだけど。でも、あんな固いチタンの柄で思いっ切り叩くなんて、俺に辞めちまえって言ってるのとおんなじだろう？」

啓次郎はそう言い、窓をあけると、中身がほとんど残っている缶ビールを投げ捨てた。それは五メートルほどしか離れていない裏の古い倉庫の壁に当たった。

啓次郎の勤める美容院のオーナーは、ひところ雑誌やテレビが青山に店を持つ腕のいい美容師をカリスマと称して取りあげた時期にも、自分はカリスマではないと言って取材を固辞しつづけた男だった。

自分は練習に練習を重ね、多くの名人たちの技術を目で盗み、それをなんとか自分も身につけようと苦労してきたのだ。もし自分にカリスマ性などというものがあるなら、そんな苦労や努力をせずとも秀でた技術を難なく手に入れることができたはずではないか。だから自分はカリスマではない、と。

「ああ、こいつは努力してるんだなァって知ってくれてるからじゃないの？」

と志乃子は言い、二階に降りると冷蔵庫から氷を出し、それを調理用のボウルに入れ、タオルを持って、三階に戻った。

「どうして手首が腫れてしまうほど痛めるのかを自分の頭で考えろ、ってさ。考えないから、腫れるまでおんなじことを繰り返すんだ、って。痛めるっていうのは、どこかに大きな間違いがあるからに違いない、その間違いとは何だろう……。それを考えずに、手首を腫らして、俺はこんなに努力してますってアピールしてるつもりか。……えらそうに言いやがって。『お前の鋏の使い方はお前そのもの、かァ。馬鹿と鋏は使いようだもんな』って、木下《きのした》のやつ、笑いやがった」

木下とは、きょうから一緒にキャンプに行くことになっていた先輩の名だと志乃子は思った。

「もう十二時よ。とにかくシャワーを浴びて、ご飯を食べて、ゆっくり休みなさい。昼から何にも食べてないんじゃないの？　低血糖状態のときって、ちょっとしたことでも異常に腹が立つらしいわよ」

「ちょっとしたことじゃないんだ！」

啓次郎は枕をドアに投げつけて怒鳴った。

自分のいまの言葉は軽はずみだったなと思い、

「うん、啓ちゃんにとったら、ちょっとしたことなんかじゃないよね。ごめんね」

と言って、志乃子はフローリングの床に落ちている枕を拾い、それをベッドに戻すと二階の台所兼リビングに降りた。

夫はもう寝てしまったらしいし、茜は自分の部屋で何かしているのであろう。志乃子はそう思いながら、脚の長い文机に頬杖をついて坐った。

五月にサッシ・メーカーから請け負って進めてきた千葉の工事現場での仕事がすべて終わり、夫は疲れ果てている。夫のような個人事業主が請け負えるような仕事ではなかったが、独立してすぐにその工事計画を知った日から、門前払いを覚悟で不動産会社とサッシ・メーカーと工事を落札した建築会社を週に二度訪ねて営業活動をつづけてきて、八階建ての介護施設付き分譲マンションの仕事を得た。

今後につながる大切な、しかし、現在の実力では荷の重すぎる仕事を無事に終えて、夫は疲労困憊している。せめて四、五日は休ませてあげたいが、その工事を通じて知り合った空調機メーカーの担当者から貰った仕事が三日後に始まるのだ。

志乃子は夫の奮闘をどのようにねぎらおうかと考えながら、三階に神経を注ぎつづけた。

「負けるな、負けるな、あきらめるな。心は巧みなる画師《えし》の如し、だ」

呪文を唱えるかのように胸のなかで啓次郎に呼びかけつづけていると、わざと乱暴にドアをあけしめさせて啓次郎が階段を降りてきて、

「めし！」

と言った。

志乃子は、冷蔵庫から冷や奴と牛ロース肉の薄切りを出し、鍋のなかの「じゃがいもとたまねぎの味噌汁」を温めながら、牛肉をバターで炒めた。

「私ねェ、『心は巧みなる画師の如し』っていう言葉が凄く好きなの。中学一年生になったとき、三好のおじさまから教えてもらったの。それ以来、私のたったひとつの座右の銘でもあるし、願いを叶えるためのおまじないみたいにしてきたの。だから、私は啓ちゃんが、ここで鋏と櫛を持って、架空の人の髪をカットしてるのを見るのが好きなのよ」

志乃子は、自分の言葉がお説教臭くならないよう気をつけながら、啓次郎にそう語りかけた。啓次郎は、聞いているのか聞いていないのかわからないような表情でテレビをつけた。

「心は画師の如し、じゃないのよ。巧みなる、っていう言葉が付くのよ。つまり、心に描いたとおりになっていくってことなのよ。心には、そんな凄い力がある……。だから、不幸なことを思い描いちゃいけない。悲しいことを思い描いちゃいけない。不吉なことを思い描いちゃいけない。楽しいこと、嬉しいこと、幸福なことを、つねに心に思い描いてると、いつかそれが現実になる。お伽噺《とぎばなし》みたいだけど、これは不思議な真実だ……。三好のおじさまはそう言ったわ。私の人生は『心は巧みなる画師の如し』という言葉で劇的に変わったって中学一年生の私は興奮したの。それなのに、ほんのついさっきまで、その大事な言葉を、きれいさっぱり忘れてたのよ」

「胡椒《こしょう》、多めにね。でも多すぎないように」

啓次郎は、志乃子が箸で牛肉を返すのを見ながらそう言ってから、

「ついさっきって、いつさ」

と訊いた。

「啓ちゃんの手首が腫れてるのを見たとき」

「なんで？」

「こやつは、仕事でへとへとになって帰って来ても、架空の人の髪を切る練習をしてきたんだなァ……。どんな人の、どんな髪を、どんなふうにカットしようと空想してたのかなァ、って。あれは自分で思いついた練習方法なの？」

「先生が修業時代にやってたらしいんだ。先生から聞いたんじゃないよ。そのころ、おんなじアパートで一緒に暮らしてた先生の友だちから」

「ねェ、私、弟子を憎くて叱る師匠なんていないって思うんだけど……。そんな師匠は師匠じゃないわよ。啓ちゃんの先生は、若いときに苦労をして、血の滲むような努力をつづけた人なのよ。一所懸命頑張ってる若い弟子を、憎くて叱るような人が、ひとつの道を極められる？　こいつはいくら頑張っても駄目だと思ったら、叱るなんてことしないわよ。叱るって凄いエネルギーが要るのよ。そんな疲れることとしないで、ひとことで

終わりよ」

「ひとことって？」

「辞めろ」

志乃子は、テーブルに啓次郎のための晩ご飯を並べた。

パジャマ姿の茜が歯を磨くために部屋から出て来て、指鉄砲で啓次郎を撃つ格好をした。啓次郎は自分に向かって発射された見えない弾丸を箸でつまみ取ってゴミ箱に捨てた。

翌朝、家族全員が朝寝坊をすることと決めてあったのに、志乃子は三好与一郎からの電話で起こされた。八時少し前だった。

「井澤さんが、あさってから仕事でフランクフルトへ行くんだ。あしたはその準備で時間を作れないから、きょうの一時に来てくれってさ。志乃ちゃん、行けるだろう。大手町だから、志乃ちゃんのところからならすぐだよ」

その三好老人の言葉の意味が解せなくて、

「井澤さん？」

と志乃子は訊き返した。

「ぼくは井澤さんの名刺を渡しただろう？　あの鼠志野の茶碗を売ってくれる人だ」

「えっ？　きょうですか？」

「うん、昼の一時だ」

三好老人は、井澤繁佑のオフィスのあるビルへの道順を教えてくれたが、それはかえって志乃子の知っている大手町周辺の地図を歪めてしまった。

電話を切って、慌てて洗面所に行きながら、やっぱり鼠志野だったんだ、と志乃子は思った。京都の香川も鼠志野と断定する言い方だったが、私は手放しで信じることができなかった。鼠という冠がつかない志野焼とどう違うのだろう。いや、そんなことを調べている暇はない。夫と茜と啓次郎の朝昼兼用の食事を作ってから出かける用意をしなければ……。

志乃子は、ミルクコーヒーと、バターを塗ったトーストで自分の朝食を済ませ、スパゲッティのためのトマトソースを作った。そこに焼いたベーコンと茹でたざく切りキャベツを入れ、鍋に水を入れ、スパゲッティの袋を調理台に置き、志野茶碗の件で昼に三好のおじさまに紹介してもらった人と逢うことになったというメモを茜に残し、慌てて家を出た。その井澤という男に逢う前にどうしても美容室で髪をカットしたかった。

予約をせずに行くのだから待つはめになるかもしれないと考えたのだ。

門前仲町の行きつけのカットサロンで、頼み込んで予約の入っている時間の隙間に手早くカットとカラーをしてもらい、十二時前に東京駅近くの大型書店に着いた。

日本の焼き物に関する解説書を捜し、鼠志野について調べてみた。大判のぶ厚い写真集には、志野焼についての項目は少なく、ほとんどが本阿弥光悦《ほんあみこうえつ》と長次郎《ちょうじろう》の茶碗で占められていた。

志乃子は高価な本の、志野焼に関する部分だけを立ち読みするつもりだったのだが、光悦と長次郎の茶碗に魅せられてしまい、その写真集を買うと、井澤繁佑のオフィスがあるビルの近くの喫茶店に入った。

夏物の新しい服を買っておくべきだった。三千万円で売れるかもしれない茶碗を持って訪ねて来た女が、外出用ではあっても、さして上等とは思えない服を着ていたら、井澤という男はそこで能勢志乃子を値ぶみしてしまうかもしれないと考えて不安になったのだ。

志乃子は、普段なら昼休み中のサラリーマンで満席であろうと思えるテーブル数の多い喫茶店でアイスティーを飲みながら、鼠志野について説明してあるページをひらいた。

「私、たったの七行のために六千七百円も払っちゃった」

もっと慎重に本を選ぶべきだった。きっと気が動転しているのだ。そして、気後れしているのだ。志乃子はそう思った。

――鼠志野。無地志野とは異なり、下地に鬼板と呼ばれる鉄化粧を施してあるため、掻《か》き落とした箇所が白く残って、鉄の成分は窯の条件によって赤褐色または鼠色に焼きあがる。志野釉《しのゆう》（長石釉）の特徴である窯の火次第という極めて偶発性の大きい仕上がりに依るところから品数は少なく、名品はさらに稀少である。――

志乃子はたったそれだけの解説文を読み、鼠志野の名品として載っている角鉢の写真に見入った。自分が「かささぎ堂」のがらくたのなかから選び出した茶碗の胴に橋とその欄干が縞模様のように描かれてあるのは、絵付けをされたのではなく、火の仕業によって浮き出た鼠色の線なのかもしれないと思った。

世間は盆休みをとっているところが多いが、この界隈にオフィスを持つ企業は、いつからいつまでを盆休みとするというかつての習慣を捨てたところが多いのだなと、志乃子はビル街と行き交う人の多さを眺めながら、ほんのひとときぼんやりと考えていたが、肝腎なことを忘れていたのに気づいた。井澤繁佑がどんな仕事をしているのか、歳は幾つなのか、三好老人に何ひとつ訊かなかったのだ。それどころか、茶碗を入れた桐箱を風呂敷に包んできただけで、おみやげひとつ持っていない。せめて菓子折りでも持参したいが、もう買い物をしている時間がない……。

「粗忽《そこつ》な大馬鹿者めが！」

志乃子は胸のなかで自分を叱りながら喫茶店を出て、右手に風呂敷包み、左手にハンドバッグと書店の手提げ袋を持ち、「オフィス・イザワ」のある真新しいビルのなかに入った。

エレベーターで五階に行き、高級ホテルに似た静かな廊下に立つと、いっそう気後れしてきたが、「オフィス・イザワ」のぶ厚いガラスのドアの向こうの、受付テーブルに坐っていた若い女性が笑顔で立ちあがり、ドアをあけてくれて、

「能勢さまでいらっしゃいますね」

と迎えてくれたので、志乃子は、もう引き返すわけにはいかないと腹を決めた。

広い受付の右側にはマホガニー色のドアがあって、なかは見えなかった。受付の左側にもドアがあって、そこはどうやら応接室らしかった。

社員がこの女性ひとりというわけではあるまい。けれども、他に人の気配が感じられない。オフィス特有の活気もない。この会社はどんな業種なのであろう。

志乃子はそう思いながら、三好与一郎さんから紹介されて伺った能勢志乃子ですと伝えた。

あえて、地味な身なりをこころがけているといった風情の女は、志乃子を応接室に案内し、笑みを絶やさぬまま一礼して出て行った。

「洗練された身なりが知性を包んでる……。うーん、できる女って感じ。幾つくらいかしら。三十そこそこに見えるけど、案外、三十半ばってとこかな」

そう考えながら、志乃子は自分の心臓の音を聴いていた。

ドアをノックして、一呼吸おいてから井澤繁佑が入って来た。濃い紺色の背広に、それより少し薄い同色のネクタイをしめた五十四、五歳の、柔らかい表情の男だった。

「急に、私の都合できょうの昼の一時になんてお願いしてしまって申し訳ありませんでした」

井澤はそう言って名刺を志乃子に渡した。

「とんでもありません。私のほうこそ、あつかましいお願いをいたしまして。慌ててしまって、お恥ずかしくも手ぶらでお訪ねしてしまいました」

「どうぞお気遣いなく。三好さんからお話は承りました。私がお役に立ちますかどうか」

井澤はそう言ってソファに腰を降ろすと、紅茶とコーヒーのどちらがいいかと訊き、志乃子の返事を耳にするなり、テーブル上の電話機の、何個かの押しボタンのひとつを押した。それだけで、紅茶かコーヒーかが受付の女にはわかる仕組みらしかった。

志乃子は、風呂敷包みを解き、桐箱を出した。手が震えているのは緊張のせいだけではないということが自分でもわかるので、震えだけでなく顔までも紅潮してきた。

「なんか、触るのが怖いですね」

と井澤は言い、鼠志野の茶碗を両の掌に載せた。

「こうやって、いかにも焼き物に詳しそうに見てますが、私にはさっぱりわからないんです。ああ、いいなァって思うだけで、どういいのか、なぜいいのか、よくわからないんです」

そう言って、井澤は茶碗をテーブルに置いた。志乃子は、三好与一郎から井澤繁佑の名刺を貰ったとき、きっと焼き物などの美術骨董品に造詣が深く、そうした物を蒐集《しゆうしゆう》する金持ちの知己を周りに多く持つ人物、と想像していたので、少し意外に思いながら井澤を見つめた。

井澤もしばらく無言で見つめ返し、

「どこかで一度お逢いしたことはありませんか？」

と訊いた。

志乃子にとっては、井澤は初めて逢った人物だったので、かすかに首をかしげてみせた。

「そうですか、それは失礼いたしました」

井澤は言って、視線を茶碗に戻した。

「三好さんが、鼠志野の名品だ、個人が所蔵しておくような代物じゃない、しかるべき権威ある美術館で多くの人に観てもらえるようにしてくれって仰《おつしや》いまして。ただ、能勢さんが売る気ならねという言葉が付いてました。能勢さんはこれをどなたかにお売りになりたいですか？」

そう井澤が訊いたとき、さっきの女がアイスコーヒーを運んで来た。

井澤の問いに、志乃子は意表をつかれたような気がして、すぐには返事ができなかった。

三好与一郎が井澤繁佑を紹介してくれたのも、井澤がこうして時間をとってくれたのも、茶碗を売るということを前提としているからで、志乃子もまたその流れに何の疑念も抱いていなかったのだ。

だが、志乃子は井澤の問いで、なぜ自分はこの茶碗を売りたいと考えたのだろうと思った。自分は売って金儲けをしたいから「かささぎ堂」の笠木恵津からこの茶碗を貰ったのだろうか、と。

三千万円の価値があると聞いて、売ると決めてかかってしまったが、自分は本当に売りたいのだろうか。

確かにお金は欲しい。三千万円というのは三好老人がつけた値段であって、実際の取引値がその三分の一だとしても一千万円。喉から手が出るほど欲しい。欲しいが、いまどうしても必要だというわけではない。

毎月の家計も商売のほうも、いわば自転車操業のようなもので、いざというときのための蓄えがあれば心丈夫だが、いままとまったお金がなければ家と土地を売らなければならないとか、夫の商売が駄目になる状態ではないのだ。この鼠志野の茶碗を文机に置いて、自分だけの世界のなかにいられる時間のほうが価値があるのではないのか……。

志乃子はそう思いながらも、

「はい、売りたいです。私が持っていても仕方がありませんので」

と答えて、アイスコーヒーをストローで飲んだ。

「三好さんは、三千万円以下では売らんぞって仰ってましたが、能勢さんも同じお考えですか？」

と井澤は訊いた。

「値段のことは、私にはわかりませんので、三好のおじさまのお考えに従おうと思います。でも、私は二千万円でもかまいません」

志乃子は額から汗が噴き出てきた気がして、ハンドバッグからハンカチを出したくなった。

井澤は微笑を浮かべ、

「大変な値引きですね。言い値は三千万円だけど、二千万円でもかまわないなんて言ったら、相手は一千万円に値切ってきますよ」

と言ったが、その笑みにも口調にも揶揄《やゆ》は含まれていなかった。

「はい、そうですね。じゃあ、二千万円にします」

「そんなことをしたら、私が三好さんに叱られますよ」

指先で額を撫でながら井澤はそう言い、困ったように首をかしげて笑った。それから応接室を出て行った。

ハンドバッグからハンカチを出し、額の汗をぬぐいながら、志乃子は学生のときに観たフランス映画の一場面を思い浮かべた。吝嗇《りんしょく》な中年女が金儲けの餌食《えじき》にしようと誰かに話をするとき、目は涼やかになりながらも、鼻の頭に汗が噴き出すのだ。

そうかァ、どんなに厚化粧をしても、鼻の頭に汗をかくのが、女が歳を取った証なのだと十九歳の私は思ったのだ……。

志乃子は慌ててコンパクトを出し、自分の鼻を鏡に映してみた。小粒な汗が、小さな昆虫の卵に見えた。

「私って、鼻の頭に昆虫の卵を貼り付けてる女になっちゃったんだァ。醜悪以外の何物でもないじゃん」

いっこうにほどけない緊張を和らげようと、志乃子はわざと剽軽《ひょうきん》に胸のなかでそう言ってみた。

井澤が封筒と便箋を持って戻って来て、

「鼠志野の薄茶茶碗を一個、確かにお預かりしたという預り証を書きました」

と言った。

捺《お》したばかりの井澤の印はまだ乾いていなかったが、志乃子は礼を言ってその預り証を封筒に入れ、

「オフィス・イザワというのは、どんなお仕事をなさる事務所なんですか？」

と訊いた。

「簡単に言えば、企業デザインのリフォームってことですね」

井澤はそう答え、志乃子が茶碗を桐箱に戻して紐を結ぶ手を見ていた。

「企業デザインのリフォーム……」

志乃子は井澤の言葉を口に出して反復し、それはどんな仕事なのかと考えてみた。すると井澤は、

「さあ、具体的にどんな仕事かを当ててみて下さい」

と言った。

「企業デザインですから、たとえば調理器具のメーカーなら、どんな調理器具を造るかということですよね。そのリフォーム……。造る調理器具への考え方を根本的に変えてあげるということでしょうか」

「そのとおりです。まったくそのとおりです。変えるということのなかでは、その組織全体の変革が中心となります。工場の稼動性や生産性の変革は当然ですが、企業組織の無駄をぎりぎりまで削ることから始めなきゃいけないんです。企業デザインを変えるといっても、調理器具を造ってた会社に羊羹《ようかん》を造れと提言するんじゃないんです。能勢さんの答えどおりなんです。これまでの固定観念の範囲内での調理器具を旧態依然として造りつづけてきたから、御社はいまこういう危機を迎えたんですよ、だから、調理器具についての考え方をこのように変えて、このようなマネージメントのなかで、このよう

に生産して、御社全体のリフォームをしましょう、ということを提言するのが私の仕事です。企業デザインのリフォームって言葉だけで、私の仕事の眼目をお当てになる人はとても少ないんです」

　大雑把な勘で口からでまかせのように答えてみただけなのに、井澤に褒められて、さらに体のあちこちから小粒な汗が噴き出る気がしたので、志乃子はフランス映画の一場面の話をした。自分の鼻の頭からも汗が噴き出ていて、それが昆虫の卵に見えたことも。

「昆虫の卵ですか……」

　と井澤はつぶやき、それから声をあげて笑った。

「普通はそんなものを連想しないでしょう」

「昆虫の卵って気味が悪いんです」

「そうかなァ、私には神秘的ですね。能勢さんは昆虫の卵を実際にご覧になったことはありますか？」

　志乃子は首を横に振った。

「私は子供のときに何度も見ました。一粒一粒がとんでもない宝石のようでしたよ」

　そう言いながら井澤の目が素早く自分の腕時計に向けられたのを見て、志乃子はもう一度、時間を取ってくれたことへの礼を述べ、革張りの大きな椅子から立ちあがった。

「うちの応接室は空調の温度設定が高めなんですよ。ここで長い打ち合わせをすることが多いもんですから、二十七、八度にしておかないと足元が冷たくなっちゃって体に良くない。でも、それだと暑い外から入ってこられた方は汗が引きませんね。失礼しました」

井澤繁佑はそう言いながら、志乃子をエレベーターのところまで見送ってくれて、

「さっき、能勢さんの口からためらいなく調理器具の会社っていうのが出ましたが、調理器具に関するお仕事とご縁がおありですか？」

と訊いた。

「長男がことし調理器具の販売会社に就職したものですから……」

「大学を卒業して、ですか？」

「はい。製品の数が多くて、それを全部頭に入れるのに苦労してるようです。自社でも造ってるものがあるんですが、外国のものもたくさん輸入販売してるそうですから」

志乃子が智春の勤める会社の名を口にすると、

「ああ、あそこのショールームはここからすぐですね。ぼくは気分転換をしたくなると、あそこに行くんです」

井澤はそう言って、かすかに苦笑してみせた。

「気分転換にですか？」

「いろんな調理器具が展示してあるんですよ。見てたら楽しくなります。ああいうものへのアイデア力については、日本はヨーロッパには及ばないですね。たかが栓抜きひと

つでも、こんなのが冷蔵庫にマグネットでぴたっとくっつけてあったら便利だし楽しいだろうなァっていうのがたくさんあるんです」

「井澤さんはご自分でお料理をなさったりするんですか？」

「最近、スープ作りに凝ってまして」

「スープ……」

エレベーターのドアがあいたので、志乃子はその箱のなかに入り、次の言葉をつづけようとしたが、それよりも先に井澤はあのショールームの三軒隣にスープの専門店があるのだと言った。十数種類ものスープはどれもおいしいが、自分には何か一味足りない気がする。その足りないものが何なのか、自分で作ってみることで挑戦してやろうと思ったのだ、と。

井澤の言葉が終わると同時にエレベーターのドアが閉まった。

すぐ近くといっても、智春の勤める会社のショールームは、ここから歩いて二十分近くはかかりそうだが、一度どんなところか覗いてみようかと考えながら、志乃子はビルから出た。気温はさらに上がったようで、強いビル風が熱風と化していて、志乃子はすぐに地下鉄の構内へと逃げていきたくなった。

けれども、こんなきっかけでもなければ、息子が勤める会社が扱う製品を並べてあるショールームへ行くことなどないのだからと思い直し、志乃子は歩き出した。

ビル街の、日陰になっているところを選んで歩きつづけるうちに、志乃子は空腹を感じた。

いまは午後の二時前。朝の九時過ぎにコーヒーとトーストだけの慌ただしい朝食をとっただけなのだ。どこかに蕎麦屋でもないものか。志乃子はそう思いながら、マナーモードにしてあった携帯電話を見た。二件のメールが入っていた。智春と美乃からだった。

――冷凍庫ついに満パイ。放っといたらみんな腐っちゃうよ。取りに来てよ。好きなもの何でも持ってってくれたらいいから。今日中にお願い。部屋の鍵は、コンビニの安《あ》達《だち》さんに預けてます。――

志乃子は智春からのメールを読み、マンションの同じ部屋で一緒に暮らしている同期の青年の祖父が、孫のためにせっせと料理を作り、それを冷凍して送ってきていることを思いだした。

どれほどの量が溜まっているのか見当もつかないが、京都の老舗料亭の、料理人なら誰でもその名を知っているといわれる人の作った料理を捨ててしまうわけにはいかないと志乃子は思った。しかし、車がなければ、それらを横浜から深川まで持ち帰ることは無理だろう……。

――きょうから三日間、「海雛」は盆休みです。お母さんとビールを飲んで、これから昼寝じゃ。昨日も来てくれたけど、遊びにおいでよ。――

美乃からのメールを読み、志乃子は歩きながら返信メールを打った。

――私は洗濯ばあさんじゃないのだ。――

そこまで打ったとき、耳元で大きなクラクションの音がした。携帯電話に神経が集中していて、赤信号なのに道を横切ろうとしたのだ。小型トレーラーの運転手が、

「いい歳しやがって、歩きながら携帯なんか打つな、バカヤロ！」

と怒鳴った。

慌てて走って道を渡り、息を弾ませて小型トレーラーを見送りながら、

「いい歳しやがってってって、いい歳っていったい幾つなのよ。私を幾つだと思ったのよ。正確に歳を言え。青二才めが！」

そう胸のなかで言い返したが、あの運転手が、こら、そこの五十歳の女、と言っていたら、私はうちのめされて信号機の下で塩をかけられたナメクジのように縮んでいっただろうと思い、志乃子は小さく声をあげて笑った。

日陰で歩を止めて、志乃子は美乃へのメールのつづきを打った。

――美乃ちゃんの軽自動車、今晩乗って帰ってもいい？　智春のマンションに寄って、八時までには帰りたいんだけど。――

志乃子がスープ専門店の前に着いたとき、美乃からの返事が来た。

――いいよ。――

「たったの三文字の返信メール……。性格そのまま。でも、これ以上は必要ないもんね」

志乃子はそうひとりごちて、スープ専門店に入った。仕事の都合で昼食が遅くなってしまったらしいサラリーマン風の男が五人、スープを飲んでいた。そのうちのふたりはサラダとサンドウィッチも食べている。

メニューには、聞いたことのないスープ名がたくさん書かれてある。スープの種類は十五。そのうち冷たいのが五種。

志乃子はトマトの冷製スープとスモークターキーのバゲットサンドを注文したが、「当店秘伝のスープ」に変えてもらった。

バゲットサンドは、千切りにしたレタスに和《あ》えてあるマスタードマヨネーズがスモークターキーにとても合っているのに感心したが、当店秘伝のスープには、確かに井澤の言う「何か一味足りない」ところがあると思った。

とろみはじゃがいもが主だが、それ以外によるとろみも混ざっている。それが何なのかよくわからない。スープのベースは鶏で、牛スープも使っている。かすかにニンニクの香りもする。とても丁寧に作られていて、粗悪なものも化学調味料も食品添加物も使用していないことは、店の壁に掛けられている「当店のスープは……」という説明文どおりなのであろう。とてもおいしい。でも、何か一味足りない。

あの井澤は、自分の手でこれを完璧に近いおいしさにしようと挑戦しているのであろうか。それとも、ここのスープを味わったことがきっかけで、「井澤繁佑自慢の秘伝のスープ」を作ろうと思いたったのであろうか。

志乃子はそう考えながら、熱いスープを飲み、バゲットサンドを頬張りつづけた。熱風と呼んでもいいビル風を受けながら二十分近く真夏の道を歩いてきた体には、スープによってさらに汗が呼び起こされ、首筋や腋《わき》の下を伝い始めた。

黙っていればわからなかったであろうに、なぜ自分は井澤に鼻の頭の小粒な汗のことを喋ったのだろうか。それも、昆虫の卵に似ているなどと余計なことまでつけくわえて……。

志乃子は恥ずかしくなり、自分は子供のころから少しも変わっていないのだと思った。自分はすぐに知らない人に話しかける癖があって、母によく叱られた。何かを話しかけて、相手が迷惑がっていないとわかると、突拍子もない作り話を懸命に語りだして、そのうち相手は「変な子だ」といった顔つきで逃げだそうとする。

さっきまでここに蟻がたくさん這っていたが、そのなかに一匹、頭だけが三センチもあるのがいた。きっと女王蟻のなかでもいちばんえらい女王蟻なのね、といった具合なのだ。

無論、そんな蟻がいたわけではないが、話しているうちに、本当に見たような気になってくる。

母が心配したのは、作り話の中身ではなく、その相手がいつも見知らぬおとなだという点だったのだ。

「世の中には普通の人のように見えて、じつは恐ろしい人がたくさんいるのよ。どっかにつれて行かれたらどうするの」

母は本気で心配していた。

だが、父が案じたのは、見知らぬ人に話しかけるときに作り話から始めるという点だったのだ。

確かに後者のほうこそ心配しなければならないが、子供の私が蟻の群れに見入っているうちに、そのなかの一匹の頭が大きくなっていって、他の働き蟻たちに喋りだすのだ。道を渡るときは左右を見て、車が走って来てないか確かめるのよ、とか、餌は冬のためなのよ、いま勝手に食べちゃ駄目なのよ、とか……。

そのような妄想癖は大学に入ってからもつづいたが、あるときなりを潜めてしまった。琢己と知り合った二十一歳のときだ。それはなぜだろう……。

志乃子はそんなことを考えながら、店内のクーラーでやっと汗が引き始めたのを感じたとき、アンサンブルの上着をずっと着たままだったことにやっと気づき、それを脱いだ。

実家に着いたのは四時だったが、美乃はまだ昼寝中で、母が洗濯物を干していた。

「手の骨はどう？　若い人と違って、くっつき難《にく》いんだから、痛みがないからって動かしちゃ駄目よ」

風通しのいい縁側に腰を降ろし、冷たい麦茶を飲みながら、志乃子は母に言った。美乃に頼まれた洗濯物は母がすべて片づけてしまっていたのだ。

母は、午前中に病院に行き、顎の傷の抜糸をしたついでに、手首と肘を固定しているギプスを少し短くしてもらったのだという。

「だって美乃は居酒屋のことしか頭にないんだもん。家のことなんか完全に放り出しちゃって。きのう、立派な真鯛のわたを取って、三枚におろして、頭も見事になし割りにできるようになったって大喜びしてたわ。あの子のたったひとつの得意料理を試しに出したら大好評で、『海雛』にうまい料理が一品増えたって、お客さんに喜んでもらったんだって。きのう十五人前も出たそうよ」

母の言葉で、それはオムレツだと志乃子は思った。美乃の得意料理はそれ以外にないのだが、一流のホテルで出されるものと遜色《そんしょく》のない焼き加減なのだ。

「オムレツ？」

「そう、三種類のオムレツなんだって。マッシュルーム入り、じゃがいも入り、炒めた挽き肉とたまねぎ入り」

「幾らで出したの？」

「どれも八百円」

「高い！　暴利をむさぼってるわよ。玉子は三個でしょう？　美乃ちゃんはねェ、玉子が二個でも四個でもきれいなオムレツに仕上げられないのよ。三個でなきゃ駄目なの」

「もっと注文を受けたんだけど、玉子が失くなって、本日は品切れってことにしたんだって。もっと玉子を用意してたら、あと五人前は出たのにって悔しがってたわ。美乃はねェ、いまや金の亡者よ」

母の言葉で、志乃子は笑った。片方の手だけで洗濯をして、それを干すという労作業は、母の体にはいいのだと考えたが、あしたふいにそのような家事が体にきつくなるという年齢に母が達しているのだという思いが、父のお気に入りだった風鈴の音を物寂しくさせた。

長い昼寝から目を醒まして階段を降りて来た美乃が、籠に入れて縁側に置かれている洗濯物を見て、なぜ志乃子ちゃんが来るまで待っていられなかったのかとなじるように母に言った。

いかにも寝足りたといった顔で、色艶も良くて、病院勤めをしていたころよりも十歳くらい若く見えた。

「私もお母さんも、美乃ちゃんのための洗濯ばあさんじゃないのよ。なによ、自分ひとり元気が余ってるような顔して。つやつやじゃないの。首の上に剝き玉子が載っかってるって感じよ」

志乃子は本気で腹を立てながら言った。

「居酒屋の女将って大変なのよ。どうしてお客さんていっぺんにまとまってお店に入って来るのかしら。順番にちょっとずつ来てくれたら、こっちでお刺身を作って、あっちで突き出しを作って、同時に生ビールをジョッキに注いで、また同時に冷酒を冷やしたガラスの徳利に入れて、なんてことしなくてすむのにね」

古いジーンズを膝上で切ったのを穿いた美乃は、そう言って脚をなげ出して縁側に坐り、濡れている洗濯物を母に渡した。

「美乃ちゃんのその背中の贅肉、なんかいやらしいわよねェ。Tシャツ越しでも脂ぎってるのがわかるわ」

「志乃ちゃんに言われたくないわよ。自分の背中は見えないもんなのね」

美乃は言って、志乃子のスカートの奥を覗き込み、太股のどこかに段々になっている部分はないかと訊いた。

「背中の肉も取れ難いらしいけど、あの段々はもうどうにもならないのよ。セルロイドじゃなかった……セル……、あれ？　何て言うんだったかなァ」

「セルライト。覗かないでよ」

体の向きを変え、志乃子は、今朝、三好のおじさまから電話があって、井澤繁佑という男にあの志野の茶碗を預けて来たのだと言った。

「どんな人なの？」

と母に訊かれ、井澤の印象を話そうとしたが、それは言葉にはしにくかった。いかにも仕事ができるといったふうでもなかったし、とりたてて特徴のある容貌でもなかったし、際立った何かを発散させてもいない。清潔な身だしなみの、尖《とが》ったところも、ぎらついたところも、灰汁《あく》の強さもない、優しそうな中年男であったのに、自分のなかに消えないものを残しているのが不思議だった。

「感じのいい人よ」

そう答えながら、言葉にすればそれ以外にないのだと志乃子は思った。

「歳は幾つくらいなの？」

と美乃が訊いた。

「さあ、五十四、五ってとこかしら」

そう答えて、志乃子は「オフィス・イザワ」の静かな応接室で井澤と交わした会話をおおまかに語って聞かせた。

「なんだァ、焼き物に詳しいってわけじゃないのか。じゃあ あの茶碗がほんとに三千万円の価値があるのかどうかはまだわからないのね」

美乃の言葉に母は苦笑を浮かべ、器用に片手だけで洗濯物を干しつづけながら、

「三千万円なんて……。三好さんを馬鹿にするわけじゃないけど、私は茶碗が三百万円で売れたってびっくり仰天よ。ただで貰ったもんなのよ。それだって罰が当たるわよ」

と言った。

ああ、ここに来ると眠くなる。洗濯をしなくていいのなら、さっさと掃除だけして帰ろう。智春のマンションに寄って、冷凍したさまざまな料理を軽乗用車に積んでいたら、帰りは道路のラッシュに巻き込まれてしまう。

志乃子はそう考えて、一階の二部屋と台所を掃除し、美乃の車を運転して横浜市内に向かった。

智春のマンションには一度も行ったことはなかったが、一年ほど前に、目印となる近くの教会で行われた友人の結婚式に出席したので、ほとんど迷わずに着いた。八階建てのマンションは、一階に焼き鳥屋と韓国料理店があり、県道を挟んだ向かい側にガソリンスタンドとコンビニがあった。

志乃子は、韓国料理店の玄関を掃除している青年に事情を説明し、隣接する客用の駐車場に三十分だけと約束して、軽乗用車を停めさせてもらうと、車の往来の多い県道を走り渡ってコンビニに入った。小さなコンビニに客はいなくて、若い女の店員がレジのところで事務仕事をしていた。名札に「安達」と書いてある。

志乃子が、能勢智春の母だがと言うと、女店員は制服のポケットから鍵を出し、

「おひとりですよね」

と訊いた。

智春はなぜコンビニの女店員に自分の部屋の鍵を預けているのだろうと思いながら、志乃子は、

「はい、私、ひとりです」

と答えた。

「ひとりでは、ちょっと大変だと思うんです。五、六回はエレベーターで往復しないと……。もうじき店長が帰って来ますから、私も手伝います」

小柄だが骨格の頑丈そうな丸い体と黒い目の女店員を、志乃子は「なんだかドングリの実みたい」と思いながら見つめた。

「私、安達雅美《まさみ》です。私もきのう発泡スチロールにぎっしり入ってるお料理を貰ったんです。超豪華料亭料理を。うちの冷凍庫には入りきらなくて、姉にも貰ってもらいました。どれも冷凍してないとすぐに傷んじゃうもんばっかりだから……」

安達雅美がさらに何か言おうとしたとき、店長らしい男が帰って来た。

「時給で働いてるってこと、いつも自覚しといてね。それ大事な点だからさ」

わけを話して、ほんの十分ほどと言って出て行きかけた安達雅美に、店長は不機嫌そ

うにつぶやいた。

道を渡りながら、

「私、夏休みのアルバイトなんです。あの人、私がトイレに行くときでも、あの言葉を必ず耳元でつぶやくんです」

と安達雅美は言って笑みを浮かべた。

「いやなやつね」

そう応じ返しながら、志乃子も微笑んだ。

「漫画のキャラクターになりそうでしょう?」

「アルバイトってことは、安達さんは学生さん?」

志乃子の問いに、安達雅美はそうだと答え、マンションのエレベーターに乗ると三階のボタンを押した。

「勿体ないけど、どんどん捨てるしかないって言うから、会社の人に売ったらどうだろうってことになって。でも、マンションに宅配便が届いて、それをあくる日まで発泡スチロールの箱に入れたままだと溶けちゃうでしょう? いっぺん溶けた冷凍食品は味が落ちるし……。それでも五箱売れたんです。一箱三千円で。そりゃあ売れますよねェ。京都嵐山の『加わ瀬』のお料理がぎっしり入ってるんですもん。スッポンの煮こごり、合鴨の治部煮、鮎の甘露煮、鮑《あわび》の柔らか煮、茶碗蒸し、加わ瀬風近江牛のロースト……。

もうどれも、めちゃうま。私も両親も弟も、揃って二キロ太っちゃった……」

志乃子は、我が家の冷蔵庫の下の部分にある冷凍庫も満杯なのにと思いながらドアの鍵をあけた。窮屈な靴脱ぎスペースに発泡スチロールの箱が四箱積んであって、志乃子は前のめりに転びそうになった。

とりあえず部屋に入り、「加わ瀬」のご隠居が孫のために送ってくる料理を保存するために買った冷蔵庫をあけた。さっき安達雅美が口にした料理が押し込められるように並んでいた。そのひとつひとつに和紙が貼ってあって、筆文字で何か書かれてある。志乃子は真空パックに入っているローストビーフを出し、その文字を読んだ。

――食は命なり。我が命を他の命によって養うなり。こころして食すべし。孫へ。――

「ねっ？　捨てられないでしょう？」

さらに別の容器を出し、そこに貼られてある和紙を見せながら、安達雅美はそう言って志乃子に漆黒の目を注いだ。

――食は命なり。一尾の鮎にも生々流転あるべし。それ生命の調和の理《ことわり》なり。こころして食すべし。孫へ。――

安達雅美はさらに別の容器を出しながら、

「このおじいちゃん、ぼけてないですよねェ」

と言った。

──食は命なり。身体虚弱なりし孫も、天然自然の強靭《きようじん》なる生き物の命を貰いて育ちしなり。こころして食すべし。孫へ。──

ぼけるということと、老いて余計な心を遣わなくなったということとは、紙一重の違いなのかもしれないと思いながら、

「うーん、でも微妙な境い目を行きつ戻りつ、って感じよねェ」

そう志乃子は言った。

「この手書きの文章、ぼけてないんだけどなァ」

と安達雅美は言った。

「こんなにたくさん送りつづけたらどうなるかは、まったく思慮の外なんだもの」

「ああ、そうかァ、そうですよねェ」

志乃子は、半分が午後からの真夏の太陽に照らされるであろう狭いマンションの部屋を見やった。二十二歳の男のふたり暮らしとは思えない整頓のされ方だった。生活の匂いというものがなかった。

四つの重い発泡スチロールの箱と、冷凍庫のなかの、今夜食べようと決めた料理が入っている容器を車に運び、志乃子は安達雅美をコンビニまで送った。店長に礼を言っておいたほうがいいと考えたからだ。

「私、あしたから一週間休ませてもらうことにしたんです。そしたら馘《くび》になっちゃった。

だから、あと三時間で、ここでのアルバイトは終わりなんです」

コンビニの前で、安達雅美はそう言った。

「ご旅行？」

「お母さんの実家に行くんです。おばあちゃんがそろそろ危ないって電話があって」

「お母さまのご実家はどちら？」

「沖縄です」

その言葉で、ああ、沖縄の人の顔立ちだと志乃子は思い至った。そして、一緒にコンビニに入り、店長に礼を述べて、ミネラルウォーターを買った。


家に帰り着き、財津ホームのなかを覗《のぞ》くと、財津厚郎は電話で客に物件の説明をしているところだった。志乃子は、財津ホームの事務所に冷蔵庫があり、つねに空の状態であることを知っていたので、智春のマンションから持って帰ったものを入れさせてもらい、財津厚郎にも幾つか食べてもらおうと考えたのだ。

四個の発泡スチロールの箱を財津ホームに運び入れると、財津は電話を切って、留守のあいだに宅配便が届いたので預かっていると言い、冷蔵庫の上に置いてあった小さな段ボール箱を持って来てくれた。差し出し人は京都の香川道忠だった。

志乃子はその包みをとりあえず財津ホームの事務机の上に置き、発泡スチロールの箱の中身について説明してから、財津厚郎にこのうちの幾つかを食べてもらえないかと頼んだ。

「嵐山の『加わ瀬』といやあ名店中の名店だよ。ありがたいねェ。遠慮なくいただいちゃうよ」

財津は言って、志乃子と一緒に発泡スチロールの箱をあけた。

「能勢さんちの三人は昼から出かけたよ。琢ちゃんはマッサージ。啓ちゃんはキャンプに。茜ちゃんは進学塾の夏期集中講座。体験講座だから三日間ただなんだって」

茜は高校を卒業したらコンピューターの専門学校に行くと言っていたが、大学進学に変更したのだろうか……。そう考えながら、「加わ瀬」のご隠居が作った料理を財津の机に並べていった。途中で、財津も糖尿病であることを思い出し、

「これ、みんなカロリーが高そうだから、財津さんには良くないわね」

と言った。

「平気だよ。前にも言っただろう？　カロリー制限てのは糖尿病治療の昔の神話だって。俺が実践してるのは糖質制限で、それが糖尿病にいちばんいいんだって。琢ちゃんも一日も早くそうすべきだよ。ご飯を普通の大きさのご飯茶碗に一杯食べるとねェ、単純計算だと食後の血糖値が一五〇近く上がるんだ。六枚切りのトースト一枚でも、スパゲッティ一人分でも、おんなじくらい上がる。ということは、空腹時血糖値が一〇〇の人は

二五〇まで上がる。糖尿病で恐ろしいのは合併症なんだ。食後高血糖が合併症を招くんだから、食後に血糖値が一六〇くらいから上に上がらないようにすればいい。そしてだなァ、食後の血糖値を上昇させるのは、ご飯、麵類、澱粉《でんぷん》なんだ。それに砂糖、果糖。一カ月だけ、試しに豚ちゃんにさせてみなよ。霜降りのステーキ三百グラム食ったって平気だし、血糖値だけじゃなくて中性脂肪も減って、善玉コレステロールは増えて悪玉コレステロールが減るんだ。現代人はねェ、糖毒に冒されて、どうしようもなくなってるんだぜ。この糖毒こそが万病の元さ。人体の調和を乱してるんだ」

「お茶碗一杯のご飯も食べないの？」

と志乃子は訊いた。財津厚郎は二年前と比べると確かに瘦せた。本人に言わせれば二年で十二キロ体重が減ったというが、病的な瘦せ方ではなく、肌には張りがあり、ひとつひとつの動作が若々しくなっていた。

「一粒も食べないよ」

「一本のお蕎麦も？」

「うん、一本のスパゲッティもね」

「ポテトサラダは？」

「外食して、皿の上に載ってきても残すよ。残すのは、他にはレンコンと山芋類。里芋の煮っころがしなんて大好物だったんだけど、今は食べないね」

「パンも？」

「勿論さ。天麩羅もほんの少しにしてるよ。衣は小麦粉だから」

「じゃあ、毎日何を食べて、そんなに元気なの？」

「魚、肉、海藻、豆腐、野菜、チーズ、ナッツ類、納豆。酒は焼酎かウィスキー。ビールは糖質ゼロ・ビール」

「うちの人には無理だわ。だって炭水化物大好きなんだもん」

「でも、糖尿病になっちゃったんだから仕方ないだろう？　誰のせいでもないよ」

「お医者さんの言うとおりのカロリー制限食じゃ駄目なの？」

「糖尿病に関しては、ほとんど無意味だね」

「医学的裏づけはあるの？」

志乃子の問いに、財津厚郎は京都の「高雄《たかお》病院」という名を教え、そこはもともと糖尿病とアレルギー専門の医院だったが、理事長である医師が糖尿病にかかってしまって、従来のカロリー制限食を始めたが、どうも納得いかず、欧米の糖尿病先端治療を研究して、糖質制限食に行き着いたのだと説明した。

「そのお医者さんが自分の体で実験して確証をつかんで、自分の病院に来る糖尿病患者にも勧めて、はっきりとした結果が出てるんだ。でも、腎臓の悪い人はこの治療は適用外だよ。どうしても高蛋白食《こうたんぱくしょく》にならざるを得ないからね。琢ちゃんにも説明して勧めたんだけど、新興宗教に勧誘されてるみたいだって言って相手にしないんだよ」

財津は、七種の料理をふたつずつ貰ってくれた。それで発泡スチロールの中身は少し減ったが、財津ホームの冷蔵庫の冷凍室は満杯になった。

入り切らなかった分と香川道忠からの宅配便を両手にかかえて家に帰り、志乃子は窓という窓をすべてあけて風を通してからクーラーのスイッチを入れた。

宅配便のなかから出てきたのは、高名な陶工の次男が子供のときに作ったという人形だった。折れた腕と脚は、香川によって修復されていた。

志乃子は怪訝《けげん》な思いで、なかに入っている手紙の封を切った。

――腰の具合はいかがですか。さて、過日、この人形の修復が終わり、持主に持参しました折、能勢さんの例の志野茶碗の話題になりました。志野焼の最大の特徴である天真爛漫な明るさが、あれほどおおらかに表現された茶碗は珍しいということから、話は能勢さんが人形にとても惹《ひ》かれていたことまでに至りましたが、そのときふいに持主が、この人形を能勢志乃子という女性に貰っていただけないものかと仰ったのです。多くは語られませんでしたが、やはりご自分のもとに置いておくにはつらいものがおありなのであろうと推察し、お預かりして持ち帰りました。

お電話なりで能勢さんのご意向をうかがってからお送りすべきなのですが、いわく付きの人形ですし、こういうことは縁のものですので、思い切ってお送りしてしまったほうがいいと愚考した次第です。

もしご不快に感じられたり、こんなものはいらないと思われましたら、ご面倒でもご返送下さい。要用のみにて。――

志乃子は手紙を三回読み直し、それから人形の焼き物を文机に置いた。

京都から帰って以来、家族がそれぞれの部屋に入ってしまってからの自分だけの時間が訪れると、志乃子は文机に頬杖をついて坐り、高さ十センチほどの、サスペンダーを付けた半ズボン姿の、手脚の異様に長い人形と会話をつづけてきたのだ。

それは、幼かったころの智春でも啓次郎でもなかった。人形を造った少年だった。少年は大学生になって阪神淡路大震災で亡くなったそうだが、幼い少年に戻って、この人形のなかにいる……。

「どうしてお父さんの跡を継ごうとしなかったの？」

「時間がたったら、継いだかもしれないね。でも、ぼくが父の跡を継げるだけの玉だったかどうかわからないからね」

「溢《あふ》れるばかりの才能よ。この人形は子供の邪気のない土遊びじゃないわ」

「そうかなァ。子供はみんなこんな人形を造るよ」

「どうして、お父さんとケンカをしたの？」

「あの人の焼くものが、どれもインチキ臭くて、好きになれなくて……。そのうち、あの人そのものまでが嫌いになったんだ」

「男の子には必ずそういう時期があるのよ。とくに自分の父親に対してね」

志乃子は、香川道忠にお礼の手紙を書こうと思い、万年筆と便箋を文机に置いたが、どう書きだせばいいのか、最初の文章が浮かんでこなかった。

五

京都でぎっくり腰になったあと、腰をかばいながら香川の住居兼仕事場で見入った小さな焼き物の人形のことが志乃子は忘れることができず、しょっちゅうその姿形を思い浮かべているうちに、子供のころの癖が甦って、どういう理由からか人形が自分のもとに送られてきて、何度送り返しても舞い戻ってくるという物語を心のなかで描いていた。

それがそっくりそのまま現実となって、人形はいま確かに自分の目の前にある。欲しくてたまらなかった年代物の文机の上に。

「私、魔法使いになっちゃった」

お礼の手紙は夜書こうと決めて発泡スチロール箱の大量の料理を冷凍庫に入れながら、志乃子はそうつぶやいた。すると、「心は巧みなる画師の如し」という言葉が深い意味を持ち始めて、心にかかっていることは解決しておかなければならないという気になってきた。

確かに「取引きは終わった」のかもしれない。あの鼠志野の茶碗はもう自分のものになってしまって、元の持主にその真の価値を明かす義務はないという意見は正しい。だが、そうすることは自分らしくないのだ。それは自分の生き方ではないのだ。

道義の問題ではなく、私の心の問題だ。いささかなりとも罪悪感がつきまとうようなことをするのは、私にはとても疲れるのだ。

志乃子はそう思い、今夜食べる分を解凍するために台所の隅に並べてから、「かささぎ堂」に行くために、クーラーを切った。

靴を履いていると、階段のところで夫と財津厚郎の話し声が聞こえ、夫が玄関のドアをあけた。

「俺、やってみるよ。でも俺は肉体労働者だから、仕事の日は昼だけご飯を食べるよ。弁当はこれまでどおりのを作ってくれよ」

琢己はそう言って、台所に行き、プラスチック容器や真空パックに入れられてある幾種類もの料理と「食は命なり」で始まる手書きの筆文字に見入った。

「凄いなァ。今夜は京都嵐山の『加わ瀬』の料理だ。どれも糖質制限食にはうってつけだよ。スッポンの煮こごりは大丈夫なのかなァ」

「やってみるって、財津さんが実践してる糖質制限食？」

それは具体的にはどんな食生活をするということなのかを妻の自分が把握しておかねばならないではないか。食事を作るのは私なのだから。

志乃子はそう思い、琢己が手にしていたノート一ページ分の注意書きを読んだ。

経口血糖降下剤の服用は中止すること（糖質制限食によって食後高血糖が抑えられるので低血糖症状が起きやすくなるため）。

琢ちゃんの場合は、朝食と夕食だけ糖質制限食。

飲食OKのもの。ウィスキー、焼酎、ワイン（辛口のもの）、糖質ゼロ・ビール。魚介類、肉類、卵、豆腐、海藻、チーズ、ナッツ類。

飲食NGのもの。日本酒、紹興酒《しょうこうしゅ》、甘いワイン、ビール、スポーツ飲料、清涼飲料水、牛乳、米、小麦、澱粉類、レンコン、かぼちゃ、バナナ。その他の果物は少量良し。

志乃子は財津厚郎の意外に几帳面で達筆な字を読みながら、

「ほんとにやってみるの？　今夜から？」

と夫に訊いた。

「うん、カロリー制限で、えーっとこれは何キロカロリーだから、うーん、合わせて千八百キロカロリーになっちゃうなァ、なんて計算は、家では到底無理だよ。でも、これなららくだろう？」

「ほんとにやれる？」

「やる。糖尿病は合併症が怖いんだよ。糖尿病がもとで目が悪くなったり、腎臓が悪くなったり、脳の血管障害とか心筋梗塞とかになるからね。親父のいちばん上の兄貴は両脚を切断したんだぜ」

「えっ！　糖尿病の伯父さんがいたの？」

「うん。その人は、お前と結婚したときはもう死んでたよ。糖尿病が悪化してても、大酒を飲んで、饅頭《まんじゆう》やケーキをたらふく食って。あれは自爆だな」

　琢己は、志乃子も何度か逢ったことのある別の伯父の名をあげて、彼も糖尿病でいまやインスリン注射が欠かせないのだと言った。

「かささぎ堂」に行くのはあしたにしようと思い、まだ事務所にいるであろう財津にもっと詳しく話を聞くために、志乃子は「財津ホーム」に行った。

財津は電話で客と商談中だったが、帰りかけた志乃子を制し、机の上の便箋に「一カ月やって検査結果を見たらびっくりするよ」と書いた。財津はさらに便箋の余白に人工甘味料の商品名も書き、受話器を手でおさえて、

「砂糖を使うときは、全部これに替えるんだよ」

　と言い、奥の部屋を指差した。来客用のコーヒーメーカーや冷蔵庫がある部屋の棚に、財津が書いた商品名の袋が五つ並べてあった。そのひとつを持ち、志乃子は二階の住まいに戻った。

「財津さん、やっと相手のお母さんから結婚の許可を貰ったんだって。お母さんのほうが、財津さんよりも歳下なんだもんね」

　と琢己は言った。

「そりゃあ、結婚を認めるしかないわよ。お腹の赤ちゃんはどんどん育ってるんだもん」

「トンカツ屋の一人娘は二十六。財津さんは五十六。娘のお母さんはねェ、財津さんが足繁く店にかよってくるのは自分に気があるからだって思ってたらしいよ。だから余計に頭にきて、結婚を認めるのをわざと遅らせたんだってさ。母親のいやがらせで、財津さんはきりきり舞いだって」

「誰から聞いたの?」

「焼き鳥屋の『とり門』の大将」

志乃子は目の前で蚊が飛んだので反射的にそれを両の掌で叩いた。蚊は逃げたが、志乃子は右肩の激痛で床の上にうずくまった。

「どうした?　また腰か?」

琢己が駆け寄って来て、そう訊いた。

あまりの痛みにしばらく口がきけず、志乃子は首を横に振りながら、

「肩、肩」

と言った。京都から帰って以来、常に神経は腰に注がれていたので、五十肩のことを忘れてしまっていたのだ。

香川道忠に礼状を書いたり、茜の進路変更について意見を聞くために学校を訪ねたり、

夫の仕事用電話にかかってくる得意先からの幾つかの用事を処理しているうちに短い夏休みは終わってしまい、志乃子は「かささぎ堂」に行くことはできなかった。「かささぎ堂」の木造の二階屋が空家になっていることはわかっていたが、近所には笠木恵津の引っ越し先を知っている人がいるだろうから教えてもらおうと志乃子は思っていたのだ。

歩いてわずか十四、五分なのに、おそらく路面温度は四十度近いであろう「かささぎ堂」への道のりは、志乃子にはいやに険難なものに思えて、一日延ばしにしているうちに八月も残り少なくなってしまった。

夫の糖質制限食は十日間つづいている。朝食は納豆にハムエッグと野菜サラダ。昼食の弁当にはご飯を入れて、真ん中に梅干しを載せ、鮭の切り身を焼き、蒲鉾《かまぼこ》や牛肉の生姜《しょうが》煮《に》などをおかずにするのは以前と同じだ。予定どおりに仕事がはかどって帰宅してからとる夕食は、炭水化物を抜くので、料理は一品か二品多くなる。困るのは、仕事が遅くなるときだった。これまではコンビニ弁当を買うとか、ラーメン屋に入るとかで済んでいたのだが、糖質を摂らないとなるとそれができない。町の食堂は丼物か麵類が主で、融通がきかないのだ。

そんな日のために、琢己はアーモンドの入った袋と6Pチーズを二、三個持って行くようになった。

志乃子は、夫が糖質制限食をつづけられるのは、酒が好きだからだと思った。これで酒も禁じられたら到底つづけられないであろう。だとしたら、酒を飲めない人のほうが糖質制限食は案外に難しいということになる。

自分も含めて、そんな人たちにとっての憩いは、甘いものを口にしたり、ご飯や澱粉類を食べることなのだから、と。

自分もせめて夜だけでもご飯や麵類を食べないでおこう。頑張っている夫に、晩ご飯だけでもつきあうのだ、と志乃子は決めた。

そう決めると、志乃子は、よし、いまから「かささぎ堂」に行こうという気持ちになった。笠木恵津に逢えるわけではなかったが、行くということは、笠木恵津にすべてを正直に話すのと同じなので、心が重くなってしまって、きょうまで一日延ばしにしてしまったのだ。

――あした、掃除と洗濯に行くからね。――

志乃子は美乃に携帯メールを送信し、家を出た。「財津ホーム」の事務所では土屋早苗がプリンを食べていた。「財津ホーム」は午後三時がおやつの時間なのだ。

「お客さんに貰ったんだけど、社長は食べないから困ってるの。二十個も入ってんだよ。志乃子さん、二、三個食べてよ」

土屋早苗が事務所から出て来て言った。

「私もきょうから糖質制限食なの」

と志乃子は日傘をさしながら笑顔で言った。

「志乃子さんも糖尿病？」

早苗の驚き顔に向かって手を振り、

「私はダイエット」

そう志乃子は言った。

「ぜんぜん、太ってないじゃん」

「私、着瘦せするタイプなの」

志乃子は道を曲がりながら、身長百六十センチ、体重五十六キロという対比は、あきらかに中年太りなのだと思った。

「結婚したころは四十八キロだったのよね」

そうつぶやき、志乃子はクーラーの室外機からの熱風を避けるようにして歩きつづけ、小名木川の手前を左に曲がった。

これまでずっとシャッターが降りたままだった店舗の店先で、手ぬぐいを頭に巻いた男がパイプをグラインダーで切っていた。その隣の文具店は店を閉めている。

――七月末日をもって閉店いたしました。長らくの御愛顧、ありがとうございました。店主敬白。――

「かささぎ堂」のドアに貼られた紙を見てから、志乃子は念のために二階の窓に向かっって、ごめんくださいと声をかけてみた。二階屋からは空家特有の寂しさが感じられなかったのだ。

細い通りの向かい側の印章店から、大きな向日葵の絵柄のワンピースを着た女が出て来て、

「引っ越されて、誰もいらっしゃいませんよ」

と言った。女は印章店の名が印刷された袋を左手に、何かの植物の細い茎であんだつばの広い帽子を右手に持っていた。

ああ、この人が謎の美女だ、と志乃子は思った。これまで自分が実際に目にして、きれいな人だなァと見惚れたどの女よりも美しくて華やぎがあり、全身から清潔な色香が溢れていた。

「引っ越しをされたことは知ってたんですけど、無人の家って感じがしなくて」

と志乃子は言った。

女は帽子をかぶり、

「ここのカレーのレシピを教えてもらって、自分で作ってみたんですけど、凄くおいしかったんです。お礼の葉書をと思って、この判子屋さんで引っ越し先を訊いてみたんですけどご存知なくて。もし、ご存知だったら教えていただけません？」
三十五、六歳であろう女は、帽子の大きなつばのところにさらに手をあてがって強い

いんです」

光を遮りながら訊いた。

志乃子は、自分も笠木さんの引っ越し先を知りたくて訪ねて来たのだと言った。

「笠木さんと仰るんですか。私、二年もここのカレーを食べに来てて、お名前も知らないんです」

「笠木恵津さんです。恵津の『え』は、めぐむ。『つ』はサンズイのつ」

志乃子が言いかけると、女は印章店に戻り、ボールペンを借りて戻って来ると、袋から名刺の入っているプラスチックの箱を出し、印章店から受け取ったばかりらしい自分の名刺の裏に「笠木恵津」と書いた。

「私もあのカレーのレシピを教えてもらっとけばよかったって後悔してるんです。主人が大好物らしくて。小麦粉を使ってるのと、そうでないのと二種類あるんですよね」

「私が教えてもらったのは、その小麦粉を使わないほうなんです。鶏挽《とりひ》き肉《にく》と茄子のカレー。レシピを書いた紙をお見せします。私のマンション、すぐそこですから」

「この近くの人、どなたも笠木さんの引っ越し先をご存知ないんですか?」

志乃子は女と並んで歩きだしながら訊いた。

「判子屋さんと、そのお隣のおばあさんに訊いてみたんですけど。『かささぎ堂』の両隣りはお留守で。でも、知ってても簡単には教えてくれないでしょうね。どこの誰だかわからない人には。借金取りかもしれないし」

「文具屋さんのおばあさんが私の顔を覚えてたら教えてくれるかも。初めて夫と『かささぎ堂』へ行ったときにちょっとだけ話をしたことがありますから。自分が作った鮎《あゆ》の甘露煮を、作り過ぎたから食べてくれって持って来て、私も四尾頂いて帰ったんです。ご主人が東北のどこかの川で釣って、それをすぐに冷凍して送って来た三十尾の鮎を、全部甘露煮にしちゃったんです。山椒《さんしょう》が利いてて、すごくおいしかった……。まだそんなに大きな鮎じゃなかったから、骨も食べられました」

女は道を渡り、小名木川の畔に建つマンションの入口に設けてある暗証番号を押す機械の前に立つと、レシピをコピーしてくるからここで待っていてくれと言った。

大きなガラスのドアのところは日陰になっていて川風が吹いてくるのだが、それは熱風に近かった。エントランスにいた管理人がドアをあけてくれて、なかに入るよう勧めながら、

「そこは暑いんですよ」

と言った。

志乃子がエントランスに入ると、

「湯木《ゆぎ》さんの部屋はねェ、隅田川の花火大会を見物するには最高の場所なんですよ。五階の北側の角部屋だからね」

と言った。

この六十過ぎの管理人は、よほど退屈していたにしても管理人失格だと思いながら、志乃子は適当に相槌《あいづち》を打った。

私とあの湯木という女とがどんな関係かもわからないのに、名前を口にしたうえに、どこの部屋かも喋るなんて……。

志乃子はそう思いながら、それぞれが暗証番号で開閉する郵便受けを見た。五〇一号室に「湯木留美《るみ》」と刻まれた銀色のプレートが嵌《は》め込まれてあった。

エレベーターで降りて来ると、湯木留美はコピーしたレシピを渡してくれて、

「本場のは凄くたくさんの菜種油かサラダ油を使うそうなんですけど、『かささぎ堂』のおばあさんは、自分でアレンジして、水以外使わないよう工夫したんです。私は、野菜を炒めるのをオリーブ油にしてみたんですけど、おいしかったですよ。レシピにはないけど、ズッキーニとかオクラを入れちゃいました。トマトはこのカレーには合わないです。スパイスの香りに切れがなくなるって感じ」

それから湯木留美は手短かにカレーを作るうえでの注意事項を教えてくれて、志乃子をマンションの外まで送った。

確かに笠木恵津が言ったように、湯木留美からは水商売の女性特有の雰囲気はなかった。大きな向日葵の絵柄のワンピースは目を魅《ひ》くが、それとても華美に過ぎるということはなく、湯木留美の容姿はこの暑い下町の一角に避暑地の涼やかさをもたらしている

かのようで、上品ですらあった。

しかし、休日でもないのに昼間に印章店に注文した自分の名刺を受け取りに行っている。

どんな仕事をしているのであろう。志乃子の空想癖を刺激するには格好の対象となって、湯木留美という美貌の女性は志乃子のなかで動きだしかけていた。

女が自分の名刺を作るのは、何か職業を持っているからだ。どこかの会社に勤めているのではない。会社組織に属していれば、そこが名刺を作るものだ。しかし、自分で名刺を作るということは、名刺が必要だからなのだ。

愛人に名刺は要るだろうか。笠木恵津は、あの女性を誰かの愛人と決めつけている口ぶりだったのを思い出し、志乃子は愛人説を消去した。

銀座や六本木の高級クラブのホステスなら、店が名刺を作るので、それも消去。

要点だけを押さえた喋り方と顔つきで、何か特別な資格を必要とする頭脳労働に従事しているとしたら、うーん、どんな職業に湯木留美を当て嵌めればいいだろう。

弁護士、医師……。違う。どことなく上から人を見るといったところはなかったから違う。それは喋り方でわかる。

ファッションとか高級家具とかのデザイナー、もしくはそれらを扱う店のオーナー。

いや、どうもそれでもないという気がする。あのきさくさは、接客によって身についたのではなく、天性のものだ。

「うーん、わからん。謎の美女は、やっぱり謎じゃ」

そう小声でつぶやいたとき、

「大丈夫？」

とうしろから声をかけられて、志乃子は驚いて悲鳴をあげた。土屋早苗が大きなビニール袋を持って立っていた。

「ひとりでぶつぶつ喋りながら歩いてるから、志乃子さんもついにこの暑さでいかれたかと思って……。こんなにすぐうしろから急に声をかけたらびっくりするだろうなァって、ちょっと心配しながらかけたんだけど、ほんとにびっくりしたわよねェ。声をかけた私の心臓のほうが止まりかけたじゃん」

と早苗は自分の心臓のあたりを手でおさえながら言った。

「考えごとをしてたから」

志乃子がそう答えると、

「うちの社長とトンカツ屋の娘さんの結婚式、どういうわけかこの私が段取りを整えなきゃいけなくなっちゃった。まだ十九のこの私が、なんであの五十六のおっさんと二十六のネーチャンとの結婚式をまかされるの？　どうしたらいいの？　何から手をつけたらいいのか、さっぱりわかんないんだもん」

と早苗は言った。

「どうして、そんなことになったの？」

その志乃子の問いに、財津は親戚づきあいがなく、縁戚関係では、亡くなった奥さんのほうの人たちと仲がいい。だが、その人たちを結婚式に呼ぶわけにはいかないのだと早苗は説明を始めた。

トンカツ屋の娘は二十六歳で初婚だが、財津厚郎は妻を三年前に亡くして五十六歳。金銭的な事情とは別に、一流ホテルで盛大にというわけにはいかない。

しかし、自分のような男に嫁いでくれる女に対しても、その母親に対しても、出来るだけのことはしたいと財津は考えているらしい。

だから、結婚式には親戚同様のつきあいをしている友人たちに参列してもらうつもりだし、披露宴も、新婦側よりも新郎側の招待客が寂しくなってしまわないように、この深川の賑やかな仲間たちを招くつもりなのだ……。

その土屋早苗の言葉を聞きながら、志乃子は、学生時代の友だちの木本沙知代《きもとさちよ》を思い浮かべた。

格別仲が良かったというわけではなかったが、大学卒業後、ホテルに就職してからは宴会部門の担当となり、結婚式、故人を偲《しの》ぶ会、祝賀パーティー等々、こんなことまでも企画するのかと感心するほどの各種パーティーの案内状を送ってくれるようになった。

二、三年ほどでホテル勤めを辞め、ウェディング・コンサルタントとして独立し、自分の会社を立ち上げたがうまくいかず、三年ほどで頓挫したあと結婚した。結婚して女の子を産んで五年後、再び結婚式を主体としたアニバーサリー・プランナーとして独立したのだ。

志乃子は、沙知代に相談してみたらどうかと考え、それを早苗に言った。

「そんなお友だちがいるんだったら、相談してみてよ」

と早苗は言った。

「予算はどのくらい？」

「披露宴の予算は一人一万五千円」

「えっ！　そんなに使えるの？」

「だって、人数が少ないんだもん。新婦の親戚が六人。友人が十三人。新郎側は親戚が三人。友人が十二人。まあそれはいまのところ、ざっと頭に浮かぶだけの人たちだけど、これから増えるにしても両方で五、六人程度だと思うのよね」

増えたとしても合計で四十人か……。

「仲人は『とり門』のご夫婦に決まっちゃったんです。俺たち夫婦以外に、財津ちゃんの祝言の仲人を誰がやるっていうんだよ、って勝手に決めちゃったの。私、シュウゲンなんて言葉、知らなかったから、『とり門』の大将がそう言って来たとき、何のことかさっぱりわかんなくて」

志乃子は、日取りは決めたのかと訊いた。一カ月以内の大安の日というのが花嫁の母の希望だという。

「だって、お腹、大きくなっちゃうんだもん。ウェディングドレスで多少は誤魔化せるのは妊娠五カ月までだからって。それに、つわりがきつくて、食べ物の匂いが駄目なんだって」

志乃子は財津ホームの前に帰り着くと、日傘をたたみ、十日ほど前、永代橋の向こうのトンカツ屋に茜とふたりで行ったが、娘とは顔を合わさなかったのだと言った。

「アルバイトの女の子がトンカツとかビールとかを運んでて、お母さんらしい人は厨房から出て来なかったわ。お店が混んでたのよ」

「トンカツを揚げる油の匂いが駄目なんだって。それから車に乗るのも駄目。ちょっと揺られただけで顔が真っ青になって、もどしちゃうの」

早苗は財津ホームの事務所に志乃子を招き入れ、ホワイトボードに書いてある幾つかの物件に「契約済」と書かれているのを見せた。

「ことしの八月は、財津ホームは大儲けなの。これ全部売れちゃったのよ。私、商売も人柄の力で動くんだなァって感心しちゃった」

このうちのひとつは、昔、財津が売った土地で、六年前に持主は事業が傾き、当座の金策のために手放さねばならなくなり、財津に相談をもちかけたのだという。

売りたがっている人間の言い値で買う不動産屋がどこにいるのかと同業者の笑いものになったが、これは俺が買うのではなく、いったん預かるのだと財津は意に介さなかった。

あの人は、自分が売った土地に建てた家を気にいって、いささか贅沢かもしれないが、すばらしい終《つい》の棲家を持てたと公言してはばからなかった。庭も自分で造り、妻の両親のために二階建ての家を改築してバリアフリーにし、エレベーターまで付けたのだ。そんな愛着のある家と土地を手放すのはさぞかし無念なことだろう。

事業に浮き沈みはつきものだ。誠実に事業をつづけてきたあの人が、このままで終わるはずがない。家と土地を買い戻せるときが来るまで財津ホームが預かって管理しておくのだ。

あの人は、俺が困っているときに、少し高いなと思いながらも、あの土地を買ってくれた。俺は財津ホームという小さな不動産屋を営むようになって三年目で、いちばん苦労していたときだった。お陰でこの業界でなんとか生き延びることができた。いわば、俺の恩人だ。恩には報いなければならないのだ。

「とり門」で焼き鳥をご馳走してくれながら、財津は早苗にそう言ったという。

「それで、その人が買い戻したの？」

と志乃子は訊き、早苗が持って来てくれた冷たい麦茶を飲んだ。

「うん、うちの社長が買った値段の一・五倍プラス、その間に社長が払った六年間の固定資産税も付けてね。でも、うちの社長のやり方は、損をすることも多いのよ。でも社長は、俺に損をさせたやつは、いつか必ずその十倍損をするって信じてるの。騙《だま》されて悔しまぎれに言ってるんじゃなくて、本気でそう思って言ってるってことが凄いじゃん」

早苗がそう言ったとき、財津が帰って来て、事務所に入るなり、

「暑い、忙しい。暑い、忙しい」

と鼻歌を歌うように繰り返した。

そして、志乃子に、このあいだ糖質制限食について話をしたが、従来のカロリー制限食が糖尿病に関してはほとんど無意味だというのは語弊のある言い方だったから訂正しておくと言った。

「欲求のままに大酒をくらって、好き放題に食べまくって、一日に三千キロカロリーも摂ってる人が、これじゃあいかんとカロリー制限に切り替えて、千六百キロカロリーに抑えるようにしたら、糖尿病のコントロールも必ず良くなるよ。でも、カロリー制限の基本は、全体の食事量のなかで糖質六十パーセント、蛋白質二十パーセント、脂質二十パーセントなんだよ。それだけの糖質を摂取したら、必ず食後高血糖になり、血管内ではグルコース・スパイクが起こるんだ」

さらに何か言いかけて、財津はしばらく考え込み、

「グルコース・スパイクってのはねェ」

と説明を始めようとした。そのとき、客から電話がかかってきた。

その電話がなければ、財津の講義を拝聴しなければならなくなったであろうと思いながら、志乃子は自分の家に帰り、住所録に挟んだままの木本沙知代の名刺を出した。結婚して南原《なんばら》という姓になったのだが、仕事をするときは旧姓を使っているらしい。

電話をかけると、早口の、奇異に感じるほどにめりはりのある喋り方をする若い女が出て来て、すぐに沙知代に代わった。

志乃子は、かいつまんで事情を説明し、人数と予算も話した。

「まかしといて。すばらしいお式と披露宴にしてみせるわ」

木本沙知代は低いかすれ声で言い、渋谷の松濤《しょうとう》に、売りに出されている豪邸があり、二階を、すべての宗教に対応できる式場に改装し、一階の大広間もパーティー会場に使えるしつらえに変えたのだが、そこはどうかと提案した。

「お嫁さんも、その人のお母さんも気に入ると思うわ。厳《おごそ》かだけどアットホーム。品があっても堅苦しくはない。結婚式と披露宴には最高の建物よ。料理はデリバリーだけど、近くにフランス料理店があるのよ。スープの冷めない距離のところにね。そこのお料理は私が保証するわ。何もかも私にまかせといて」

志乃子は近いうちにその松濤の豪邸を見に行くと言ってから、

「ねェ、沙知代、風邪ひいたの？」

と訊いた。訊いてから、学生時代も逢うたびに同じ質問をしていたことを思い出した。

「地声よ。学生のとき、バナナの叩き売りだって言ったのは誰なのよ」

「私、そんなこと言った？」

「志乃ちゃんはねェ、ときどきズバっと直球を投げてくるのよ」

「私、失礼なことを言ったのねェ。ごめんね」

「いいのよ。この声のお陰で、ほとんどの人が、声だけで私を覚えてくれるんだから」

沙知代は、九月十日の午後三時はどうかと言った。その日なら、会場に使う建物を見たあとで、どんな披露宴にするかの相談も出来るという。

「その日の夜、私のライブがあるのよ。その家から歩いて十分ほどのとこのバーで」

「何のライブ？」

志乃子の問いに、スタンダード・ジャズを歌うのだと沙知代は答えた。

「『A列車で行こう』とか、『マイ・ファニー・ヴァレンタイン』とか、『君の瞳に恋してる』とか」

「へえ、沙知代が歌うの？　お客さんを前にして舞台で？」

「A列車で行こう」の旋律を心のなかで奏でながら、沙知代のこの声から生まれるジャズの名曲は味わい深いのではないかと思い、ライブで聴いてみたくなった。

いったん電話を切り、財津ホームの事務所に行って、志乃子は木本沙知代という友人のことや、彼女に式と披露宴について相談してみたことを財津厚郎に話した。

「渋谷の松濤……。場所はいいとこだねェ。九月十日、なんとか都合をつけて、三人で見に行くよ。ありがたいなァ。その人に何もかもまかせちゃえばいいわけだ。志乃子さんも一緒に行ってくれる？」

財津はそう言いながら、自分の事務机のなかから一冊の本を出した。『主食を抜けば糖尿病は良くなる！』という題で、著者は医師の江部康二《えべこうじ》だった。

「じゃあ、九月十日の三時に行くって伝えといていいのね」

そう念を押して、志乃子は本を借りて家に戻り、夕食の仕度を始めた。

夜だけご飯も澱粉類も麵類も食べなくなり、菓子類も口にせず、コーヒーや紅茶に砂糖を入れないという日々を十日つづけて、志乃子は体重計に乗った。何かの間違いであろうと三回量ってみたが、体重は三・五キロ減っていた。

二日前、腰まわりが細くなった気がしたのだが、まさかたったの十日間で効果があらわれるはずはあるまいと思ったのだ。

夫が次に血液検査を受けるのは九月末だ。二カ月に一度でいいと医師に言われたからだが、夫の糖質制限食はきょうでほぼ三週間となる。江部医師の著書では、糖質制限食を三つのパターンに分けてある。朝も昼も炭水化物を摂るプチ糖質制限食、昼だけ摂るスタンダード制限食、そして三食とも糖質を摂らないスーパー制限食だ。

京都の高雄病院の理事長である江部康二医師は自分も糖尿病で、スーパー制限食を推奨してはいるが、それを実践する人の仕事の内容や性格などを考慮して三つの方法に分けたのだ。

炭水化物が食べられないのなら死んだほうがましだという人もいれば、肉体労働を仕事とする人もいる。性格的にすぐに挫折する人もいる。

いずれにせよ、何らかの苦痛を伴うことは長つづきしないという考えで、糖質制限食のやり方を三パターン化したのであろう。これによれば、夫はスタンダード制限食であり、私はプチ制限食なんだと志乃子は思った。

夫の琢己が前回採血検査を受けたのは八月十日で、その三日後に検査データのコピーを貰って帰って来た。あのデータはどこにしまったのだろう。

志乃子は、台所の戸棚や仕事用の机の抽斗を探して、それをやっとみつけた。

空腹時血糖値一三四。ＨｂＡ１ｃ六・八。中性脂肪二二八。ＬＤＬコレステロール一六六。ＨＤＬコレステロール五二。血中クレアチニン〇・七八。尿酸値七・六。

あしたの朝一番に採血検査を受けに行ったらどうだろうか。たったの一カ月であっても顕著な結果が出ているのではないだろうか。

そう考えながら、「かささぎ堂」の笠木恵津から貰った手文庫を乾いたタオルで磨くように拭き始めて、志乃子は何気なくその蓋をあけた。横尾文之助という人物が書き綴った手記が消えていて、啓次郎の筆跡で「先生が見せてくれというので、借りていきます」と書かれたメモ用紙が入っていた。

啓次郎の師匠であるあの有名な美容師が、なぜ横尾文之助の六十数年前の手記に興味を抱いたのかと思いながら、志乃子は外出の用意をした。渋谷の松濤の豪邸で木本沙知代が待っていて、志乃子はそこに財津の運転する車で行かなければならなかった。

トンカツ屋の娘の名は井川寿美礼《いがわすみれ》で、母親は喜和《きわ》だったな。志乃子は人の名前を間違えることが嫌いだったので、三度、母娘の姓名をつぶやいてから家を出た。

階下の路上には財津が車の運転席に坐って待っていた。

車が永代橋を渡ると、それとわかる母娘が交差点の手前で手を振った。

「可愛い……。財津さんの奥さんになる人、可愛いすぎるわよ。美女と野獣だわ」

志乃子は驚きを隠さないまま、心に浮かんだままの言葉を口にした。母親も、若いころはさぞかし男の目をひいたであろうと思える容姿だった。

志乃子は車の助手席から降りて、母娘と初対面の挨拶を交わし、お腹の膨らみはまだ目立たない井川寿美礼を助手席に坐らせ、自分は母親と並んで後部坐席に移った。

「おめでとうございます。お嬢さまのご結婚、それにおめでた。いいことって重なりますね」

志乃子の言葉に、いちおう礼を返してから、

「嬉しいような、そうでもないような」

と井川喜和は言った。そして、自分のオーデコロンの匂いが強過ぎないだろうかと志乃子に訊いた。

確かに濃厚な香りのオーデコロンではあったが、志乃子は、そんなことはない、ぜんぜん気にならないと答えた。

「毎日毎日、トンカツを揚げつづけてるもんですから、油の匂いが全身に染み渡ってる気がして、外出のときはつい多めに使っちゃうんです」

そう言ってから、井川喜和は、さあ、結婚式場と披露宴会場を探さなくてはという段になると、いったいどこでどんなふうにしたらいいのかわからなくて、能勢さんが友人に相談してくれて助かったとつづけた。

「そこがお気に召せばいいんですけど」

「たぶん、いえ、きっとそこに決めちゃうと思いますよ。そんな勘がするんです」

と喜和は言い、気分が悪くなったらすぐにそう言うようにと娘の肩を叩いた。

「そのアニバーサリー・プランナーって人、能勢さんとは親しいんですか？」

と喜和は訊き、ハンドバッグから煙草の箱を出した。

「あっ、お義母さん、車の揺れに煙草の煙がプラスされると、寿美礼のつわりが倍加しますので」

財津の言葉に、はいはいと応じて煙草の箱をハンドバッグに戻し、

「寿美礼が好きで結婚したがってるし、子供まで先にお腹に入っちゃったんだから、私は仕方なく認めるしかないんだけど、財津さん、あんた、どう見ても、寿美礼の父親よ。誰が見てもそう信じて疑わないわよ」

と喜和は言った。

悪態をついているようではあったが、志乃子は喜和の口調に意地の悪さを感じなかった。

「どことなく顔が似てるんですかね」

財津の言葉に志乃子は笑った。

「冗談じゃないわよ。私の亭主は美男子だったの。根性は歪んでたけど」

「ぼくはまっすぐな性根ですよ。寿美礼と子供のために、ぼくは生きて生きて生き抜きますよ。働いて働いて働き抜きますよ。お義母さん、この財津厚郎っていうおっさんに娘を嫁がせてよかったって思うときがきっと来ますよ」

「あてにしてるわ」

そうか、このふたりは、じつは気が合うのだ。ふたりはボケとツッコミという役廻りを心得つつ漫才をやっているのだと志乃子は気づいた。

寿美礼がひとことも喋りもせず、助手席で身じろぎもしないのは、つわりによる気分の悪さを我慢しているからではなかろうかと思い、

「車を停めて、喫茶店で休みましょうか？」

と訊いてみた。寿美礼は、すみませんと小声で言って頷き返した。

車を停めたところのすぐ近くに喫茶店があったが駐車場はなかった。財津は、自分は車の運転席に坐って待っていると言った。

冷房のきき過ぎている喫茶店に入り、志乃子は、木本沙知代という大学時代の友だちについて説明を始めた。

「木本沙知代さんのことを、私たちは陰で『モアちゃん』て呼んでたんです」

と志乃子は言った。

「南米のチリ領のイースターって島にモアイの像っていうのがあるでしょう。人面を模した大きな石像です。沙知代の顔の雰囲気が、あれに似てるって誰かが言いだして」

「ああ、知ってますよ。大きな石の顔でしょう。あれに似てるの？　凄い女ね」

喜和は言って、寿美礼に、少し目を閉じているようにと勧めた。

「私は沙知代がモアイの像に似てるとは思えないんですけど、モアちゃんて、口にしゃ

すいでしょう。だから私も陰でモアちゃんて呼んでました。何もかも、造りが大きいっていうか……。体も、目鼻立ちも、気性も。声も大きくて、豪快な喋り方で。だから、沙知代をけむたがる人たちも多かったんですけど、私は好きでした。でも、沙知代はあまり大学に来なくて、いろんな商売をやってたんです」

「大学生で商売を？　どんな？」

喜和がそう訊き直したとき、寿美礼はハンカチで口を押さえながらトイレに走って行った。志乃子は、約束の時間に少し遅れそうだと沙知代に伝えるために携帯電話を出した。

沙知代は電話に出て来ると、志乃子の話を聞いて、自分も妊娠中は乗り物が駄目だった、四時までに着いてくれれば大丈夫だと言い、今夜のライブはどうするかと訊いた。

「六時からバンドの人たちと音合わせで、ライブは七時からなの。志乃ちゃんのために一席確保してあるけど、聴いてってくれる？　チケットはドリンク付きで五千円。私は一銭も貰わないの。場所代とバンドの人たちへのギャラで消えちゃうの。終わるのは九時前かな」

志乃子がそのつもりだと伝え、電話を切ると、さっきよりも顔色を取り戻した井川寿美礼がトイレから出て来て、もう大丈夫だと思うと笑顔で言った。

再び財津の車に乗り、志乃子は井川喜和にさっきの話のつづきをした。

「モアちゃんが大学生のときに最初に手がけた仕事は、ネイルアートの普及販売なんです。ネイルアートがいまみたいに若い人に人気が出るずっと前でしたから、たくさん借金をかかえちゃって……。その借金の返済のために銀座でホステスをしてるって噂が聞こえてきて。ほんとだったのかどうか、私は知りません。でも、ネイルアートの商売が失敗したあとも、過敏肌の人のための化粧品とか、自然食品の販売とか、化学調味料をまったく使ってない離乳食とか、いろんなことに手を出して……。だから、モアちゃんは同期生よりも二年遅れて卒業したんです。ホテルに就職して、そこで知り合った三十も歳上のお金持ちと結婚しました。かかえ込んだ借金返済のために五十四歳の男と結婚したんだ、それが片づいたらすぐに別れるに決まってるって陰で言う人たちもいましたけど、子供を産んで育てて……」

「てことは、ご主人はいまお幾つ？」

と喜和に訊かれ、八十歳のはずだと答えかけて、志乃子は、沙知代の夫が健在なのかどうなのかを知らないことに気づいた。そして、歳の差においては、この財津厚郎と井川寿美礼もさして違いがないことも。

それなのに、志乃子は喜和の返事を促すかのような視線で、

「生きてらっしゃれば八十歳だと思うんですけど」

と言った。

「生きてるよ。ピンピンしてるよ」

と財津は言った。

「なんでそんなことがわかるのよ」

喜和の言葉に、財津は、そんな気がするだけだと答えた。

「あっちゃん、九十歳までは生きてね」

寿美礼の甘えるような口調で、志乃子は無言で喜和と見つめ合った。笑いをこらえるために、みぞおちから腹へと力を込めたので、喉のあたりが苦しくなった。

「なにが、あっちゃんよ。結婚したらすぐに、おっちゃんて呼ぶようになるわよ」

その喜和の言葉で、志乃子はとうとうこらえ切れずに笑った。

「生きるよ、ぼくは。九十歳まで生きるって決めたよ」

と財津は言った。

「ほんとよ。ほんとに生きてね」

財津と寿美礼のそのやりとりで、志乃子はまた無言で喜和と見つめ合った。喜和は後部座席から身を乗り出し、ふたりのあいだに割って入るようにして、

「あんたたち、いい加減にしなさいよ。親の前でいちゃつくんじゃないわよ。私、恥ずかしくて汗かいちゃったわよ」

と言った。

志乃子は笑いつづけて涙が出て、沙知代と逢う前に化粧を直さなければと思った。

渋谷駅周辺からほんの少し離れただけなのに、松濤に入ると喧騒は消え、豪邸と言うしかない家が並び始め、元々は誰かのお屋敷だったのを改築したと思えるフランス料理店やカフェもあった。

門扉から玄関まで二、三十メートルはありそうな、中庭に見事なヒマラヤ杉が聳《そび》える古い洋館の前の道に、白いジャケットと千鳥格子柄のパンツを組み合わせた長身の沙知代が立っていた。

「あっ、モアイの像」

と寿美礼が指差した。志乃子は、沙知代と約二十八年ぶりに再会しても、うっかり「モアちゃん」と呼ばないようにと自分に言い聞かせていたのに、車の窓をあけ、

「モアちゃ〜ん」

と手を振ってしまった。

「ずっとここに立って待っててくれたの？」

志乃子の言葉に頷き返しながら、

「モアちゃんなんて、懐かしいわねェ」

と言って笑った。

若いときに老け顔の人は歳を重ねても老けないという言葉を聞いたことがあるが、こ

の木本沙知代はまさにそれに当たると志乃子は思った。大学生のころには、日本人にしてはある意味で異相とも言えた沙知代の顔は、五十歳になって、只者《ただもの》ではない風格を滲ませる味わい深い容貌へと変わっていた。

「志乃ちゃん、変わらないわねェ。あいかわらずきれいな肌」

そう言いながら、沙知代は車を誘導して門扉から玄関へと小走りで歩き、車から降りた財津と井川母子と挨拶して名刺を交わし、建物のなかに案内した。

「ここ、元は個人のお宅だったの？」

何かの記念館か小さな美術館のような造りだと思いながら、志乃子は沙知代に話しかけた。

「少し改装したのよ。履き物を脱がなくてもあがれるようにして、二階の七部屋の壁を失くして三部屋にしたの。買い手がついたら、また元に戻すって約束で。でも買い手なんてそう簡単にはあらわれないわよ。土地だけで二十億よ」

沙知代は言って、結婚式場となる大広間への、庭に沿った廻り廊下へと歩を進めた。

自分は沙知代を紹介しただけなのだから、余計な意見を差し挟まないほうがいいと考え、志乃子は中庭の藤棚の下に出来ている涼しそうな陰のところで花々を見ていることにした。

大広間の手前に中庭に出るドアがあった。志乃子は少々暑くても、車のクーラーで冷

えた体を元に戻したいという思いもあって、

「私、あそこで待ってます。ゆっくりとご検討なさって下さい」

と財津たちに言い、蟬《せみ》の鳴く中庭に出た。和洋折衷の一風変わった庭だった。

携帯メールの着信音が聞こえたので、志乃子は藤棚の下の木陰で携帯電話を出した。

――井澤って人から電話があったよん。茶碗のことだって。いまから出かけるので今夜の九時ごろオフィスのほうに来て下さいとのことでーす。売れたのかなァ。――

志乃子は、メールを読んだことを知らせる返信メールを茜に送ってから、藤棚の下に椅子代わりに置いたものらしい大きな鼓の形をした陶製の置き物に腰を降ろした。

きっと買い手があらわれたのだと志乃子は思った。

あのような美術骨董品は売れたか売れなかったかのふたつにひとつしかない。井澤繁佑という男は、どっちでもないのに途中経過を報告してくるようなことはしない。そして、売れなかったという結論に達するほどの時間はたっていないのだ。

そう考えると、志乃子は少し動悸《どうき》が速くなるのを感じた。

大広間を出て、廻り廊下で玄関のほうへ戻って行く財津たちの姿が見えた。沙知代が志乃子を見ながら、天井を指差した。披露宴の会場となる二階を見に行くのだなと志乃子は思った。

木というものは、こんなにも暑さをやわらげてくれるのだな。人間にとってなんとありがたい存在であろうか。それなのに、この地球では一秒間にテニスコート二十面分の自然森林が消滅しつづけているという。

日本の夏の最後に鳴く蟬は何という名だったろう。ツクツクボウシかなヒグラシかな。自分が子供のころ、九月に入って蟬の声を聴いただろうか。九月の初旬は鳴いていたような気がするが、おとなになってからも、蟬の声がすっかり消えてしまったなと思ったことはない。気がつくと蟬の季節は終わり、日が短くなり、やっと暑さも去ってくれたと思ううちに金木犀の香りが風に乗ってやって来る……。

四十を過ぎてから一年がとても短く感じられるようになった。五十を過ぎたら、さらに短くなり、六十を過ぎたら、四十代のときの倍の速さに思えるそうだ。四
「五十の坂」という言葉を三好のおじさまから聞いたのは、自分が高校生のときだ。四十代の終わりから五十代に入って二、三年のあいだに、人には必ず大きな坂が立ちはだかるという。

三好のおじさまは、ちょうどそのころ、長女を病気で亡くし、自分が担当していた化学薬品が人体に有害であると組合に告発されて大きな社会的事件となり、責任を問われて左遷された。三好のおばさまも同じ時期に子宮癌に罹《かか》って手術をした。

父と母はどうだったのだろう。夫婦のあいだで何かがあったということは自分も姉も感じていた。父はいつも帰りが遅く、休日も仕事だと言って出かけた。本当に仕事なの

かどうか疑わしかったし、そんな休日の母のうしろ姿には奇妙な尖りのようなものを感じた。

父が系列会社への出向を命じられ、いわば出世コースから外れたのはそのころのことだ。出向先の会社の近くにあった碁《ご》の教室に通い始め、高価な碁盤と碁石を買って、家にいるときはいつも棋譜を片手に白と黒の石の世界にひたるようになった。

自分はことし五十になったが、別段、大きな坂があったわけではない。軽度の更年期症状などは自然の摂理だし、夫の糖尿病もいま命にかかわるといったものではない。

だが、何かが動きだしている気配は感じる。けれども、何がどう動きだしたのかわからない。自分にはいったいどんな「五十の坂」が立ちはだかるのであろう……。

志乃子は、日が動いて、藤棚の一隅から直射日光が顔全体に当たっているのにも気づかず、「五十の坂」にある恐怖を感じつづけた。

「亀が甲羅干《こうらぼ》ししてるみたいよ」

という声で二階が見えるところへ行くと、沙知代が窓をあけて顔を出していた。

「決めたよ。結婚式の日取りも決まっちゃった」

と財津も別の窓から言った。

志乃子は建物のなかに戻り、二階から降りて来た四人と一緒に事務所代わりに使っているという部屋へ行った。

高い天井には四枚羽根の大きな扇風機がゆっくりと廻っている。

「あんなにゆっくりなのに涼しいのねェ」

志乃子が言うと、

「クーラーをかけてるからよ。あの扇風機は、天井が高いから空気が上のほうで停滞しないようにするためなのよ」

沙知代はそう教えて、費用の内訳の説明を始めた。

必要なことだけをわかりやすく説明する沙知代のめりはりのある話し方に感心していると、井川喜和は、店の準備があるのでと言って先に帰ってしまった。

「せっかちよねェ」

と寿美礼は怒ったように言った。

「だって、店にはアルバイトの女の子しかいないんだから、しょうがないよ」

財津はそうなだめてから、

「あと十分ほど待ってたら俺の車で一緒に帰れるのに」

と苦笑混じりに言った。

「お母さんは、よっぽど重い荷物を持ってるとき以外は、どんなに疲れてても電車か地下鉄なの。道が混んでる都内を車で行くのが嫌いなのよ。いらいらして叫びだしそうになるんだって」

その寿美礼の言葉に、

「私もそうなんです。この東京で、電車と地下鉄以上の乗り物はないんですもん」

と沙知代は言った。

新郎新婦の衣装合わせは来週の月曜日にと決めて、財津と寿美礼が帰って行ったのは四時を少し廻ったところだった。

「私、七時までどうしようかしら。こんなに早く終わるんだったら、私も家に帰って夕飯の仕度が出来たわよねェ」

志乃子の言葉に、せっかく時間が余ったのだから、家事のことなんか気にせずに、ライブ会場のバーでゆっくりしてたらいいと沙知代は言った。

「部外者がいたら、リハーサルの邪魔でしょう？」

「バンドの面々はベテランだから、誰がいようと気にしないわよ」

そう言って、沙知代は誰かに電話をかけ、自分はバーに行くから、戸締まりをしておいてくれと頼み、書類をブリーフケースにしまった。

「いまのカップル、モアちゃんとこと同じくらいの歳の差よねェ」

と志乃子は言った。

「財津さんとこは三十歳の差でしょう？　私と父ちゃんとも三十歳差よ」

「ご主人のこと、父ちゃんて呼んでるの？」

「結婚したときから、ずっと『父ちゃん』よ。父ちゃん、ことしの二月に死んじゃった。お医者さんに止められてたのに朝風呂につかって、そのまま浴槽のなかで死んじゃったの。朝風呂は駄目よォってお風呂場に言いに行って、ドアをあけたら浴槽のなかで脚を伸ばして眠ってるのよ。眠ってるとしか思えない顔だったの。お湯につかったまま寝ちゃったら死んじゃうわよって肩を揺すったら、死んでたの。すぐに救急車を呼ばなきゃいけないのに、私、気持ち良さそうに眠ってる顔をしばらく見つめてたわ」

志乃子は、見たこともない沙知代の夫の、浴槽に気持ち良さそうにつかったまま死んでいる姿を思い描いた。浴槽の窓からは朝日が射し込んでいた。その冬の朝日は、庭の寒梅の蕾を綻ばせていたであろうと志乃子は空想した。

「私をモアちゃんと呼んでくれるのは志乃ちゃんだけよ」

と沙知代は笑顔で言った。大学時代の友だちとはいまは交流がない。特別に仲が良かったのは三人だが、ひとりは亡くなり、ひとりは自分のせいで絶交状態で、もうひとりは子供のことで悩みをかかえて、友だちとつきあう余裕を失くしてしまっている。だから、モアちゃんと呼んでくれるのは夫だけだったのだ。

沙知代はそう話をつづけてから、ライブ会場となるバーへ誘ってくれた。

志乃子は立派な家が並ぶ道に出て、沙知代と並んで暑い日差しのなかを歩きながら、あの鼠志野の茶碗について話してみたくなった。沙知代なら、どうしろと言うだろうか、と。

志乃子が話しているうちにバーに着いた。煉瓦《れんが》造りの、一見個人の家に見える建物は、一階がブティック、二階が写真スタジオで、バーは地下にあった。

長いカウンター席と、奥に三つのテーブル席がある。そのテーブルをカウンターのほうに寄せて、ピアノとマイクが置いてある。音響部門を請け負う会社のスタッフがマイクテストをしている。

バーといっても、もっと大きなスペースを想像していたので、これでは沙知代の歌を聴きに来る客は二十人にも満たないではないかと志乃子は思った。

沙知代はカウンターのなかに入り、よく冷えたペリエにレモンの輪切りを添えて出してくれて、志乃子の話を聞き終えると、

「あとになってちょっとでも罪悪感が残るようなことをするのは、志乃ちゃんには向いてないわよ」

と言った。

「罪悪感てのは、その人間の芯の部分をひどく痛めつけるのよ。病気の元よ」

「うん、そうよねェ。笠木恵津さんを捜すわ。近所の誰かひとりくらいは引っ越し先を知ってるはずだもん」

なんだか重い荷物を下ろした気分になって、志乃子はそう言った。

「その家、きっと売りに出してるわよ。近辺の不動産屋に当たってみたら、すぐにわかると思うけど。不動産屋って、横のつながりがあるから。自分のところに依頼された物件じゃなくても、その物件の情報だけはつかんでるものなのよ」

「さっきまで、その近辺の不動産屋さんと一緒だったのにねェ」

「財津さんて、不動産屋さん？」

「会社は私の家の一階なの。うちが家主で、財津さんは、つまり店子《たなこ》ってわけ」

「まさに近辺じゃないの」

志乃子は笑いながらペリエを飲み、もし笠木恵津が全額よこせと言ったらどうしようかと沙知代に訊いた。

「そんなことを言われたら悔しいんだもん。お金のことでの争い事が、私、いちばん嫌いなの」

「ちゃんとお金を手にしてから悩みなさいよ。その茶碗、まだ売れたかどうかわからないのよ」

そのとおりだと思いながら、

「あの茶碗が私のところに来てから、なんだかいろんなことが動きだしたって気がする……。どれも私の人生の一大事ってほどじゃないんだけど。茶碗一個で、私、精神的に疲れちゃった」

と志乃子は言った。

「そういう力を持つ『物』ってのが、確かにあるのよ。がらくたにそんな力はないわ。それが名品の凄さなのよ。作った人の魂が息づいてるのね。私もその鼠志野の茶碗、見たいなァ。焼き物のことなんてぜんぜんわからないけど」

沙知代は、もうそろそろバンドの人たちが来るので、自分もステージの衣装に着替えなければならないと言い、志乃子を一階のブティックに誘った。きょうのために新しく作った衣装を見てくれ、と。

バーから出ると、マイクロバスが停まり、青年ふたりと六十過ぎの男ふたりの、四人が降りて来た。ときおりテレビで観る顔ぶれだった。

こんなに有名なカルテットが沙知代のバックバンドなのかと志乃子は驚いてしまった。

沙知代は男たちと冗談を交わし合ってからブティックへ入った。

「あのバンドのリーダー、えーっと、名前は何だっけ？　ジャズの演奏では超有名よね。ライブ用の衣装って幾らぐらいするの？　今夜、お客さんは何人くらい来るの？」

志乃子は沙知代のうしろについてブティックに入りながら、そう訊いた。

「そんなにいっぺんに質問されても答えられないわよ。志乃ちゃんは二十歳のころもいまもおんなじね」

沙知代は振り返って笑い、ブティックのオーナーらしい三十代の女に志乃子を紹介した。

自分は二十歳のころも、いちどきに幾つもの質問をする癖があったのだろうかと思いながら、志乃子はブティックに並べてある服を見た。どれも一般の人が外出着にするものではなく、歌手や女優といった人たちが舞台で着るドレスのようだった。

三つの質問に答えてくれてから、沙知代はオーナーと一緒に試着ルームに入った。

このブティックは、舞台衣装を専門としているのだということがわかったのは、志乃子も知っているハリウッドの女優が映画賞の授賞式で挨拶をしている写真が小さな額に入れて飾ってあったからだ。写真には本人の自筆らしいサインが入っている。

沙知代の道楽にしてはお金がかかり過ぎていると志乃子は思った。

今夜のライブも客は二十人が定員の限界で、チケットはひとり五千円。満席になっても十万円。著名なジャズ・カルテットのギャラにも足りない。

きょう新調したドレス代を、沙知代は百万円を少し超える程度と教えてくれたが、ライブのたびに同じものを着るわけにはいかないであろう。なにしろ熱烈な「追っかけ」がいるのだから。

そして来週の土曜日は名古屋のジャズ・バーで、その次の土曜日は福岡の小さなライブハウスで歌うそうだから、その「追っかけ」は名古屋にも福岡にもやって来るのだ。やはり同じドレスというわけにはいかない。

「道楽ではつづかないわよねェ」

志乃子は胸のなかでつぶやき、胸のところが大きくあいた黒のドレスを見て、自分がそれを着た姿を空想した。

「どう？」

光沢のあるワインレッド地に金色の太い糸で刺繍《ししゅう》を施したタイトドレスを着て、沙知代が試着ルームから出て来た。

「凄い……」

と志乃子は言った。

「日本人じゃないみたい」

「ポリネシア人なのよ」

「そのウエストのくびれ方……。ひきしまってるのねェ。贅肉《ぜいにく》ってのが付いてない……。おばさん用の誤魔化しガードルのお陰じゃないわよね」

「当たり前よ。この薄い生地をさわってみてよ。あんなものの上に着れるドレスじゃないのよ。日々の訓練と弛《たゆ》まぬ節制。簡単に出来ることじゃないんだからね」

「うん……、ほんとによく似合ってる」

沙知代は三種類のピアスとネックレスのセットを見せ、このドレスにはどれが合うと思うかと志乃子の意見を求め、それぞれを付けてみせた。

「その牛の鼻輪みたいな大きいのがいちばん合うって気がする」

「もうちょっと他に言い方はないの？　私もこれがいいかなって思ったけど、牛の鼻輪を耳にぶらさげるの、いやになっちゃった」

オーナーは、自分が焼いたシフォンケーキを味見してくれと言い、試着ルームの横のドアから階段をのぼって行った。

「三階が彼女とご両親、妹さんの住まいなの。この建物も土地も彼女のお父さんのもの。地下は貸してるの。ニューヨークにもお店を持ってるのよ。口数が少なくて、何事にも控えめだけど、凄く芯の強い人。二十三歳のときから十二年間、ニューヨークで修業して、おととし独立したの。お金持ちのお嬢さまにも根性のあるのがいるのよ」

沙知代はピアスとネックレスを外し、客用のソファに坐った。そして、自分は四十歳のときに夫に頼み込んで、七年間、ニューヨークで暮らしながら、歌の勉強をさせてもらったのだと言った。

「七年間も？　ずうっと向こうに行ったままだったの？」

と志乃子は訊いた。

「うん、うちの父ちゃん、私のしたいようにさせてくれたの。私も夏の一週間とお正月の五日間は日本に帰って来たけどね。だって、娘が高校生になってたから」

「子供さんは三人でしょう？」

「上のふたりは、父ちゃんと前の奥さんとのあいだに生まれた子よ。私と父ちゃんが結婚したときには、ふたりとも社会人になってたの」

ジャズを歌うといっても、趣味が高じた程度なのであろうと思っていたと志乃子が正直に言うと、

「ニューヨークの音楽院に入学するために、私、一から英語の勉強をしたのよ。アメリカ人の家庭教師についてね。三十三歳のときから」

そう沙知代は言った。そして、オーナーが紅茶とシフォンケーキを運んで来てくれると、それをゆっくり味わいながら話をつづけた。

自分の父は二枚のレコード盤を大切にしていた。ナット・キング・コールとジュリー・ロンドンのアルバムだった。自分は小学二年生のときにそれを聴いて、こんな歌が歌えるようになりたいと思い、父が仕事で出ているときに内緒でレコードプレーヤーのスイッチを入れ、音を小さくして聴きつづけた。

英語の歌詞の意味などまるでわからなかったが、そのうちの何曲かを耳で覚えてしまった。

父は自分が小学五年生のときに事業に失敗し、二年後に病気で死んだ。母は働かねばならなくなり、それ以後、自分は母方の祖父母に育てられることになった。自分が再び母と暮らせるようになったのは、高校二年生のときだ。

詳しいいきさつを話していたら長くなるが、別々に暮らしているうちに、母はある男の愛人となり、その男の援助で銀座にクラブを開店するまでになっていた。

私と母が暮らす家に、男は週に一度やって来た。男が泊まっていくことはなかった。どんなに遅くなっても必ず帰って行った。

けれども、男がいるあいだは、私には家のなかに居場所はない。母は娘に多過ぎるお小遣いを渡し、映画でも観て、何かおいしいものでも食べておいで、と言う。

私はおとなびた服に着替え、横浜のジャズ・バーに行った。そして、日本人のジャズ・シンガーの歌に聴き入った。男が週に一度でなく、三度でも四度でも来てくれたら、そのたびに私はここでジャズが聴けるのにと思った。私のほうがはるかにジャズの心を歌えると思っていた。

勿論、私はその男が嫌いで、顔も見たくなかった。二十七歳で私を産んだ母は、そのころ四十四歳になっていて、男の心が若い女に移るのを恐れていた。

男が母との関係を清算したいと言いだしたのは、母が四十六歳のときで、私は大学生になっていた。

男と別れたくなかった母の悪あがきのあさましさは、いま思い出しても吐き気がする。

その男との再会が、私の人生を劇的に変えることになるなんて……。

私は大学を卒業してホテルに就職し、宴会部に配属されたが、二年ほどたったとき、一組の若いカップルの結婚式と披露パーティーを担当することになった。そのカップルの花嫁の父が、あの男だったのだ。

式の当日、控え室でお互い驚いて顔を見合わせたが、無論、私的な会話はいっさいなかった。

その披露パーティーで、花嫁側の主賓であり、花嫁を子供のころからよく知る人物として祝辞を述べたのが、私の「父ちゃん」なのだ。肩書きは南原興産社長。

それから三カ月後、その会社の総務部から電話がかかり、会社創立三十周年の祝賀パーティーをやるので、ホテルとしての企画案を出してくれと依頼され、私は上司と一緒に南原興産に行った。

打ち合わせをしている最中に、社長があなたにお逢いしたいそうだと若い社員が伝えに来て、社長室に案内された。

社長は、かつて母のパトロンだった男の名を口にして、創立三十周年の祝賀会をやるのだったら、ぜひRホテルの宴会担当である木本沙知代を指名してやってくれと頼まれたのだと言った。そして、一通の封筒を出した。これを木本沙知代に渡してくれということだったと社長は言った。社長は、あの男と母との関係をよく知っていたのだ。

封筒の中身は、当時の私にとっては目を丸くするような多額な小切手だった。

私は腹が立ち、これは受け取れないと言った。

南原興産の社長は、拍子抜けするほどあっさりと封筒を机の抽斗に戻し、きっと断るだろうと思っていたと言った。

「私が預かっておきます。お金に困ることが起こったら、ああ、南原興産の南原に預けたお金があると思い出して、取りにいらっしゃい」

社長はそう言って、私に小さく手を振った。その手の振り方が、なんだかとてもユーモラスだった。

私はあの男に馬鹿にされたような気がして悔しかった。いったいあの小切手にはどんな意味があるのか。何のために私に多額なお金を恵んでやろうというのか。母親に飽きたから、次はその娘にちょっかいを出す気になったとでもいうのか。器量のいい母には少しも似ず、バナナの叩き売りの男のような悪声と、モアイの像にそっくりの目鼻立ちの、こんな風変わりな娘に触手が動いたとしたら、あの男の酔狂は度が過ぎている……。

私はそう思った。

大学卒業と同時に、母を嫌って家を出て、六畳一間の安アパートで暮らしていた私は、人に使われるということが自分には最も向いていないと知っていたので、ホテル勤めを辞めて、友人と共同出資でイヴェントの企画運営会社を立ち上げた。そして、たちまち資金繰りに窮し、借金は雪だるま式に増えて、二年もたたないうちに倒産してしまった。債権者たちから逃げ廻る日々がつづいた日、私は南原社長に会いに行った。見栄や我を張っている場合ではなかったのだ。

南原社長は、あの小切手を私に手渡し、

「いつ来るか、いつ来るかと待ちつづけていました」

と言った。

私には、その言葉の意味がわからなかった。

ちょうど昼時だったので、南原社長は、近所にうまい鰻屋があると食事に誘ってくれた。小切手を受け取ったら、さっさと退散するつもりだったのに、うまい鰻と聞いて、ご馳走してもらうことにした。私は鰻重が大好きなのだ。それに、借金に追いまくられて、ろくなものを食べていなかった。

極上の鰻重を一緒に食べているうちに、私は南原社長が、あの男の娘の結婚式に出席する二カ月ほど前に奥さんを亡くしたこと、下の息子さんが大学を卒業して北海道勤務になったので、いまはひとり暮らしだということを知った。三つ上の長男は、いずれ南原興産を継ぐことを前提に、いまは音響機器のメーカーに勤めているという。すべて、南原社長が自分から語ったのだ。

社長は、私のことについては何も訊かなかったが、別れぎわに、あなたの夢は何かと訊いた。

私は、ジャズ歌手になることだと言った。適当に答えておけばいいと思っただけで、本気でそんな夢を抱いていたのではない。だから、子供のころに漠然と抱いたことのある夢を口にしたのだ。

「ジャズ？　どんな歌です？」

社長に訊かれ、私は雑踏を歩きながら、耳元でジュリー・ロンドンの「ス・ワンダフル」を小声で歌った。

社長は、ほおっと驚きの声をあげ、

「上手って域を超えてるね」

と言った。

私は顔が真っ赤になった。嬉しかったのだ。生まれて初めて、自分の歌が人に褒められたからだ。

私は翌日、スタンダード・ジャズの名曲がおさめられているレコードを三枚買って、それを南原社長に贈った……。

「沙知代さん、大丈夫？」

ブティックのオーナーが自分の腕時計を指差しながら言った。沙知代は慌てて立ち上がり、ブティックの玄関から道路を見て、

「志乃ちゃん、行こう」

と誘った。誰かが早く、早くと促しているようだった。志乃子は、やはり自分はリハーサルの場にいるべきではないと考えて、渋谷の駅の周辺で買い物をしてから行くと誤魔化した。沙知代の歌を、本番で初めて耳にしてみたいという思いもあった。それに、ブティックのオーナーの手作りのシフォンケーキをまだ半分しか食べていなかった。

沙知代が出て行くと、ブティックのオーナーは自分の名刺を持って来てくれた。「ブティック・スダ　須田愛子《すだあいこ》」と印刷してあった。

「沙知代さんのご主人が亡くなったとき、私、自分の親が死んでもこんなに泣かないだろうって思うくらい泣きました」

と須田愛子は言った。

「自分は、人生で最大に頼りになる人を亡くしてしまったって思ったんです。南原さんは励ましの達人でした。私がひとりでニューヨークに行くときも、ニューヨークから逃げ出そうと本気で悩んでたときも、南原さんのひとことで勇気を絞り出すことができたんです。他人の心のなかから勇気を絞り出させる力を持った人が、ひとりいなくなったって思ったら、残念で無念で……」

須田愛子のその言葉で、志乃子は、沙知代の夫が死んだことを知ったときに心に浮かんだ情景を話した。話しながら、こんな荒唐無稽な空想を、知り合ってまだ一時間ほどしかたっていない人間に話してしまう自分の無防備さにあきれた。それはいつも夫に注意されている点だったのだ。お前は他人をもう少し警戒しなければならない。何でもかんでも、自分の心に思い描いたことを正直に口にしてはならない、と。

「きれいな紅梅が咲いてましたね。あれは、南原さんが、売りに出たお隣の土地を買って、家を改築なさったときに、私の父がお贈りした紅梅なんです。お風呂から見えるところにそれを植えて、竹矢来で囲うようにしたのは沙知代さんのアイデアなんです。南原さんは、梅の花がお好きでしたから」

と須田愛子は言った。

「浴槽からその紅梅が見えるようにしてあったんですか？」

という志乃子の問いに、須田愛子は少し怪訝そうな表情で、

「能勢さんは、沙知代さんの家の庭をご存知じゃないんですか？」

と訊いた。

「はい、おうちがどこかも知りません」

「浴槽から紅梅が見えることも？」

「ええ、私の空想です」

しばらく志乃子を見つめてから、

「でも、能勢さんの空想どおりなんです。あの朝、とてもいいお天気だったことも、朝日が浴槽の大きなガラス窓から差し込んでたことも、紅い寒梅が咲き香ってたことも」

と須田愛子は微笑混じりに言った。

ほんの少し沈黙してから、

「南原さんは、ニューヨークにいらっしゃったとき鉄と鋼の違いを教えてくれたんです」

と言った。

「鉄の塊を真っ赤に熱して、それを大きな金槌《かなづち》で叩いて叩いて鍛えて、鋼が出来あがっていくっていう喩《たと》えを引いて、人間もまったく同じなんだって教えてくれました。鉄を叩いて鍛えると、いろんな不純物が表に出て来るんですって。それがあるあいだは、鉄は鋼にはならない。そんな鉄で刀を造っても、ナマクラだ。鋼となった鉄でないと名刀にはならないって。経済苦、病苦、人間関係における苦労。それが出て来たとき、人も鋼になるチャンスが訪れたんだ。それが出て来ないと永遠に鉄のままなんだ。だから、人は死を意識するような病気も経験しなければならない。商売に失敗して塗炭《とたん》の苦しみにのたうつときも必要だ。何もかもがうまくいかず、悲嘆に沈む時期も大切だ。だから、人間には、厳しく叱ってくれる師匠が必要なのだ。師匠は厳しく叱ることで、弟子のなかの不純物を叩き出してくれる。南原さんは、優しい口調で、私にそう教えてくれました。ちょうどそのころ、私はニューヨークで病気にかかり、一緒に暮らしてた男に別に好きな女が出来、師事していた先生に能無しだってののしられ、あるところから英語がまったく上達しなくなって、何もかも投げ出して、日本に逃げ帰ろうって決心した矢先だったんです。そうか、私はいまどこにでもある普通の鉄から鋼に変わろうとしてるんだって思ったら、途轍《とてつ》もない勇気が湧いてきました」

客からららしい電話がかかって来て、須田愛子は大きな革表紙のノートを出し、ドレスの寸法の筆記を始めた。どうやら長びきそうだったので、志乃子は、須田愛子に小さく会釈《えしやく》をしてブティックから出た。

ライブは、木本沙知代の語りから始まった。奥行きはあるが幅の狭いバーには、椅子に坐れなくて立っている人もたくさんいた。客は二十人ほどだと沙知代は言っていたが、入り切れなくてカウンターのなかに立つしかなかった人も含めると三十六人だった。客のほとんどは四十代から六十代だったが、十代とおぼしき女が五人、七十半ばを過ぎているとしか思えない男が四人いた。

沙知代は、うまい歌とは何かについて、自分の考えを語った。優れた歌手は、それがどんな音階とテンポであろうが、喋るように歌う。その喋りも、ときに溜息混じりの場合もあれば、歓びで声が弾んでいたりもする。苦悩の呻《うめ》きのときもある。失意の人を慰める言葉のときもある。不運に身をまかせる自堕落なつぶやきもある。

しかし、どんな歌も、喋ろうと企んだら途端にいんちき臭くなる。だから私は喋らない。いんちきがばれないために、学んだとおりに懸命に歌う……。

先生に言われたとおりにする。先生を超えて、自分の歌を確立しようなどとは考えない。これから歌うのは、私の先生の教えどおりに歌う歌だ……。

沙知代は聴衆にそう前置きして、まず三曲つづけて歌った。ジュリー・ロンドンの「この世の果てまで」、サラ・ヴォーンの「あなたは変わったわ」、スー・レイニーの「オール・バイ・マイセルフ」だった。


なんという滋味に満ちた歌の世界であったことか……。志乃子は静かな住宅街の夜道を歩きながら、木本沙知代が小さなバーでのライブで歌った十二曲の歌のすべての余韻のなかに酩酊《めいてい》していた。

沙知代は、三曲つづけて歌うたびに、脚の長いストゥールに腰を降ろし、氷と一緒にグラスに入っている透明の液体で喉を潤し、ニューヨークでの思い出やら、いま歌った歌が誕生したいきさつやらを聴衆に語った。

カルテットのバンドマスターと会話することもあった。ギタリストやベース奏者とも話をした。

多少の冗談も交えていたが、聴衆を笑わせようとする会話ではなくて、どういういきさつでギタリストとなり、ベース奏者となり、バンドマスターとなったのか、そして、カルテットとして活動をつづけることで遭遇したそのときどきにおける危機はいかなるものであったかを、親しい者同士のさりげない会話のようにして展開した。

その沙知代の話や、カルテットのメンバーとの会話は、ジャズというものを初めて聴く者には入門指南となるし、いささかでも知識のある者には、さらにその奥行きを増す含蓄に富んでいた。

だが、それよりも何よりも、木本沙知代の歌うジャズの名曲は、別れの哀しみに、恋の歓びに、人生の理不尽に、不幸に立ち向かうけなげな勇気と奮闘に、聴く者の心を同化させる魔法に似た魅力を持っていたのだ。

志乃子は、穏やかに、ゆるやかに進行するライブの終盤あたりから時間が気になり、最後まで聴いていたら、井澤繁佑との約束の時間に遅れてしまうと焦ったが、いつのまにか四十人以上に増えたバーから出て行くことができなかった。

電車でもなんとか間に合いそうだったが、志乃子はうしろから空のタクシーがやって来たのでそれに乗った。

ライブが始まる前に電源を切っておいた携帯メールには二件のメールが入っていた。夫からと、啓次郎からだった。

――いま海雛で得意先の人と商談中。酒を飲んだので電車で帰ります。車は美乃さんに乗って帰ってもらいます。家に着くのは十二時くらい。――

夫からのメールを読み、そうだ、きょうから新しい現場に入っているのだと志乃子は思った。十六階建ての分譲マンションのすべての窓の設置という仕事で、海雛からは車で二十分ほどのところなのだ。

そう思いながら、志乃子は啓次郎からのメールを見た。

――あしたから一時間早く出勤して、店の掃除をひとりでやらされることになりました。先生があのノートのことで、お母さんに時間を作ってもらえないかって言ってます。電話を下さい。先生は十時までは店にいます。――

志乃子は啓次郎の勤め先に電話をかけた。若い女が電話を受け、すぐに啓次郎に代わった。

「先生が、お母さんに訊きたいことがあるんだって。お母さんの都合さえよければ、いまからお宅にお伺いしてもいいかって」

と啓次郎は言った。

「私、これから人と逢うの。渋谷で友だちのライブを見に行くって言ってなかった?」

「うん、知ってるけど、ライブはもう終わったんだろう?」

志乃子は、あの茶碗のことで、急に今夜、井澤さんと逢うことになったのだと説明した。すると、しばらく間を置いて、啓次郎の師匠である梨田《なしだ》一洋の声が聞こえた。

「あのノートを勝手にお借りしてしまって。失礼いたしました」

と梨田は言った。本名はかずひろと読むのだが、日本の美容業界では「ムッシュ・イチヨー」として知られている人物だった。

「あしたのお昼ごろはいかがでしょうか。いえ、お昼でなくても、能勢さんのご都合のよろしいときに、ご都合のいい場所にお伺いします」

「あのノートのことで、でしょうか？」

と志乃子は訊いた。

「ええ、そうなんです。私にとっては、とても大事なことなんです。ただ、あのノートは凄く古くて、紙がぼろぼろになりかけていますし、インキの滲みとか、書いた人の独特の崩し字とかで、読むのに難儀をしていまして」

志乃子は、ムッシュ・イチヨーとは一度しか逢ったことがなかった。それは、ムッシュ・イチヨーが、自分の店に雇うと決めた青年の親とは必ず逢っておくと決めていて、志乃子はそのやり方に従って、啓次郎とともに店に行ったからだった。

そのときも、ひょっとしたらこの業界で天才的美容師と評価の高い人物は、ゲイと呼ばれる類に属する男ではないのかと感じたのだが、志乃子は電話から聞こえてくるムッシュ・イチヨーの、決して女言葉ではない喋り方のどこかに湿潤なものを感じた。

家に来てもらってもいいのだが、客を迎えるためにいつもより丁寧に部屋を片づけたり掃除をするのも面倒だと思い、

「一時に、門前仲町の『シャラン』ていう喫茶店でいかがでしょうか。場所は啓次郎が

知っています」

と志乃子は言った。ムッシュ・イチヨーは礼を述べて電話を切った。

あと何分くらいで着くかとタクシーの運転手に訊きながら、志乃子は腕時計を見た。運転手が、七、八分といったところだろうと答えたので、慌てて化粧を直した。今夜はひどく蒸し暑いので、また鼻の頭に昆虫の卵を載せていたりしたら恥ずかしいと思った。

オフィス・イザワのあるビルの前でタクシーを降り、志乃子は玄関のところから井澤のオフィスに電話をかけた。九時少し前だったが、秘書の女性が応対してくれて井澤と代わった。

「私の勝手な都合で、こんな遅くにご足労いただいて申し訳ありません」

と井澤は言った。

四基あるエレベーターの半分は運転していなかった。

女性秘書は、エレベーターの前で待っていてくれて、すぐに井澤の待つ応接室へ案内してくれた。

「あの茶碗をどうしても自分のものにしたいっていう人がいます」

井澤の言葉で、志乃子は体が熱くなり、脚が少し震えた。

「三千万円でですか？」

「ええ。ほんとに三千万円でいいのかって念を押されて、五千万円って値をつけてもよかったなァって、ちょっと残念でしたね」

井澤は笑いながら言って、志乃子にソファに坐るよう勧めた。

「ただ条件がありまして、支払いを、ことしと来年との二回に分割させてくれということなんです。たぶん税金の問題だと思います。三千万円を超えると、受け取った能勢さんが納める税率も大幅に増えますし、支払う側の帳簿上の処理にも多少の工夫が要る……。二回に分けたほうがお互いにいいのではないか。そういう意味だろうと私は解釈しました。どうなさいますか」

税金などということはまったく考えてもいなかったので、二回に分ける理由に得心がいき、

「私はそれで結構です。ほんとに三千万円で売れたなんて、なんだか眩暈がしてきました」

そう言って、志乃子はソファに腰を降ろした。脚だけでなく、手まで震えてきて、志乃子はほとんど尻餅をつくように坐り込んでしまった自分が恥ずかしくてたまらなかった。

初対面のときの鼻の頭の汗といい、今夜のこの朽ち木が倒れるような坐り方といい、私はなんと醜態をさらしつづけていることであろう、と。

「じゃあ、決めますよ。よろしいですね。サザビーズやクリスティーズのオークション

だったら、木槌をカンと打って三千万円での落札を告げるところです」

そう言って、井澤はボールペンの先でテーブルを叩いて立ち上がり、自分の部屋へと行った。

志乃子は、まず誰にしらせようかと考えながらハンドバッグから携帯電話を出した。姉の美乃？　いや、やはり夫であろう。だが、夫はいま得意先の人たちと飲んでいる。酔っぱらって大騒ぎを始めたら、得意先の人のなかには気を悪くする人もいるだろう。夫は海雛にいるのだから、美乃にしらせたら、夫の耳にも入る。居酒屋の女将として、いま忙しく働いている美乃に携帯メールを見る余裕があるだろうか……。

いずれにしても、美乃にまずしらせよう。

志乃子は携帯メールを打ち始めたが、「茶碗」と打ったところで女秘書が熱いほうじ茶を運んで来てくれた。芳ばしい香りが静かな応接室に漂った。

秘書が去ると、志乃子はメールのつづきを打ったが、指の震えは止まらないままだったので、打ち終わった文章を読むと「茶碗売れた三千万円」となっていた。助詞も句読点も一字あけもない昔の電報のような文章だったが、志乃子はそれを打ち直さないまま送信した。井澤が応接室に戻って来る音が聞こえたからだ。

「相手は、支払いを銀行振込にしたいので能勢さんの口座番号を教えてもらいたいそうです」

井澤はそう言って、メモ用紙とボールペンを志乃子の前に置いた。志乃子がそれを書くと、井澤はまた応接室から出て行った。

「三千万円……。ほんとに売れちゃった。天から降って来て、私のものになっちゃった」

志乃子はそう胸のなかで言い、どうしよう、どうしようと思った。早く笠木恵津を捜し出さなければ、私のやったことは泥棒と同じなのだ、と。

「ぼくは三好さんに平伏して畳におでこをすりつけなきゃいけませんね」

戻って来た井澤が嬉しそうな笑顔で言った。

「三好さんがつけた値段、ぼくは半信半疑どころじゃなかったんですよ。あの三好さんがそこまで断言するんなら、この茶碗は二束三文のがらくたじゃないにしても、五十万円なら買ってもいいなんて返事が来たら、能勢さんをどんなにがっかりさせるかと思って、お預かりしてから、ずっと気が重かったんです」

「井澤さんにそんなご心配をおかけしてしまって……。あのう、私、井澤さんにどのくらいのお礼をしたらよろしいのでしょうか。こういう美術骨董の取引きの世界には疎いものですから、どうかご遠慮なく仰って下さい」

志乃子の言葉に、

「お礼なんて必要ありません。そんなお気遣いはご無用に願います」

と井澤は言った。

「えっ！　でも、三千万円で売って下さったのは井澤さんなんです。三千円じゃないんですもの」

「ぼくは骨董品の仲介屋じゃないんです。もし、それでは能勢さんの寝醒めが悪いと仰るんなら、……そうですねェ」

井澤は考え込み、

「いつかそういう機会があれば、うまい寿司でもご馳走して下さい」

と言って、腕時計を見た。

まだこれから仕事があるのであろうと思い、志乃子はオフィス・イザワを辞すつもりで立ちあがった。すると井澤は、秘書に、もう帰るようにと促し、

「彼女、おととい、新婚旅行から帰ったばかりの新婚さんなんです。遅くまでこき使いやがってってご主人に恨まれますからね」

と小声で志乃子に言った。

あした、井澤は早朝発の飛行機でシンガポールに行く。一緒に行く人たちと打ち合わせがあるので、成田空港に朝の七時に集まらなければならない。だから、今夜は成田空港の近くのホテルに泊まる。準備はすべて終えたので、今夜はこれからどこかで食事をして、あとはタクシーで成田へ行くだけだ……。

志乃子は、井澤と秘書との会話から、そのことを知った。

井澤は、いつか機会があればと言ったが、そういう機会というものは自然には生まれないまま立ち消えになっていくことが多いのだ。もし、井澤が今夜はどこかで食事をして成田のホテルへ行くだけならば、その「いつか」を今夜にしてもいいのではないのか。志乃子はふとそう思い立ち、秘書が帰って行くのを見ながら、自分の考えを井澤に伝えてみた。

「ああ、そうですねェ。今夜っていうてもありますねェ。じゃあ、今夜、ご馳走になろうかなァ。能勢さんのほうこそ大丈夫ですか？ 夫も子供たちも知っていますから」

「はい、今夜は遅くなるって、夫も子供たちも知っていますから」

「じゃあ、今夜、早速にご馳走になりましょう。とにかくぼくは、あの鼠志野の国宝級の茶碗を三千万円で売った功労者ですからね」

井澤は手早く帰り仕度をして、旅行用のキャリーバッグを曳《ひ》いてオフィスから出ると、ドアに暗証番号を入力して鍵をかけた。

「蒸し暑いですねェ」

ビルを出るなり、顔をしかめてそうつぶやき、やって来たタクシーを停めてから、

「能勢さんは、他にご予定がおありだったんじゃないんですか？」

と訊いた。

「いいえ、どうしてですか？」

「今夜は遅くなるってご家族に言ってらしたんでしょう？　ぼくがお宅にお電話をかけたときには、能勢さんはもう家を出てらっしゃったし、そのときには今夜私のオフィスに来る予定はなかったわけですから」

「今夜は、渋谷で友だちのライブがあって、それを聴きに行ってたんです」

井澤は銀座四丁目の交差点まで行ってくれとタクシーの運転手に告げてから、

「お友だちのライブ……。歌ですか？」

と訊いた。

木本沙知代という大学時代の友だちが歌ったジャズの名曲について、誰かに話したくてたまらなかった志乃子は、彼女のライブに行くことになったいきさつから話し始めたが、自分の財布の中身が心配になってきた。出かけるときは一万円札を三枚と千円札を六、七枚入れたが、ライブ代で五千円を使った。残りは三万円と少し。銀座の高級寿司店など行ったことがないので、値段がどのくらいなのか見当もつかない。

「あのお、いまから行くお寿司屋さんはクレジットカードは使えますでしょうか」

そう訊きながら、あーあ、今夜はいかがかと自分のほうから誘っておいて、このていたらくだと志乃子はなさけなくなってきた。

「たぶん使えると思いますが、電話で訊いてみましょう」

井澤は自分の携帯電話で寿司屋に電話をかけた。

「カードは使えますが、もう閉店するそうです。お勧めできるネタのほとんどが出ちゃったそうで。もうそろそろ十時ですから、当たり前ですよね」

井澤は、タクシーの運転手に行き先の変更を告げた。新橋だった。

「ほんとはこっちの寿司屋のほうがうまいんですけど、いつも混んでて、カウンター席がふたり分あいてるかどうか。カードは使えません。おまかせコースは一万円。ぼくは冷酒を二本飲みますから、それも入れて、ふたりで二万二千円くらいかな。足りますか？」

「はい。それくらいならあります」

志乃子は自分の財布をハンドバッグから出して中身を井澤に見せた。井澤は首を突き出すようにして財布のなかを覗き込んでから、

「足ります、足ります。充分です」

と言った。

その言い方には安堵感があったので、志乃子は笑った。井澤も笑い、

「ぼくは失礼なやつですねェ。他人の、それも女性の財布を無遠慮に覗き込む五十六歳のおっさん……」

と言った。

「私がお見せしたんです。女も五十になると羞恥心《しゅうちしん》が失くなるんだってこと、いま身を

もって知りました」

「えっ？　能勢さんは五十代ですか？　ぼくは四十二、三歳かなァって思ってました」

こら、そんなみえすいたお世辞を言っちゃって、という意味を込めた目で井澤を上目遣いで睨んだあと、志乃子はたまらない自己嫌悪を感じた。なんなのよ、この安っぽい媚《こ》びは、と。

沙知代の歌ったジャズの余韻が、いつもの自分とは違うようにしているのだ。そこに三千万円がプラスされて、自分ははしゃいでしまっている。

「私、自分の友だちは、きっとこれからジャズ・シンガーとして、とびきり日の当たる世界に出て行く気がしました」

　志乃子はいつもの自分に戻るために、木本沙知代の話題に戻った。

「あんなにすばらしいジャズを歌う女性を、その世界の人が無視するはずはないって思ったんです」

「その木本沙知代さんがライブ活動をするようになって、もうどのくらいたつんですか？」

　と井澤は訊いた。

「きょうで十二回目のライブだそうです。平均すると月に二回らしいですから、単純計算で、半年でしょうか」

「どれもジャズの不動の名曲ですね。懐かしい曲ばかりです。歌い手の実力がさらけ出される曲ですよ」

「井澤さんはジャズにお詳しいのですか？」

「若いころ、はまった時期があります。ぼくはブルーノート派ですが、スタンダードのジャズの名曲を集めたレコード盤をいまも三十枚近く大事に持ってます。レコード盤ですから、いまのＣＤコンポでは聴けなくて、本棚のいちばん上の段で埃をかぶったままです。アルバイトをして、苦労して貯めたお金で組み立てたステレオセットも納戸のなか」

「自分で組み立てたんですか？」

「そうです。アンプ、プレーヤー、スピーカー。それぞれメーカーは別です。ぼくが学生だったころ、アンプの最高峰はマッキントッシュっていうメーカーのものだったんです。当時でも百万円以下のはなかったんじゃないかな。勿論、マッキントッシュなんて手が出る代物じゃなかったです。材木屋さんに行って、スピーカーに最も適した木を買って、アンプを収蔵するのに適した木を買って、糸ノコを使って自分で切って、あれこれ組み合わせて……。プレーヤーだけはメーカーが製造したものですけど、レコード盤の回転数を変えるのは太い輪ゴムの上下動だけっていうマニアックな代物をあえて選んで。完成して音が出るまで八カ月かかりましたよ」

そこまで話して、井澤はタクシーの運転手に、ここで停めてくれと言った。ＪＲ新橋駅から西へ少し行ったところの交差点だった。

井澤繁佑はビルとビルのあいだにある道へと曲がり、周辺の雰囲気とは少し異なる古い商店街のような通りへと出た。ほとんどの店はシャッターを降ろしていたが、井澤推奨の寿司屋は明るい玄関灯と白い暖簾が合わさって、そこだけ光って見えた。

十人掛けのカウンター席は三つ空いていた。奥に座敷席がふたつあり、そこから客たちの賑やかな声が聞こえた。

おまかせコースというのがある。まず先付が出て、次に焼き魚、その次が刺身、椀物とつづき、その次がこの日の店主のお遊びとなり、それが済むと、好みの握りを頼むという段取りになる。これが一万円だ。

井澤はおしぼりで手を拭きながら、そう説明し、それを注文していいかと志乃子に訊いた。

店主のお遊びとは何なのかと思ったが、志乃子は、店構えや店内のしつらえや、付け場の五人の寿司職人の態度で、おまかせコースが一万円というのは安すぎる気がした。

それで、正直に自分の思いを小声で井澤に言った。

「これで一万円かって、びっくりしますよ。でも、握りの前に出てくるコース料理は、それぞれ少量です。いいものがちょっとずつ。だから、胃袋が握りまでに満杯になるってことはないんです」

その井澤の説明は付け場に立つ店主に聞こえていて、

「うちは寿司屋ですからね」

という声と笑顔が返ってきた。

まずビールで乾杯しようと井澤は生ビールをふたつ頼んだ。

「私、お酒は飲めないから、いちばん小さいジョッキでいいです」

志乃子がそう言うと、井澤も同じものにするという。とりあえずビールで喉を湿らせてから、あとは自分の好きな会津の地酒を常温でと店主に言った。

先付は薄くスライスしたナマコの梅肉和えと、軽く炙《あぶ》ったからすみだった。

小さなジョッキのなかの生ビールを、井澤は一気に喉に流し込んだ。志乃子は泡だけを舐《な》めるつもりだったが、井澤の飲みっぷりを見て、自分のぶんもいかがかと勧めた。

「飲めない人に無理に飲ませちゃいけませんからね。じゃ、遠慮なく」

井澤は、まったく口をつけていない志乃子のビールも飲み干して、大きく息を吐《つ》き、

「ああ、長い一日が終わったなァ」

と言った。

きょうはよほど忙しかったのであろうと思いながら、志乃子は茶碗が売れたと知ったときから訊いてみたかった質問を口にした。

「茶碗を買って下さったのは、どんな方なんですか？　売り手は、買い手がどこの誰かを訊いちゃあいけないって、昔、三好のおじさまが仰ったような気がして、お訊きするのを我慢してたんです」

「お金は銀行振込で支払われます。たぶん振込人は『空寿会』です。茶道の家元が理事長の社団法人です。その家元をトップとする茶道の全国組織ですから、ネットで検索したらすぐにわかりますよ。個人じゃなく法人が買うんですから、能勢さんの口座に直接振り込んでもかまわないんでしょうね。そうしてくれって私が頼みました」

なぜ井澤が相手にそう頼んだのか志乃子にはわからなかったが、わからなくてもいいことなのだと考えて、その理由を訊かなかった。

常温の地酒が井澤の前に、熱い緑茶が志乃子のために運ばれて来たとき、鰻の白焼きときすの天麩羅もカウンターに置かれた。

志乃子は周りをそっと見廻し、隣にいる井澤繁佑の横顔を盗み見て、自分はいまとんでもない事態の渦中にいることを、もっと強く自覚しなければと思った。

かささぎ堂のがらくたの山のなかに、なんとなく目にとまった薄茶茶碗があったので、それを貰って帰った。三好老人に見せると、三千万円はくだらない名品だという。半信半疑どころか、疑い七割、ひょっとしたらという期待三割といったところだった。

三好老人が紹介してくれた井澤繁佑に茶碗を託し、それが一カ月もたたないうちに言い値の三千万円で売れた。お金は今月と来年三月の二回に分けて銀行に振り込まれる。めでたし、めでたし、大儲けだァ。

……こんなことがあっていいのだろうか。いま私の横で、うまそうに日本酒を飲みながら、鰻の白焼きを食べている男は、いったい何者なのか。一カ月前までは、私とはまったく縁も所縁《ゆかり》もなかった男が、私と一緒に寿司屋のカウンターにいる。考えてみれば、私は結婚して以来、夫以外の男とふたりきりで食事をしたことがないのだ。

この井澤繁佑という男について、私は何を知っているのであろう。仕事の内容は、初めて逢った日に説明してくれたが、正確な年齢は、さっきタクシーのなかで知ったばかりだし、妻がいるのかいないのか、子供はいるのかいないのか、どうにもわからない。五十六歳の井澤からは、家庭というものの匂いがまるで漂ってこないからだ。

私は井澤とは気が合いそうな気がする。話をしていて楽しいし、歯ごたえを感じるが、井澤はどうなのであろう。

しかしそんなことは二の次の問題で、重要なのは、あの鼠志野の茶碗が三千万円で売れたという事実であり、売ってくれたのはこの井澤繁佑なのだ。こればかりは現実なのだ。しかも、井澤は手数料を一銭も求めない……。

「どうしました？　三千万円で売っちゃったのが惜しくなりましたか？」

と井澤は訊いた。

「惜しいだなんて、とんでもないです」

志乃子がそう答えると、

「ぼくはだんだん惜しくなってきましたよ。六千万円でも買っただろうなって感触でしたからね。幾らで売れても、ぼくが得をするわけじゃないけど、やっぱりちょっと悔しいな。買い手は大金持ちなんですから。しかも、個人ではなく法人で買うんだから」

と井澤は笑顔で言ったが、言葉だけでなく、実際に悔しそうだった。

志乃子は、言葉を選びながら、なぜこんな面倒な仲介の労を取ってくれたのかを訊いた。

「三好さんに頼まれたら、いやとは言えません。三好さんは、人に物を頼み込むってことを凄く嫌うんです。昔からそうでした。そんな三好さんが、わざわざこのぼくに頼んでこられた。それでかえってぼくは深読みしちゃったんです」

「深読み？」

「三好さんが、あえてぼくに頼むってことは、この茶碗は三千万円の価値はないんだって。それを承知で、三好さんはぼくに頼んでるんだ。そう深読みしたんです」

志乃子は井澤の言葉の奥にあるものについて考えを巡らせた。もし、三千万円で買い手がつかなかったら、井澤はどうするつもりだったのか……。

しかし、そういうことは訊かないほうがいいのだ。井澤と三好老人との男同士の、ふたりだけがわかり合える心の世界なのだ。

志乃子はそう思い、余計なことを喋ってしまわないために、きすの天麩羅を食べた。たまにスーパーで買うきすとは別物の、独特の苦味がおいしかった。

「おいしいきすですねェ」

志乃子の感嘆のつぶやきに、

「きすはいまが旬ですからね」

と店主が応じ返した。

刺身は、鮑と太刀魚とひらまさ、椀物は鱧《はも》の葛包み、店主の「お遊び」はフォアグラのパテのかつお節粉和えだった。もうそれだけで満腹になってしまって、志乃子は、鯵《あじ》と車海老の握りを一貫ずつしか頼めなかった。

最後にこはだの握りを食べ、熱い茶を飲んで、

「能勢さんのお友だちの東京でのライブに行きたいですね。いつと決まったら教えて下さい」

と井澤は言い、店の者にタクシーを呼んでくれるよう頼んだ。

「シンガポールは何日間ですか?」

と志乃子は訊いた。

「三日間の予定です。そのあと香港でも三日間仕事をして、中国の広州に行って、日本

に帰って来るのは十日後ですね」

「外国にいらっしゃるのは年に何日くらいなんですか？」

井澤はしばらく考え込み、

「合計すると年に七、八十日は外国ですね」

と言った。

タクシーはすぐにやって来た。志乃子は寿司の代金を払い、井澤がタクシーに乗ると深くお辞儀をして送った。

十一時を少し過ぎていて、客待ちのタクシーが列を作っていた。三千万円入って来るのだから、タクシーで帰ろうと志乃子は思った。

昨夜、我が家はお祭り騒ぎだった。私の帰りをいまかいまかと待っていた夫と啓次郎と茜が、私のために鯛焼きを山ほど買っておいてくれたのだ。門前仲町のT堂の鯛焼きは私の大好物ではあるが、三十個も買ってどうするというのか。

鯛焼きを決して格下扱いする気はないが、私がこの能勢家にもたらしたのは三千万円なのだぞ。せめて「パティシエ」という名のついた人が作ったフランス風の凝ったケーキで迎えたらどうなのか。

夫は糖質ゼロ・ビールを浴びるほど飲み、啓次郎は冷凍庫のなかの豪華料理を自分で調理して食べ、茜は買ってもらいたいもののリストをノートに列記しつづけて、一家ではしゃぎまくっていると、酔っぱらっている美乃から電話があった。

この自分にも三百万円くらいは廻ってくるかと期待しているのでよろしくとのことだった。一銭もやるもんか。

能勢家の宴《うたげ》は一時過ぎまでつづき、私が最後にシャワーを浴びて、あの文机の前に腰掛けたのは一時半。陶器の人形とふたりきりになった途端に寝室から夫のいびきが聞こえた。久しぶりに飲み過ぎたにしても、いささか心配になるほどの大きないびきで、これはひょっとしたら無呼吸症候群というのを原因としていて、眠っているあいだに死んでしまう可能性もなきにしもあらずではないかと案じてしまった。

私が寝たのは何時だったろう。二時は確実に廻っていた。二時半くらいだろうか。六時半に家を出る夫のお弁当を作るために五時半に起きたのだから、たったの三時間しか寝ていないのだ。

こうやって洗濯物を干していても、頭がふらふらする。一時間くらい昼寝をしたいが、一時に門前仲町の「シャラン」でムッシュ・イチヨーと待ち合わせをしているのだ。

あの横尾文之助という人物によって書かれた、日記というよりも記録と呼んだほうがいいノートもまた「かささぎ堂」のがらくたのなかから貰ってきたのだ。

笠木恵津、というよりも彼女の夫がどこかで手に入れて来たものは、玉石混淆《こんこう》ではあったが、玉はとびきりの玉ばかりだったのだ……。

志乃子は、強い日差しの下で洗濯物を干すときは必ずかぶるようにしている麦藁帽子《むぎわら》を頭に載せて、もうひとりの自分と話をしているかのように、心のなかでつぶやきつづけた。

この麦藁帽子は私の宝物なのだと志乃子は思った。本物の麦藁を使って丁寧に編まれた昔ながらの麦藁帽子は、最近では手に入れることが難しくなったという。しかし、日本の高温多湿な夏には、麦藁帽子が最も適している。つばが広くて通気性が良くて、乱暴な扱いをしても丈夫なのだ。

私の麦藁帽子は買ってからちょうど三十年。大学のゼミの合宿で九州の大分へ行ったとき、麦藁帽子作りの名人と呼ばれるお婆さんがいて、その人が目の前で編んでくれたのを買ったのだ。

麦藁帽子は、どんな人間からも都会的なものを奪ってしまうという不思議な力用《りきゆう》があることをそのとき知った。私は若かったから、せっかく買った麦藁帽子を一度かぶっただけで、それきり家の納戸に、紙袋に入れてしまい込んでしまった。どんな服を着ていようが、麦藁帽子をかぶったら、専業農家の働き手か、遠くの山里を駆け廻る少年と化すのだと思い知ったのだが、その麦藁帽子の味わいが好きになったのは、四十を過ぎたころだった。

あれは何がきっかけだったのか……。

志乃子は、思い出そうとして、一時に門前仲町の喫茶店に行かねばならないと気づき、慌てて台所で簡単に昼食を済ますと、麦藁帽子をかぶって階段を降り、自転車に乗った。

東南アジア系らしい男女が三組、「財津ホーム」の事務所で財津厚郎と話し込んでいた。

財津は志乃子を見ると外に出て来て、きのうの礼を言った。

「俺たちだけじゃなくて、向こうのお袋さんも気にいっちゃって」

そして急ぎ足で事務所内に戻りかけて、

「その麦藁帽子、よく似合うね」

と財津は言った。

「村の十六娘って感じ?」

志乃子の言葉に、大袈裟《おおげさ》に身をのけぞらせ、

「十六はねェ、さすがに無理があるねェ。村の三十路《みそじ》の若後家ってとこかな」

と財津は笑いながら言い、俺は琢ちゃんの奥さんに何てこと言ってるのかなと頭を掻《か》いた。

「三十路の若後家……。後家ってことは、どこか寂し気な憂いがあるのね」

「いやいや、まあ、ちょっとした言葉の綾《あや》みたいなもんでさ。三十路の後家って言うよ

りも、若後家のほうが色っぽいじゃん」

笑いながら、勢いをつけてペダルを踏みかけた志乃子は、急ブレーキをかけて自転車を停め、

「あの人たち、外国の人でしょう？」

と事務所内を見やって訊いた。相手がイギリス人であろうがフランス人であろうが、フィリピン人であろうが中国人であろうが、とにかく外国人には絶対に賃貸マンションやアパートの仲介はしない、というのが「財津ホーム」の掟《おきて》だったのだ。

「うん、タイ人だよ。あいつら、最近信用できるんだ。日本人の変なやつらよりもはるかにきちんとしてて ね。家主も、あいつらに部屋を貸すようになったんだ」

財津は、それには理由があるが、説明はまたあとでと言って、タイ人の客たちのところに戻って行った。

私ものんびりと油を売っている場合ではないと、志乃子は自転車を走らせて門前仲町へ急いだ。

深川不動尊の横から永代通りを渡って、商店街に入り、細い道を右に曲がり左に曲がって、たぶんこのあたりだったなと周りを見廻すと、五メートルほど向こうに「シャラン」の看板が、いかにも狭い道を走る車の邪魔をするかのように店先に突き出ていた。

志乃子は、自転車から降り、麦藁帽子をぬいで「シャラン」の鈴の付いたドアをあけ

た。ほとんど髪を剃っているのと同じくらいの短さの坊主頭の男が、奥の椅子から立ち上がってお辞儀をした。

「いつも息子がお世話になっております。啓次郎の母でございます」

そう志乃子が挨拶すると、ムッシュ・イチヨーは、自分のまったく個人的なことで、お時間をとらせて申し訳ないと言った。アイスコーヒーのグラスの横には、あの手文庫に入っていたノートと、それをコピーしてクリップで綴じたらしいものが置いてあった。

他の従業員がすべて帰ってしまって、自分と啓次郎くんとがふたりきりになるという夜があった、とムッシュ・イチヨーは話を始めた。

「どうしてそういう話になったのか、私もそこのところはよく覚えてないんですが、北朝鮮が国境を接しているのはロシアだけだって啓次郎くんが思い込んでるようだったので、とんでもない、中国との国境線のほうがはるかに長いんだって私が地図を描いて説明したんです。勿論、韓国との国境の三十八度線がどこかも教えながらです。そしたら、啓次郎くんが、どうして先生はそんなに朝鮮半島の地理に詳しいのかって訊きましてね エ。私は、自分の母親が元山《げんざん》という町で暮らしてたんだって答えました。ここが平壌《へいじょう》、ここが元山、このあたりに三十八度線、ソウルはこのあたり、って。そしたら、啓次郎くんは『シロツ』って町はどのあたりかって訊きました。私は、城津と書いてジョウシンと読んだんだって教えて、城津がどこかを教えたんです」

ムッシュ・イチヨーは、真新しい朝鮮半島の地図を拡げた。そこには丸く赤のマーカーで塗られている地名が五つあった。金策《キムチエク》、元山《ウオンサン》、平壌《ピヨンヤン》、ソウル、そして海金剛《ヘクムガン》だった。

横尾文之助のノートに書かれた城津という町は、今では金策と呼ばれているらしく、この町が朝鮮半島北部の日本海側にあることを志乃子は初めて知った。

ムッシュ・イチヨーこと梨田一洋の話は、おおむね次のようなものだった。

私は昭和二十八年生まれだから、ことし五十四歳になる。私には、父親を異にする兄がいる。兄は昭和二十二年に生まれた。六十歳だ。母は昭和二十一年に朝鮮の元山で兄を身ごもったが、日本に帰る船のなかでは、自分の妊娠に気づいていなかった。

兄の父親はロシア人で、母はその人と結婚するつもりだったが、軍属であった男がいつ祖国に帰れるのかわからず、当時の北朝鮮にあっては、日本人はつねに危険にさらされている状況だったために、男とのことをあきらめて、ひとりで日本に帰る決心をしたのだ。

だが、帰る方法がない。陸路で三十八度線を越えるには、あまりに危険が伴う。

昭和二十一年六月に、ソ連兵のひとりから、城津港を船で出航したと思われる日本人たちが海金剛というところで難破寸前の状態で漂着していると教えられた。

母はそのとき二十三歳だった。海金剛は元山からはかなりの距離だが、なんとかその船に乗れないものかと考えた。ロシア人の男も、その船が座礁《ざしょう》して動けないのではなく、無風状態のために航行不能となっているのであれば、風さえ吹けば海路で三十八度線を越えられる可能性がなきにしもあらずだと思い、内緒で軍用車を使い海金剛へと向かった。

長さ二十五、六メートル、幅三メートルのボロ船には、祖国への帰還のために命懸けの脱出行を試みた日本人が百五十人も乗っていた。船の責任者は、横尾文之助という人だった。もうこれ以上は、たとえ幼児であろうとも乗せることは出来ないであろうと思われたが、横尾氏は、「無理矢理飛び乗ってきた女を海に捨てるわけにはいかない」と言った。母には、さあ、さっさと乗れと言ってくれているように思えたのだ。

海金剛はいつも波が荒く、よほど穏やかな日和《ひより》でなければ岸に船を着けることはできない場所で、海鳥の糞《ふん》だらけの岸辺は人が行き来するには急過ぎた。

だが、足を滑らせて岸の岩に打ちつけられるかもしれないと躊躇している母を思い切らせたのは、近くを巡回する北朝鮮の警備兵が銃を構えて走って来たからだ。

当時、北朝鮮領内での権限はソ連軍のほうが強かったが、軍服を着ているとはいっても、ロシア人がそこにいること自体が怪しかった。一緒にいるのは日本人の女なのだ。

ロシア人の男は、早く行けと叫び、警備兵を岸辺に近づけないために、自分から彼等

のほうへ走りながら、

「お前も俺も、生きていたらまた逢える」

と言った。

母は運を天にまかせる思いで、岸の道を駆け降り、海に飛び込み、百五十人近い日本人で隙間もないボロ船の船尾をつかんだ。

そのとき、まったく無風だった海に風が吹き、帆は膨らみ、ボロ船は動きだした。海に半身つかったまま船尾をつかんでいる母を横尾文之助が船へとひきずりあげてくれた。

警備兵たちが船に気づいたときには、もう銃の射程圏からは離れていて、数発の銃弾がやっと近くの海面に届いただけだった。

船に乗っていたのは正確には百五十一人。そのうちの三人は朝鮮人の船頭で、横尾文之助がかき集めた金で雇われたのだ。

決死行という言葉があるが、城津港から船で三十八度線を越えようなどと考えるのは暴挙以外の何物でもない。しかも、定員を十倍も超えた帆船なのだ。

凪《な》ぎがつづいていた海金剛に、なぜ突然強い風が吹き、それも南東に向かって帆を膨らませてくれたのか。神風などという言葉は吐き気がするほど嫌いだったが、母は心のなかで「神風だ」と何度もつぶやいたという。

風のお陰で船は動きだしたが、そのために船酔いする人たちが続出して、狭い船のなかは吐瀉物《としゃぶつ》にまみれた。

幼い子供たちは二十人くらい。十代から五十代の女が四十人近く。残りは、さまざまな年代の男たち。日本から朝鮮へと渡り、日本統治下に造られた日本人町で暮らしていた人々だった。

銀行員、郵便局員、役場の職員、米穀商、雑貨商、飲食店主とその店員、呉服商等々。みな、敗戦直後の混乱のさなかに動くのは危険だと判断し、一年近くをソ連軍の幕舎でともに暮らしながら、日本への帰還の機を待ちつづけて、横尾文之助の、船での脱出計画に一縷《いちる》の希《のぞ》みを託したのだ。

あすをも知れぬ状況でありながらも、一年近い幕舎生活をつづけたのは正しい判断だった。現地人やソ連軍による暴行と殺戮《さつりく》を恐れて南へ南へと逃げ出した日本人は無事では済まなかっただろう。

必ずチャンスが訪れるからと人々を励まし、脱出行のための費用の捻出や船の調達までやってのけた横尾文之助は、母には三十になるかならないかの年齢に見えた。彼は妻と四人の子供をつれていた。いちばん上の娘は五歳だった。城津の町では呉服を扱いながら、洋服の仕立業も営んでいたという。

横尾文之助は、一見目つきが鋭くて、早口の関西弁で船に乗っている同胞たちに指示を出しつづける口調は烈《はげ》しく、母はこの人の機嫌を損ねたら自分の身が危ないと最初は怯えていたが、やがて、横尾が異国で苦労を分かち合った同胞に何としても祖国の地を踏ませようという強い意志を抱いていることを知った。

海路を風を頼りに南へと進んでいるので、人々はいま自分たちがどのあたりにいるのか、まるでわからなかった。陸から見える位置にいれば、警備兵が船で追って来る。

母は、三人の船頭が、たとえ多額な報酬を約束されたとしても、自分たちの祖国を統治という名目で侵略し、朝鮮人を「土民」よばわりした日本人のために、なぜ危険な航海に出たのか理解できなかった。ひょっとしたら、彼等も南に逃げようとしているのかとさえ思った。

三人のうちのリーダー格の青年は日本語が上手で、横尾は彼を「アンちゃん」と呼んでいた。

最初の夜、日本人の誰かが持って来た蠟燭《ろうそく》の明かりをみんなで囲んで消えないようにして、おにぎりを三分の一ずつに分けて食べながら、三人の船頭が口論を始めた。

三十八度線の周辺は警戒が厳しく、ソ連軍や北朝鮮の船が沖合まで航行しながら見張っているはずだ。一網打尽となって、全員射殺ということになりかねない。船を着けられるところで全員を降ろし、そこから陸路で三十八度線を越えさせろ。

船頭のひとりがそう主張し、もうひとりもそれに同調したが、アンちゃんは首を縦に振らなかった。

女子供の脚で陸路を行けというのは、死ねというのと同じだ。それならば始めから船で行くことなどなかったのだ。俺はブンさんとの約束を守る。俺は、ブンさんに、必ず船で三十八度線を越えると約束したのだ……。

三人は声を潜めて話していたが、真っ暗な海の沖合では、それは洞窟のなかの叫び声に似た響きで、みんなの耳に届いていた。

母はわずか二年ほど元山で暮らしたにすぎず、日頃の交友もほとんど日本人だけだったので、朝鮮語はよくわからなかったが、隣にいた中年の女が、三人の話の内容を教えてくれたのだ。

横尾は、船べりにあぐらをかいて坐り、船酔いで死んだようになっている妻と四人の子に励ましの言葉をささやいていたが、二人の朝鮮人の心変わりにどう対処すべきなのか考えていることを示す切羽詰まった表情が見て取れた。

いまにも沈んでしまいそうな小型の帆船に、溢れるほどに乗った百五十一人の、身動きもできない状態のままの航行それ自体が、すでに死と背中合わせだったのだ。

母は、自分も含めて百四十八人の日本人が、海路であろうが陸路であろうが、三十八度線を越えられるはずはないと思った。それならば土の上で死にたい。陸にあがれば、万が一の活路があるかもしれない。そう思ったという。

船を降りたのは四日後だった。アンちゃんは、束草《ソクチョ》という小さな漁村の、人目につかない岸に船を寄せ、普通に歩けば、三十八度線までは徒歩で二日ほどだと言った。

自分は約束どおり船で三十八度線を越えて、安全なところでみんなを降ろしたかったが、ソ連軍や北朝鮮側の海での警戒網は厳重で危険が多い。これ以上は海路で三十八度線には近づけない。陸にあがったら、昼間は身を潜めて、夜に移動するようにせよ。三十八度線を越えたら、アメリカ軍がいる。アメリカ軍は北から逃れてきた日本人を保護すると約束している。俺たちはこのまま沖に出て北へ帰る。

おそらく、アンちゃんは、他のふたりの船頭を敵にしてしまったら、誰ひとりとして無事ではいられないと考えたのであろう。そして、アンちゃんの心を理解できたのは、そのときは横尾文之助だけだったのだと思う。

船が去ってしまうと、横尾は、ここから先は散り散りになろうと提案した。集団で動けばすぐにみつかってしまう、と。

人のいない道を行け。道がなければ山を行け。とにかく南へ南へと行け。もしこのなかの誰かがみつかっても、百四十八人が東草で船から降りたことは決して喋るな。みんな、生きて日本の土を踏め。

もはや誰も文句は言わなかった。横尾文之助は出来得るかぎりの力を尽くしてくれたのだ。ここから先は、それぞれが運を天にまかせるしかない。みんな口にこそしなかったが、そう心を決めるしかなかった。

母は海の近くを南下してから、小高い山のほうへと移動した。束草を出発したときは、城津の町でブリキ屋をしていたという若い夫婦と一緒だったが、真新しい牛の糞が落ちている農道が二手に分かれるところで、母は牛の糞が先のほうまでつづいている道を選んだ。ブリキ屋の夫婦が、そうではないほうの道を選んだからだ。

道はすぐ行き止まりとなり、灌木だらけの低い山のなかに入った。涸れかけた小川が流れていて、そこで水を飲むことができた。

集落がありそうなところでは、じっと動かず、日が落ちてから南へと歩いた。

母は束草を出発して四日目の夜明け近くに、アメリカ軍の兵士にみつかった。自分がいつ三十八度線を越えたのかさえわからなかった。

母が日本へ帰り着いたのは、それから一カ月後だったが、その一カ月間、どこでどうやってすごしたのかは語りたがらない。息子には語りたくない事柄があったのであろう。

母はいったん郷里の宮崎県に戻り、姉夫婦の家に身を寄せたが、それと同時に自分が身ごもっていることを知った。

その子が生まれたのは昭和二十二年の四月だから、母がどれほどの覚悟で子を産もうと決めたのかは想像に難くない。父親はロシア人であり、再会して、晴れて夫婦となることはないのだ。

母は苦労に苦労を重ねてその子を育て、三年後に同郷の男と結婚した。母はおととし亡くなり、ロシア人を父に持つ異父兄は紆余《うよ》曲折の人生をおくって、いまはやっと平和な家庭を築き、富山県でロシアに中古車を販売する会社を営んでいる。三カ月に一度、日本とウラジオストクを行き来する日々だ。

　ムッシュ・イチヨーは話し終えると、

「母が、昭和二十一年に北朝鮮からどうやって日本に帰って来たのかを詳しく話してくれたのは、兄が四十歳のときです。どうしてそんなに長く話さなかったのか。それは、兄が十九歳のとき、いわば流浪の生活を始めてしまって、ほとんど音信不通のような時代が長くつづいたからです」

　そう言って、坊主頭に噴き出た汗を大きなハンカチで拭いた。

「戦後二年目に、北朝鮮からひとりで帰国した若い女が、ロシア人の子を産んだんです。母も、その子も、周りの日本人からどんな目で見られたか。私の兄が、どんな視線のなかで育ったか、だいたいの想像はつくと思います」

「その船に乗っていた横尾さんは、この日記を書いたかたですね」

　と志乃子は言った。

「朝鮮の城津にいた横尾文之助さんです。同姓同名だが別人だなんてはずがありません。先日の夜、仕事を終えて啓次郎くんと話をしてたら、お母さんがどなたかから古い手文庫を貰って来て、なかにぼろぼろになった日記とも手記とも呼べるノートが出て来たって。何気なく読み始めたら、もっと先が読みたくなって、ついつい夜ふかしをしてしまう……。啓次郎くんの口から、日本の敗戦、北朝鮮、横尾文之助という言葉が出たときは、鳥肌が立ちました。すぐにそのノートを見せてくれって頼みました」

ムッシュ・イチヨーは、手文庫の元の持主、つまり横尾文之助氏の住所を知る方法はないだろうかと志乃子に訊いた。

志乃子は、「かささぎ堂」の笠木恵津のことを話して聞かせ、自分も彼女の引っ越し先を捜しているのだと説明した。

「なにやかやと忙しくて、私、このノートの書き出しを読んだだけで、手文庫自体もじっくりと見てないんです。少しお待ちいただけますか？　家に戻って、あの手文庫を持って来ます」

志乃子はムッシュ・イチヨーの返事を待たず、喫茶店から出て自転車に乗り、家へと急いだ。冷房でよく冷えていた喫茶店から、まだ到底残暑とはいえない暑さのなかに出ただけで汗が滲んだが、交差点を渡り、永代通りを自転車で走りだすと、首筋や腋の下を伝う汗を感じた。

もうこうなったら、何が何でも笠木恵津を捜さなければならないと志乃子は思った。彼女をみつけたからといって、手文庫の元の持主の居所がわかるわけではないのだが、何等かのてがかりは得られるかもしれない。

鼠志野の茶碗を売った代金の分け前も渡せるだけでなく、自分の家族以外の、百四十二人の日本人を救った無名の一庶民をみつけだせるのだ。その人がまだ健在かどうかはわからないが、ムッシュ・イチヨーは、横尾文之助という男に逢い、母親に代わって恩に報いようとしている。私はその手伝いができる……。

志乃子はそう思うと、汗の噴き出ている体が鳥肌立つのを感じた。

子供のころ、いったい何に高揚したのかは忘れたが、早く母に喋りたいことがあって、小学校から走って帰ったときも、いまと似た鳥肌を立てていたなと志乃子は思った。

家に着いて階段を駆けあがり、手文庫を手提げの大きな紙袋に入れ、再び階段を降りると、財津厚郎と土屋早苗が出て来て、志乃子を見つめた。

「どうしたの？　何かあったの？」

と財津が訊いた。

「うん、ちょっとね」

「悪いことかい？　いいことかい？」

「うーん、まだどっちかわからない」

志乃子は自転車に付けてある荷物籠に紙袋を入れ、ふたりの顔をろくに見ずにペダルを漕いで道を曲がった。

さっきは、ただ話を聞くだけで、それについて深く考えるということはしなかったが、ムッシュ・イチヨーの父が、戦後のあの時代に、北朝鮮でロシア人の子を身ごもり、その子を昭和二十二年に日本で産んだ女と結婚したことは、尋常ではない行為なのだと志乃子は気づいた。

女と結婚するのは、ロシア人とのあいだに生まれた子の父となることなのだ。どんなに女を好きになったとしても、たいていの男は躊躇するだろう。男は、その子とどんな親子となったのであろうか……。

志乃子は、そのことを考えながら喫茶店に戻り、ムッシュ・イチヨーの前に腰かけて手文庫をテーブルに置いた。

「疾風怒濤《しっぷうどとう》ですね。サウナから出て来たみたいですよ。脱兎の如く出て行って、脱兎の如く戻ってこられた……。アイスクリームでも召しあがりませんか？」

半ば驚き、半ばあきれているような表情でムッシュ・イチヨーは言って、瑪瑙《めのう》を嵌め込んだ男物の指輪をはめている右手で自分の頭頂部を撫でながらアイスクリームを注文した。

アイスクリームは結構だと断ろうとしたが、志乃子は息が切れて、しばらく言葉を発せられなかった。

「これは、手製のリュックサックです」

志乃子は冷たい水を飲み、ハンカチで汗を押さえてから手文庫をあけた。そして、ムッシュ・イチヨーがリュックサックを手にとって見入っているあいだに、手文庫の裏を見たり、上蓋の裏を調べたりした。

「これ、二重底ですね。ここに小さな抽斗がありますよ」

ムッシュ・イチヨーが人差し指で示したのは、手文庫の下の錆《さ》びた金具が施されたところの少し上だった。これまで志乃子には、それは手文庫の飾り模様にしか見えなかったのだ。

「これ抽斗ですか？　でも把手も何も付いてませんけど」

「何か細工がないですかねェ。江戸指物の職人の隠し技みたいな」

とつぶやき、ムッシュ・イチヨーはジャケットから老眼鏡を出し手文庫のなかを覗き込みながら指先でさぐった。

「これじゃないかな」

ムッシュ・イチヨーは、底の隅にわずかな突起物をみつけた。それは五ミリ四方くらいの木で、よほど気をつけて見ないと、手文庫の底の隅を組むための細工の一部としか思えなかった。

ああでもない、こうでもないと、ムッシュ・イチヨーは突起物を押さえたり引っ張ったりしたが、人差し指と親指の爪でつまんで廻すと、それは回転した。

その爪を見て、志乃子はムッシュ・イチヨーが男色家であることを確信した。

突起物を回転させたことで、厚さ二センチほどの飾り模様の部分が押し出された。上部に小さな引き手があった。

隠し抽斗には、ふたつに折られた冊子と、数枚の保険証書が入っていた。保険証書のすべては、戦時中に発行されたもので、いまはもう存在するとは思えない保険会社の社名が印刷されてある。

冊子を拡げると、表に「懐かしい思い出の写真で蘇《よみがえ》る半世紀」と印刷されたタイトルが読めた。ノートよりもはるかに新しいものだった。ムッシュ・イチヨーは表紙をめくり、体の向きを変えて、志乃子にも読みやすいようにして、最初のページの印刷文を読み始めた。志乃子も身を乗りだし、文字を目で追った。

ごあいさつ　――金婚式を迎えて――

全く不思議な縁で結ばれた私達二人は、実に五十有余年間も生活を共にして参りました。今になって振り返って見ますと、まるで夢の様な思いが致してなりません。新婚生活の十年間は、あのいまわしい戦争の最中で過ごして参り最後は敗戦、そして本土へのあの惨めな引揚げでした。その間には何回か生死のさかいをさまよい乍《なが》ら、よくも幼い子供達四人を連れて郷里にたどり着けたとは、吾《われ》乍ら身の強運には只々神仏への感謝の気持ち以外には何もありません。そして今日、金婚式を挙げさせて頂き、親しくおつき合いをして頂いております皆様方をお招き申しあげて、心ばかりの祝宴を催させて頂く身の光栄は、全く感謝感激の何物でもございません。ありがとうございます。あの混乱期の十五年間の懐かしい思い出の写真をひもといて、やっと生活も安定し商売の方も軌道に乗り出した昭和三十一年迄《まで》の記録を綴《つづ》って見ました。御笑覧の程お願い致します。

その後の二十五年間は、ネクタイ屋として商売一筋に頑張って参りました。かねがね六十五歳になったら第一線を引退する様に思っておりましたので、昭和五十五年一月二十八日、結婚四十周年を以てあとは息子達三人に引き渡し、同年春に長女夫婦が用意してくれた宝塚市の現在の家に移り住み、隠居生活を続けております。月日の経つのは早いものであれから早や十年が経ちましたが、お陰様で二人共至って元気に過ごさせて頂き、ありがたい事だと喜んでおります次第です。

本当に有がとう御座居ました。

平成二年一月二十八日

横尾文之助　七十六歳
喜菜子《きなこ》　六十九歳

次のページからは、横尾夫妻のまさに「思い出の写真集」で、ふたりが夫婦となってからの五十年間の折々に撮った写真が、説明文とともに載せられていた。

最初の二枚の写真は、ノートに貼られていたのと同じもので、志乃子は好き同士になったころのふたりの顔にあらためて見入った。横尾夫妻が出会ったのは昭和十三年で、結婚したのは昭和十五年だった。

昭和十四年のページに掲載されている写真は三枚で、「永年勤めた下山商店を六月末に退店して朝鮮行きを決意し、七月十五日に今の北朝鮮・城津府に移住しました」とあって、それぞれの写真の下に、

——大志を抱き家郷を出づる日、両親家族に見送られて。

——出発前に両親と共に高野山参詣す。

——初めて居住した家にて。

と説明が為《な》されている。

昭和十五年のページには「昭和十五年一月二十八日　郷里両親の許《もと》にて結婚式を挙げました」とあり、四枚の写真には、

——正月元旦　城津神社参拝。

——結婚式前日　姉妹揃って。

——熱海海岸お宮の松前で。

——皇居二重橋で。

という文章が加えられている。

昭和十六年の写真は二枚で、

——昭和十六年一月元旦　新婚の家の前にて（昭和十五年十月三十日に長女出産）。

——一月十五日に本町四丁目に京乃呉服店と洋装店を開業致しました。この年の十二月八日に大東亜戦争が勃発しました。

と説明されていた。

大きく深呼吸して、志乃子は、

「この立派な鳥居。日本は、よその国の町を日本人の町にして、日本の神社まで建ててたんですねェ」

と城津神社の写真を指差して言った。

「欧米各国も、よその国でおんなじことしてますけどねェ」

ムッシュ・イチヨーはそうつぶやき、喫茶店の壁に掛かっている時計を見た。

「お時間を取らせてしまいました。この暑いなかを自転車で行ったり来たりさせてしまって。ありがとうございました」

ノートの中身はすべてコピーしたのでと、ムッシュ・イチヨーは言い、紙袋を志乃子に手渡した。

喫茶店から出ると、志乃子は自転車を押してムッシュ・イチヨーと並んで大通りへと歩きながら、

「啓次郎はモノになりますでしょうか」

と訊いた。

「逃げださなければ」

とムッシュ・イチヨーは言い、タクシーを停めた。

「彼はお客さまに好かれるんです。まだまだ気は利かないし、愛想がいいわけでもないんですが……。それを嫉《ねた》む先輩や朋輩を、どう越えていくかですね。若い子は、仕事のつらさよりも、まずそういうことから逃げだしちゃうんです」

志乃子は、荷台に載せてあった麦藁帽子をかぶり、大通りを左へ曲がっていくタクシーに向かって、何度も頭を下げた。

お客さまに好かれるのか……。志乃子は嬉しくて、すれちがった女子高生たちが古い麦藁帽子を笑ったことさえ楽しく感じた。

この麦藁帽子がこんなに粋にかぶれる五十歳のおばさんはクールじゃん。

女子高生たちの短いスカートから出ている太くて白い脚を見ながら、志乃子は胸のな

かで言い、自転車に乗った。横尾夫妻が宝塚市に住んでいるとわかったのだから、ムッシュ・イチヨーがその住所を探し出すことはさほど難しくはないと思った。宝塚市の電話帳を調べればいいのだ。どちらかが健在ならば氏名が載っているはずなのだから、と。

家の近くまで戻ると、もうこうなったらついでだと、志乃子はかつての「かささぎ堂」に向かった。

「ここだけゴーストタウンみたい」

あきらかに空家の風情を漂わせる二階屋の前で自転車から降り、電動工具でパイプを切断している老人に近づきながら、志乃子はそう思った。

「ちょうどこのあたりは鬼門らしぃよ」

工具を止めて老人が言ったので、志乃子は驚いて、すぐには言葉が出なかった。

汗まみれのランニングシャツを着た老人は、作業場の奥にいる妻と話していたのだと気づき、志乃子は麦藁帽子を取り、笠木恵津さんの引っ越し先をご存知ないかと訊いた。

「むやみに人の住所は教えられないねェ。個人情報保護法ってやつがあるの、知ってる？」

老人は、曲尺《かねじゃく》で切ったパイプの長さを測りながら言った。

「ええ、知ってます。私、笠木さんと親しくしてたんですけど、突然引っ越されてしまって、引っ越し先を聞きそびれちゃったんです」

「あんたがあのばあさんと親しかったって証拠がどこにあんだよ」

「証拠ですかァ……。ないですねェ」

「俺は知らねぇよ。ほんとだよ。俺が夜中に仕事してたら、うるさいから戸を閉めろって文句ばっかり言ってたばあさんだからな。こちとら、夜も寝ねぇで仕事してんだ。大変だねェ、ご苦労さまのひとことを、まず最初に口にしてからの文句ってのが、隣近所のつきあいってもんだろう。こっちだって気ィ遣って機械を廻してんだ」

他の人に当たろう。志乃子はそう思い、三十メートルほどの路地を見やった。どれも店舗兼住居だったが、商売をしているのは印章店だけだった。その印章店には、すでにあの謎の美人が訊いてみたのだ。

「夜逃げと似たようなもんだよ。夜の十時くらいに引っ越しを始めて、あっという間に、さよならも言わずに行っちゃったよ。何かわけありだなァ」

うしろから老人が軍手をはめながらそう言った。志乃子は、何軒かの家の戸を叩いてみたが、どこも応答はなかった。文具店もシャッターを降ろしたままだ。

この閑散としたたたずまいは、立ち退きが決まった町の一角のそれではないのかと志乃子は思い、やはり不動産業者の財津厚郎に訊くほうが早道かもしれないと、家に戻ることにした。

「暑いわねェ」

　そう声に出して言い、自転車を漕いでいるうちに足先だけ冷たいのに気づき、志乃子はさっきの喫茶店の冷房で冷え過ぎたのだと思った。

「財津ホーム」の大きなガラス窓越しに覗き込んだ志乃子を、土屋早苗が手招きした。

「完熟のメロン、食べない？　朝に冷蔵庫に入れたから、よく冷えたころだって思うんだけど。すっごく上等のメロンなのよ。お客さまからの貰い物」

「そういうときは頂き物って言うのよ」

　志乃子は財津ホームに入り、早苗にそう言って、来客用のソファに腰を降ろした。財津が電話で客に応対しながら、そこに坐ってくれと身ぶりで示したからだ。

　手でそっと足の指や甲に触れると、気のせいではなく確かに冷たかった。

「私、この三分の一でいいわ」

　早苗が切って皿に載せてきたメロンの大きさに驚き、志乃子は目を瞠《みひら》いて言った。

「これ、半分でしょう」

「だって、五つもあるんだもん」

　早苗は包丁を持って来て、三分の一に切ってくれて、残りはご主人と茜ちゃんに食べてもらってくれと言った。

「この暑いのに、足だけ冷たいの。氷で冷やしたみたいに。風邪でもひいたのかしら」

　その志乃子の言葉に、即座に早苗は、

「更年期障害よ」と言った。自分の母も、いまその真っ只中にあるのだ、と。

「卵巣が停年を迎えたんだってお医者さんに言われて、停年退職した卵巣はどうなるんだろうって考えてたわ。なんだか焦ってる感じで、あさましいったらありゃしない。そんなこと心配しなくてもいいじゃんて言ったら、あんたも自分の卵巣に停年が来たら、そんなときの女心がわかるわよって怒ってんの。ああ。あさましい。あさましい」

早苗はそう言い、志乃子の耳元で、元気な五十六のおっさんがここにいるけどとささやいた。

「早苗ちゃんの卵巣に停年が来るのは、随分先の話よ」

「でも、今年の秋に十代が終わっちゃう。ぱっとしない十代が終わるまで、あとたったの二カ月」

「花の命は短くて、苦しきことのみ多かりき、ってのは誰の小説だったかなァ」

電話を切ると、半分に切ったメロンにスプーンを突き立てながら、財津厚郎はそう言って志乃子と向かい合って坐った。

財津厚郎は、志乃子の問いに、

「あの一角の土地をどこかの不動産屋がまとめて買ったなんて話はないよ」

と答えた。「かささぎ堂」の笠木恵津の引っ越し先も知らないという。

「あの路地はねェ、見事にじいさんとばあさんばっかりなんだよ。まだ商売をやってる判子屋の主人だって、もう七十七、八だよ。店をあけるだけ損するようなもんだから、どこも商売なんかやめちゃって、シャッターを降ろしたままなんだ」

「でも、土地は売りに出てるでしょう？　どこかの不動産屋さんに声をかけたはずだと思うんだけど。そんなに遠くの不動産屋さんに頼んだりもしないでしょうし」

志乃子の言葉に頷き返し、心当たりはあるから訊いてみようと財津は言った。

「かささぎ堂のばあさんにどんな用事があんの？」

そう訊かれて、志乃子は、古い手文庫を貰ったのだが、そのなかに大切そうなものが入っていたと答えた。亡くなったご主人がどこかから仕入れて来たものだから、笠木恵津に訊いてもわからないとは思うが、このまま捨ててしまうわけにもいかない、と。

そして、話が長くなってしまうなと思いながらも、ノートと写真入りの冊子、そしてムッシュ・イチヨーの母のことを話して聞かせた。

「へえ、北朝鮮のどこ？」

と財津は訊き、自分の叔父も、戦後すぐに、いまの北朝鮮から三十八度線を越えて、命からがら逃げて来たのだと言った。

「もう死んじゃったけど、敗戦の年に十五歳だったから、その逃避行のことはよく覚えてるって言ってたよ。無事に日本に帰って来られたのは、奇跡以外の何物でもなかったって。親父さんはシベリアにつれて行かれちゃって、母親と妹との三人で逃げたんだけど、妹はその逃避行の途中で死んで、母親も日本に帰り着いて三年ほどで病気で死んだんだ。妹はなぜ死んだんだって訊かれても喋らなかったよ」

志乃子は大きな手提げの紙袋から手文庫を出し、ノートと冊子を財津に見せた。

「私、ここまでは読んだんだけど、この先は読んでないの。書いた人独特の崩し字が読めないし、インクは滲んでるし、うっかりめくったら紙が破れそうだし」

志乃子の言葉が終わらないうちに、財津はメロンを頬張ったままノートをひらき、しばらく黙読してから、

「これは貴重な記録だなァ」

と言った。

「この時代を、いまの北朝鮮で暮らして敗戦を迎えて、なんとか命からがら日本に帰国できた人のほとんどは八十歳を超えてるし、いまも元気に生活してる人は少ないからねェ。これ、ぼくもコピーさせてもらっていいかな。ぼくの叔父が、逃避行の最中に何があったかを喋りたがらなかった理由がわかるかもしれないよ」

財津はコピー機のところに行き、志乃子が以前に読んだところからの次の文章の朗読を始めた。

――猫も杓子も闇商いのうめき声のみ吠《ほ》え廻る、げに浅ましき世なりて、明日の配給受ける僅少なる金にすら頭悩ます内裏《だいり》なれど、外吹く嵐は何んのその、今日まで生き通して来た我が一家族の幸福にただ感謝報恩の温かき楽しき現在を喜びの内に過ごしおれり、……されど……、

昭和二十年八月十五日、戦友の誰かより今日正午に何んでも重大放送があるそうだと聞いて、窮屈な軍隊生活にては放送を聞くことすら儘ならぬとて、其日朝早くより咸興駅に荷物引取りの使役に志願して出る。丁度十一時所用も済ましたれど、せめて正午の放送聞いてからと、戦友の岡田某と咸興駅附近の鉄道従業員の或る宿舎を訪れる。其の家の奥さんは一昨日に主人が応召入隊し、二人の幼な子をかかえて、これから出征遺家族として張り切ってやらんとせる家なりき。突然、二人の年取った兵隊の訪問に、愛する夫を思いしか、僅少なる配給米を使い、わざわざカレーライスを造って我等が昼食に供さんとす。

箸とって一口二口食した時、神棚の傍のラジオからいと厳かな国歌奏楽。緊張せるアナウンサーは、天皇陛下の勅言放送せられるを傳《つた》える。すわ何事ぞ、果たしてソ連邦への宣戦布告か？　あるいはまた……不吉な予感も、今春からの全く振わぬ戦況は大本営の強がりな発表にのみ真に受け難しと思って居た折からの事とて……いと玉音朗々ととも云いたいが、何んだか落ちつかぬ気で拝聴した勅言こそは、「ナンジ、シンミン」の

あのアクセントは今以て耳より離れ得ず。

勝つ、勝つ、勝つまではと意気込んで居た大東亜戦争は、この勅語を以て永遠の終止符が打たれたのだ。

日本は負けた。開国以来未だ一度として外敵の侮りを受けた事のない神国日本として、幼き頃より教え込まれて来たこの愛する祖国は、今や完全に連合国軍の前に無条件降伏を申し出たのだ。

勅語のあと、鈴木貫太郎総理大臣の涙にうるむ無条件降伏への経過、そしてこれからまた改めて入る祖国への最大苦難への心がまえの放送は、只くやし涙と共に聞いた。埋墓の地と定めた今居るこの朝鮮も、この時を以て外国領土と化してしまった。嗚呼、そして満州も台湾も。……日本は負けた。

せっかくのカレーライスも喉を通らず、土ほこりに埋れた炎天下、ただ黙々と兵舎に向かって帰って行ったときのあの心境。虚《うつ》ろなるほら穴の如き気持ちで、苦難の生活はいよいよこの時より始まりぬ。

十六日午后、あわただしく班長が隊長室から出て来たと思うと、ソ連の憲兵が兵舎押収の為に来る由なれば、各自所有の軍隊手帳及び戦時名簿から一切の公用書類の焼却の命令ありたるにつき、大至急営庭にて焼き捨てるようにと。

「我が国の軍隊は世々天皇の統率し賜う所にぞある」と毎朝夕奉唱して来た。我が国の軍隊もあやまれる指導者の為に最悪なる終局を告げねば相ならなくなったのである。何んと悲しむべき現実なるか。誰も彼も涙と共に焼け行く焰《ほのお》に見入るのみ。この夜は最後の宴を張る。

にわかに元山府まで出動の命下る。大隊本部は十八日早朝出発と決定されたるも、駅頭に持ち出せる荷物監視の為に選ばれて先発した。

咸興市内は警察権すでに日本側にはなく、刑務所も開放され、巷には朝鮮独立万歳の声みなぎり、不穏の形勢あり。昨日に変わる今日の憐れさ、しみじみと身に沁むのを如何せん。

真っ暗な駅のプラットホームに北方より来た長い避難列車を見る。それが偶然なるも城津よりの日本人の集団乗車せる列車にて、我が愛しき妻子をむせ返る不安な列車中に見つけ出せし時には、天が与えし最後の面接ぞと感じる。

我が所持せる携行食やリンゴ等を分かち与え、只無事に内地までの引揚げを祈りしに、突然列車はまた元の城津に引き返す由を列車引率の班長より伝え来たる。それならば、このままに再び城津に帰る様にと命じて、我は己の与えられし任務につく。

「わからない字もあるけど、なんとか読めるよ」

財津は言って、ノートのコピーを始めた。

「さすが五十六歳。こんな字と文章がすらすら読めちゃうんだァ。昔の人は凄いなァ」

メロンの皮を片づけながら、早苗は言った。

「誰が昔の人なんだよォ。八十を超えた人を昔の人っていうのならわかるよ。俺は五十六だぜ。堂々たるいまの人だよ」

「そうですよねェ、社長は、いまの人よ。今月二十代のピチピチギャルと結婚するんだもん」

生ごみ用の袋にメロンの皮を入れ、それを裏の通用口のところに置くと、土屋早苗はそう言ってから、

「この人が書いてることって、私、変だと思うんだけど、志乃子さんはそう思わない？」

と訊いた。

「変って？」

「だって、この人、朝鮮を自分の国だと思ってたみたいじゃん。朝鮮はよその国でしょう？　元から日本の一部だったわけじゃないでしょう。それって侵略じゃん」

確かにそのとおりだとは思ったが、志乃子は自分も歴史的な事実というものをよく知らないのだから、知ったかぶりのことを口にしないでおこうと決めた。

電話がかかってきて、財津がどこかのマンション物件について説明を始めたのを潮に、

志乃子は自分の住まいに帰った。

茜は、今夜は大学受験のための塾で、学校が退《ひ》けたらどこかで軽い食事をとって、そのまま夜の十時まで受験勉強をするはずだし、夫は資材の搬入が遅くなれば、夜中の二時か三時まで現場で仕事をするはめになると言っていた。

志乃子がそう思いながら、家中の窓をあけ、洗濯物を取り込んでいると、家の電話が鳴った。井澤繁佑からだった。

「昨日はご馳走さまでした。いやに酔っぱらってしまって、失礼しました」

と前置きし、きょうの朝に、あの茶碗の代金の半分を振り込んだと連絡があったので確認してくれと言った。

「えっ！　一千五百万円が、私の口座にですか？」

「そうです。残りは来年の三月だそうです」

「井澤さんはいまどこにいらっしゃるんですか？」

「いまシンガポールの空港です」

井澤はあわただしく電話を切った。

一千五百万円もの大金が、自分名義の預金通帳に入金されている。本当だろうか。私の通帳の残高は確か十八万三千円。京都行きの費用は家計から捻出したが、啓次郎に十万円貸して、茜に服を買ったので、残りはそれだけになってしまったのだ。

啓次郎は、出世払いで貸してくれと言ったが、いつになったら出世することやら。そんなのを待っているうちに、当の借りた本人が忘れてしまうだろう。

「啓次郎から借用書を貰っとかないと……」

志乃子はそう思いながら、いまあけたばかりの部屋の窓という窓をすべて閉め、再び家を出て自転車に乗り、通りに出たところで通帳を忘れたことに気づいた。

「通帳に記帳しに行くんでしょう？　何をうろたえてんのよ」

自分にそう言って、家に戻り、通帳をハンドバッグに入れて階段を降りると、早苗が財津ホームから出て来て、志乃子に四角い箱を手渡した。箱には赤いリボンがかけられている。

このあいだの日曜日、祖母の家に遊びに行き、地元の人でも滅多に足を踏み入れない深い沢で水遊びをしていてみつけたのだという。

「志乃子さんだったら絶対に気に入ってくれると思って」

と早苗は言った。

箱は大きさに比して重くて、

「何が入ってるの？」

と志乃子は訊いたが、心は自分の通帳にこれから機械が打ち込むであろう八桁の数字で占められていて、いま早苗がくれた箱の中身を見る気になれなかった。

「牛がリンゴを背中に載せて笑ってるの」

そう言って、早苗は財津ホームに戻って行った。

志乃子は銀行のATMで記帳をし、周りを窺いながら、八桁の数字を見た。残高は一千五百十八万三千二百二十二円になっていた。

いままた財津ホームの横で自転車から降りたら、早苗からのプレゼントらしいものの感想を述べて、お礼も言わなくてはならないが、そんな心の余裕はない。「虎よしパーラー」でフルーツみつ豆フロートを食べよう。自分ひとりでお祝いをしながら、15183222という数字に浸るのだ。

志乃子はそう考えて、富岡八幡宮の東側の通りへと向かい、この界隈では値段の高いことで知られる甘味処に入った。そして、フルーツみつ豆フロートを注文してから、あらためて預金通帳に見入った。

「これって、どう考えても泥棒よねェ」

と胸のなかで言い、通帳をハンドバッグにしまうと、リボンのかかっている四角い箱から中身を取り出した。風変わりな曲線を持つ丸味をおびた石だった。

ガラス越しに差し込んで来る日の光のところに置いてみると、丸い台座状の石の上に、確かに牛に似たフォルムの石が載っていて、その背の部分に牛の頭と同じ大きさのリンゴが載っている。

　牛のようであり、リンゴのようであるが、ならば他の何に見えるかと考えても思いつかない。やはりそれは牛でありリンゴなのだ。そしてそれらは、人間の手で削られたり磨かれたりして造形されたものではないことが次第にわかってきた。ひとつの石が、自然にそのような形になっていったのだ。

　牛は四本の脚を折って坐り、背中に載っているリンゴを首を捻《ひね》って見つめている。その表情は幼な子の笑顔に似ている。

　ひとつの固い石が、いったいどのような外的要因によって、このような絶妙な形へと彫琢《ちょうたく》されるのであろう。

　間断なく滴《したた》り落ちる水が、十年、二十年、三十年かかって、石を穿《うが》つことは知っているし、実際にそうして出来た石の窪みを目にしたこともある。

　しかし、この見事な牛とリンゴはどうやって出来あがったのであろう。ちゃんとしっぽまでが尻から大腿部《だいたいぶ》へとへばり付いているではないか。

　この石は、何という名の石なのだろう。流れの速い川の浅瀬によく転がっている石に過ぎない。

　志乃子は感嘆の心で石を掌に載せた。それはまるで志乃子の掌に合わせたような大きさだった。

早苗が沢でみつけ、私のために持ち帰ってくれたのだろうか。なぜ早苗は、私がこういうものにとりわけ心惹かれる性分であることを知っているのであろう。そんな話をしたことがあったろうか。

志乃子は自分の携帯電話で財津ホームに電話をかけ、フルーツみつ豆フロートをご馳走するから門前仲町の虎よしパーラーに来ないかと土屋早苗を誘った。

「虎よしパーラーって高いのよ」

そう早苗は言い、郵便を出すふりをして行くとささやいた。

電話を切り、高いといってもたかが千二百円よと志乃子はつぶやき、

「わっはっは」

と声に出して笑った。フルーツみつ豆フロートを運んで来たウェイトレスが、志乃子と目を合わせないようにしてレジのほうへと戻って行った。

志乃子は恥ずかしくて体のあちこちが熱くなったが、早苗が店に入って来たので手を振った。

「早かったわねェ」

「社長が車で送ってくれたの。あのおっさん、耳がいいのよ。郵便を出すふりをして行くからって声を聞かれちゃった。ふりなんかしないで行ってこい、だってさ」

「これ、ありがとう。見れば見るほど凄いわねェ。牛が自分の背中に載ってるリンゴを

嬉しそうに見てるわ。この仕草が、なんともいえず可愛い」

「気に入ってくれた？」

「うん、一生、大切にする。この石、自然にこういう形になっていったんでしょう？」

早苗は大きく頷き返して、自分の父方の祖母は大井川の上流の小さな町に住んでいると言った。その町から山側へ行く道に、大井川に注ぐ小さな川がある。川は山林を縫って流れていて、ときには藪《やぶ》のなかを伏流したり、苔だらけの河床で蛇行したり、小さな滝状となって岩だらけの地点を落下したりしながら大井川に合流する。

その川沿いには幾つか入り組んだ沢があり、森林によって濾過《ろか》された清らかな水が湧いて出ている。

近在の人たちが、「白糸さん」と昔から呼んでいる沢は、その川が滝状になって苔だらけの岩から落ちてくるところにあり、湧水が噴き出るさまが遠くからでも肉眼で見えるのだが、澄んだ浅瀬だと思って足を踏み入れると、腰のあたりまで沈んだりする危険な箇所があって、いつのころからか立ち入り禁止令が出た時期があった。山菜採りの老人が溺れ死ぬ事故が起こったからだ。

だからこそなおさらなのであろうが、自分は中学生のとき、そこでひとりで時間をすごすのが好きだった。そこへ行きたいから、夏休みにはいつも三泊四日で両親と一緒に、祖母の家でのお盆という退屈な行事につき合ってきたのだ。

ことしも、祖母の家に行った際、白糸さんの糸の数が五本に減ったという話を聞いた。自分が小さいとき、白糸さんの糸のように落下する水は五十本近くあったのだ。地球の温暖化と、森林の伐採が、白糸さんを涸らしてしまいかけているのだ。

それは本当だろうかと、自分は白糸さんに行って確かめることにした。

白糸さんまでは祖母の家から歩いて四十分ほどだが、道のほとんどは急な登りなので、途中の休憩も入れると倍近くかかる。

蝮《まむし》のいる地帯を避けるために遠廻りをすると、行きは二時間、帰りは一時間の行程だ。

白糸さんの周辺は、以前と少しも変化はなかったし、苔だらけの崖の上から落ちる細い滝の数も五本ではなかったが、確かに十数本に減っていた。

自分は何度も来ていて、どこに深い部分があるかを知っているので、湧水でざわめく砂地の上を歩いて、白糸さんの真下に行き、高さ三メートルくらいのところから落ちつづける糸のような水を長いこと見ていた。

この小さな町に働き場所があって、自分のような者でも雇ってくれるならば、ここで暮らしたいと思った。

ばあちゃんを自分がみてやれば、みんなも喜ぶだろうに……。でも、自分はきっと十日もたてば東京に帰りたくなるだろう。

自分はリュックサックに入れてきた空のペットボトルに湧水を汲みながら、落ちてくる水を口をあけて飲んだ。捻った顔を上にして、緑色の楓《かえで》の葉を見ながら水を飲んでいると、水の伝う崖に妙な形の石があった。

崖と石とは一体ではなかった。崖の一部に階段状の段差があって、石はその段の上に載ったまま、落ちてくる数本の細い水滴に打たれている。

崖の上の川から流れて来て、落ちて、段差に受け止められて、そこで水滴に弄《もてあそ》ばれて長い年月がたったが、水量の減少でその姿をあらわしたのだ。自分はそう思った。石は、段の上に、いま見ているのと上下さかさまの格好で載っていたので、変な形にしか見えなかった。

自分はそれを手に取って、水苔や汚れを洗った。そして、元々あった形を逆にして掌に載せた。すると、牛の背中にリンゴが載っていたのだ。

それはどう見ても牛なのだ。犬でも猫でもない。犀《サイ》でもカバでもない。リンゴも、いちじくにも見えなければ、枇杷《びわ》にも梨にも蜜柑《みかん》にもマンゴーにも見えない。まさしくリンゴなのだ。

自分は白糸さんから離れ、日の当たっている岩のところに行くと、そこに石を置いた。石が乾いてくると、牛の表情が鮮明になった。牛は笑っているではないか。柔らかく微笑んでいるというほうが正しい。

誰かに似ていると自分は思ったが、それが誰なのか、すぐにはわからなかった。

珍しい形の石だから持って帰ろうと思ったが、きっと自分はそうしたからといって、この石を大切にすることはあるまいと考え直し、元の場所に戻そうと決めた。

あの滝と呼ぶにはささやかすぎる水の落下のなかに戻してやろうと思ったのだが、石を持って段差のところに行きかけて、「志乃子さんじゃん」と大声で言った。この牛の微笑みは、志乃子さんのそれに瓜ふたつだ、と気づいたのだ。

自分は石をリュックサックに入れて持ち帰り、近所の石工のおじさんに、底の部分を平らに磨いてくれと頼んだ。

暇をみつけて磨いといてやると言ってくれたが、この酒飲みのおじさんのことだからいつになるかわからないなと思っていたら、さっき宅配便で財津ホームのほうに届いたのだ。

土屋早苗の、フルーツみつ豆フロートを食べながらの、まどろっこしい説明を要約すると、そのようなものだった。

「箱に入れたカード、見てくれた？」

早苗に訊かれて、志乃子は首を横に振った。

「あれ？　私、パソコンで打って、プリントして、きれいに切って入れたんだよォ」

そう言って四角い紙箱の底を見てから、早苗は小さなカードを出した。

「牛の下敷きになって、ぺっちゃんこじゃん」

志乃子はその二つ折りになっているカードをひろげた。

——石に一滴一滴と喰《く》い込む水の遅い静かな力を持たねばなりません。ロダン（高村光太郎訳）——

早苗は照れ笑いを浮かべ、インターネットのサイトで、ふさわしい言葉を捜したら、これがみつかったのだと言った。

「ありがとう。私が死んだら、これを私だと思って大切にするようにって、子供たちに遺言するわ」

そう言った途端、志乃子は涙が溢れてきた。

「えっ？　そんなこと言わないでよ。私、縁起でもないものを志乃子さんにあげちゃったってことになるじゃん」

スプーンをくわえたまま、早苗は目を瞠いて志乃子を見つめた。

「そうじゃないのよ。私、こんなにすばらしいものを、これまで人からプレゼントされたことなかったから、嬉しくて、涙が出ちゃったの。ごめんね。場違いな涙って、はた迷惑よねェ」

ハンカチで涙をぬぐい、志乃子はロダンの言葉を何度も繰り返し読んで、それを箱の底にしまった。

「私、人に何かをあげて、泣くほど歓ばれたなんて初めて」

と早苗は言った。

「私が笑うと、この牛みたい？」

志乃子は早苗の気を悪くさせないように笑顔で訊いてみた。

「うん、のどかで優しいよ」

「私って、花のような微笑みじゃなくて、牛のようなのどかな微笑みなのね。なんだかモンペが似合いそう」

「麦藁帽子もね。あっ、これ褒めてんだからね」

志乃子は早苗の、口のなかのスプーンの形に膨んでいる頰を見ながら笑った。


夫の琢己が帰宅したのは夜中の三時前だった。青い夏物の作業服には、乾いて白い縞模様になった汗の跡が何層にも重なっていた。資材搬入を待つ三時間ほどのあいだに、打ちっぱなしのコンクリートの床に新聞紙を敷いて仮眠をとったという。

「現場の近くに市場があって、そこで鰯《いわし》と鯵のフライを売ってたんだ。それを三尾ずつ食ったよ。ああいう惣菜屋があると、糖質制限食をやってる人間にはありがたいよ」

シャワーを浴びてパジャマに着替え、台所にやって来た琢己は、糖質ゼロ・ビールを飲みながら言った。

「えっ！　それだけなの？　他には何にも食べてないの？」

志乃子は、慌てて冷や奴を皿に載せ、茗荷《みようが》を刻んだ。

「だって、その惣菜屋に残ってたのは、あとはポテトサラダだけなんだ」

「そんなときは、ポテトくらい食べたっていいんじゃないの？　体がもたないわよ」

「ポテトは糖質が多いんだ。アーモンドとクルミがセットになってるのをいつも車に入れてあるからな。あれ、しっかりと腹が膨らむよ。帰ったら、ビールを飲んで、京都嵐山の老舗料亭の贅沢な料理を解凍して食べるって楽しみもあるからな」

志乃子は、糖質制限食を始めてからの夫の意志の強さに感心してきたが、きょうのように遅くまで現場での仕事がある日でも、ご飯も麺類も芋類もまったく口にしなかったことには驚嘆の思いを抱いた。

「お弁当、もっと工夫するわ。夏場でも長持ちして、お腹が膨れて、エネルギーになるものって、どんなものがあるかしら」

そう言いながら、冷や奴に刻んだ茗荷を載せてテーブルに運び、網焼き用の牛肉をバターで炒め、自分の預金通帳と一緒に夫の前に置いた。驚かせようと思って、茶碗の代金の半分が振り込まれたことはしらせなかったのだ。

缶ビールを飲み干し、自分で焼酎のオン・ザ・ロックを作ってから、琢己は通帳を開いた。

「なんだ、この数字……」

「鼠志野の代金の半分。残りは来年の三月に支払ってくれるの」

しばらく無言で通帳に記帳された数字を見つめ、それから琢己は怒っているのか喜んでいるのかわからない表情を志乃子に向けた。

「私たち、泥棒よ。どう考えても、これって、道に反してるわよ」

「道って、何の道だよ」

「人の道、お金儲けの道、う～ん、あとはどんな道があるかなァ」

「お前、何か悪いことをしたか？　どうしても気が咎《とが》めて、寝醒めが悪いっていうんなら、かささぎ堂のおばあさんに分け前をあげたらいいんだ」

「分け前って、どのくらい？」

「二百万円くらいで充分だよ」

「天から降ってきた三千万円のうちの、たったの二百万円？」

お前の気持ちもわからなくはないが、三好老人の言葉も、茜の言葉も、どちらも正しいのだと琢己は諭すように言った。

「あのばあさん、近所の人に、二万円とか三万円とか借りたまま、夜逃げするみたいに引っ越しちゃったんだってさ。コーヒー豆の卸会社や、肉屋や八百屋への支払いも踏み倒して消えちゃったって噂だよ」

「息子さん夫婦と暮らすって言ってたわ。あの土地をそのままにはしとけないでしょう？　連絡先は、財津さんが知り合いの不動産屋に当たってみるって」

「お前、あのばあさんに幾ら分け前を渡すつもりなんだよ」

夫の問いに、志乃子は一千万円と答えた。半分と言おうとしたのだが、それはいささか多すぎるかなという気がしたのだ。

夫とお金のことで口論になるのは避けたくて、中小企業を対象にした低金利の融資を受けた分を全額返済しようと志乃子は言った。

「もう二年返済しつづけてるから、残りは三百万とちょっとよ。それを返しといたら、また必要なときに借りられるでしょう？」

夫は、うん、ありがとうと言って、志乃子が茹《ゆ》でたブロッコリーとキャベツのサラダを頬張った。そして、自分で商売をすることが、こんなにしんどいものだとは思わなかったと言った。

「大企業だろうが個人商店だろうが、商売に浮き沈みはつきものだけど、毎月毎月、資金繰りの心配をすることに疲れたよ。サラリーマンでいたほうがよかったなァって、三日に一回くらいは思うね。この一千五百万円で、めっちゃくちゃ元気が出ちゃった。お前を抱きしめたいよ」

「疲れてるでしょう？」

「うん、今夜はね」

志乃子は声を忍ばせて笑い、通帳を手文庫の隠し抽斗にしまった。そして、啓次郎の師匠であるムッシュ・イチヨーのことに話題を変えた。この隠し抽斗は、ムッシュ・イチヨーがみつけたのだ、と。

志乃子は、横尾夫妻が金婚式のために作った写真集を琢己に見せながら、ムッシュ・イチヨーの母と異父兄のことを話し始めたが、夫があしたも朝の八時に現場に行かなければならないことを思い、話を途中で切り上げた。

水に穿たれた石も見せたかったが、夫の疲れが伝わってきて、早く寝させなければと思ったのだ。

「あさってと、しあさっては休めるよ」

と夫は言った。

六

妊娠五カ月までに結婚式をあげたいという希望はさすがに無理で、九月最後の土曜日に、財津厚郎と井川寿美礼の結婚披露宴は催された。それに出席した翌日、志乃子は次男の啓次郎に朝食をとらせて勤め先に送り出したあと、洗濯機のスイッチを入れてから、ひと息つくために文机に頰杖をついて、淹れたばかりのコーヒーの香りに浸った。

夫と茜はまだ寝ている。きょうは日曜日なのだから、十一時までは起こさないでおこうと決め、手文庫のなかから、「リンゴ牛」を出し、それを文机の、あるかなきかの窪みの上に置いた。志乃子は、その水滴に穿たれて出来上がった絶妙なかたちの石に「リンゴ牛」と命名したのだ。

リンゴ牛と向き合うたびに、ほとんど反射的にロダンの言葉が浮かぶ。

——石に一滴一滴と喰い込む水の遅い静かな力を持たねばなりません。——

そのたびに、志乃子は、自分という女が生まれて生きたというかたちは、どのようにして残っていくのであろうと考えてしまう。

すると、このような考えに浸ることは、三十代や四十代にはなかったと気づき、自分がまぎれもなく五十代に入ったのだと思い知るのだ。

コーヒーを飲みながら、志乃子はリンゴ牛に心のなかで話しかける。

人類がこの地球という星に登場して約四百万年という。その間に、生まれて死んでいった人の数は、いったいどれほどなのであろうか。

この人類の歴史に確かな痕跡を刻んでいった人もあまたいるが、それはごく限られた人たちに過ぎない。残りの天文学的な数の人々は、何かを残すどころか、生まれて生きたという跡形すらないのだ。私も、そのひとりとして、やがては姿を消してしまうのだ。

そんな無名の平凡な一庶民の女が、石を穿つ遅い静かな力を持ったとて何になろう……。なんと虚しいことであろう。私は、人柄のいいだけが取り柄の男と結婚し、日々の生活にあくせく追われ、三人の子供を産んで育てただけの人生なのだ。

いや、人生という尺度の問題以前に、女としての私はそろそろ終わりかけているのだ。いや、終わりかけていると思うのは悪あがきで、じつはもう終わってしまったのと同じなのかもしれない。

夫はすでに私を女として見ていない。私は、あとはただしなびていくだけの古女房なのだ……。

志乃子は、このリンゴ牛の微笑みが、自分から覇気を奪うのではないかという気がしてきて、手文庫にしまった。

携帯メールが届いたので、どうせ姉の美乃からであろうと画面を見ると、長男の智春からだった。

——また溜まったから取りに来て。——

その短い文章を読むなり、志乃子は抑えようのない怒りに襲われて、返信メールを送った。

——あんた、たまにはこの家に顔を見せに来たらどうなの。自分ひとりで育ったと思ってるの？　うちはあんたの残飯係じゃないのよ。——

もっと多くの罵倒の言葉を打ちたかったが、怒りで指が震えて、携帯電話のボタンを押しつづけられなかった。

携帯電話を睨みつけて待っていると、五分ほどして返事が来た。

——いま新製品の発表会で大阪のホテルで仕事中。鍵はあの子に預けてます。——

志乃子は、日曜日なのに大阪に出張して仕事をしているのかと思い、

——きょう行けるかどうかわかりません。仕事、頑張って。——

と返信メールを送り、あの沖縄出身の女の子は、コンビニでのアルバイトを辞めると言っていたではないかと思った。

「コンビニにいなかったら、どうやってあの子と逢うのよ」

そう小声でつぶやき、せっかくの日曜日だというのに横浜まで行くのは億劫《おっくう》だなと志

乃子が考えていると、夫が起きてきた。

「朝晩は涼しくなったなァ。半袖のパジャマだと、ちょっと寒いよ」

そう言って、琢己は食事用のテーブルで朝刊をひらいた。

志乃子は熱い緑茶を淹れながら、智春からのメールのことを話した。

「おっ、それはありがたいなァ。俺が取りに行くよ。嵐山の料亭『加わ瀬』の料理が山ほど頂戴できるんだもんな」

琢己はそう応じ返し、パジャマの衿《えり》をつまんだ。糖質制限食を開始してから八キロ体重が減り、去年買った夏物のパジャマは、半袖が七分袖に見えるほどに大きくなってしまっていた。

「寝返りを打つと、パジャマのなかの体だけが動くんだよ。前のボタンが体の横に来るんだ。パジャマ、買ってくれよ。作業服もぶかぶか。久しぶりに会うやつみんなが、なんとなく気の毒そうな顔で、スリムになったねェって言いやがる。あれは、余命いくばくもない人間を見る目だな。糖質制限食をやってるって言ったら、砂糖断ちだけでそんな痩せるのかって訊かれて、そうなると、糖質とは砂糖だけじゃなくて、ご飯、麵類、澱粉類もなんだって説明しなきゃあならなくなって……」

志乃子は、パジャマくらい買ってあげるわよと笑って言い、茜を起こすためにドア越しに大声で呼んだ。

「糖尿病の話題になると、出て来る出て来る隠れ糖尿病患者がわんさかと。得意先の現場主任なんて、ＨｂＡ１ｃが一四・八で、中性脂肪五八二だぜ。俺は思わず『ほっといたら死にますよ』って言っちゃったよ。そしたら、その人、何て言ったと思う？『俺にとって炭水化物は命より大切だ』ってさ。勝手にしろってんだ」

そう言って茶を飲むと、琢己は洗面所で歯を磨き、髭《ひげ》を剃り始めた。

片方の目を閉じたまま、腫《は》れぼったい顔で部屋から出て来た茜を見て、この子はこんなに不細工だったかしらと志乃子は思った。

起きてからしばらくは片方の目をつむったままにしておくのは脳にいいのだという。

「誰が言ったの？ 科学的根拠はあるの？」

志乃子の問いに、塾でいちばん成績のいい子に教えてもらったのだと茜は答えて、トマトジュースを冷蔵庫から出した。

「おじいちゃんも東大、お父さんも東大。お兄ちゃんふたりも東大、三人の叔父さんも東大。日本では、東大以外は大学ではないっておうちなんだって。でも、三番目のお兄ちゃんは高卒で、アニメの勉強をしてたけど、いまはやめちゃってプータロー。家のなかでは黴菌《ばいきん》扱いなんだって。人間扱いされてなくても泰然自若。俺は俺だ、所を得たら、俺は天下を取るって言ってるそうよ」

洗面所から出て来た琢己が、

「茜の口から泰然自若なんて四文字熟語が出るようになったかァ」

と笑って言った。

「そんなの、小学生のときから知ってたよ」

洗面所に行きながら、茜は言い返した。

お金があるというのはいいものだと志乃子は思った。

精神的安定、それも大きなところでの安定が得られるのだ。

夫の表情にそれがあらわれているし、茜も、年齢特有の軽くてあぶなっかしいところが消えた。あの一千五百万のお陰だ。そして来年の三月には、さらに一千五百万円が入るのだ。

そう思いながら、夫と娘の朝昼兼用の食事を作り始めると、突然、脳味噌の襞《ひだ》の奥から湧き出るようにして、「大地、それだけで充分である」という言葉が甦った。

中学三年生のときの担任教師が、卒業式を間近にしたある日、黒板に書いたホイットマンの詩の一節だということは覚えていたが、そのあとがどうしても思い出せなかった。

同じ言葉を何度も何度も胸の中で繰り返し、次につづく言葉を記憶から引きずり出そうと試みながら、志乃子はベーコンエッグを焼き、胡瓜と茄子の糠《ぬか》漬《づ》けを切った。

諸星座の……。そうだ、諸星座のも少し近ければなど、だ。

「大地、それだけで充分である。諸星座のも少し近ければなどわたしは欲しはしない」

おお、なんと我が脳味噌の優秀さよ。ちゃんと覚えていて、三十数年たって甦ったではないか。

志乃子は嬉しくなって、この詩の一節が再び脳味噌のどこかに隠れてしまわないうちにと、慌てて壁に掛けてあるカレンダーの余白に書き記した。ついでに、ロダンの言葉もその下に書いた。


自分はひょっとしたら多くの幸運というものに恵まれている数少ない人間のひとりではないのかと考えながら、志乃子は文机の上のリンゴ牛を眺めて夫の帰りを待っていた。

一歳になったころ、家から駅への坂道で、乳母車が父の手を離れて勝手に走りだすという事件があったという。乳母車には志乃子が乗っていた。父は、乳母車を母がつかまえているものと思い込み、うしろから遅れて歩いて来る美乃を抱きあげたのだ。

母も、乳母車は父が持っていると思って、泣いている美乃に気を取られたのだ。

ふたりが気がついたときには、志乃子が乗った乳母車はかなりの加速がついて、踏み切りへと疾走していた。踏み切りでは警報機が鳴っていて、上りの電車が近づいていた。

父は必死で走った。あいにく、近くには誰もいなかった。

電車が来た。乳母車は、このままだと遮断機の下をくぐって線路へと入ってしまう。もう間に合わない。父は脚がもつれて転んだ。

そのとき、民家と民家のあいだの細い路地からドッジボールの球が飛んで来た。乳母車の車輪はそのボールに乗り上げて倒れた。踏み切りの遮断機の二メートルほど手前だった。

路地でドッジボール遊びをしていた女の子が、ボールを取り損なったお陰で、志乃子は助かったのだ。

あの瞬間のことを思い出すたびに息が苦しくなると、折に触れて母は話してくれたものだ。

小学二年生のとき、湘南《しょうなん》の海水浴場へ行った。ドーナツ型の浮き袋のなかに入り、志乃子は、寄せては返す波が臍《へそ》のところよりも高くならないところで砂遊びをしていた。父や母に言われなくても、それよりも深いところには怖くて行けなかった。

持っていた玩具のスコップが波にさらわれたので、それを取ろうとして少しだけ深いところへと進んだ。深いといっても、胸のあたりまでしか波の来ないところだった。

それなのに、その波に乗って、もっと深いところへと流され、体は浮き袋から抜け落ちた。

それからあとのことはよく覚えていない。気がつくと、浜辺で円陣を組んだたくさんの海水浴客たちに見つめられていた。

それが海の波の恐ろしさなのであろう。浮き袋から抜け落ちた志乃子は、浜辺から三十メートルほど沖に流されたのだ。

その間、いちども浮き上がらなかったので、志乃子が溺れているのに気づく者はなかったが、偶然、そこで泳いでいた若い男の脚に当たった。青年は反射的に両脚で人間の体らしいものを挟んだ。

それが意識を失っている女の子だと気づくと、青年は浜辺にいる人々に大声で叫び、志乃子を抱きかかえて全力で泳いだ。

人々のなかに医師がいて、適切な処置をしてくれたので、志乃子はすぐに水を吐いて蘇生することが出来た。

もうひとつ、運が良かったとしか表現のしようのない出来事があると志乃子は思った。

大学時代、仲のよかった友人四人と北海道へ卒業旅行へ行ったときのことだ。

旅の二日目からの大雨で、山崩れが起きて、大量の土砂が道道のトンネルを押しつぶしたのだ。

そのトンネルの二キロほど手前で、志乃子は腹痛を訴えてバスを停めてもらった。

所定の場所以外で定期バスを停めることは出来ないのだが、朝から何度もひどい下痢がつづいていた。

乗り合わせた地元のおばさんたちが、そこの公衆トイレに行かせてやれと頼んでくれたのだ。

雨が吹きつけてくる汚い公衆トイレから出てバスに戻ると、運転手にいやみを言われた。

「普通なら、降ろして、そのまま行ってしまうんだよ。それが規則でねェ。カニを食い過ぎたんじゃねェか?」

志乃子は、恥ずかしくて、ただ謝るしかなかったが、その運転手の言葉で、自分の体にはカニは合わないのではないかと気づいたのだ。そう言えば、子供のころから、カニを食べると必ずお腹をこわしたな、と。

家では滅多にカニを食べる機会がなかったので、それがカニによるものだという考えに至らなかっただけなのだ。

「顔面蒼白だったよ」

と友だちが笑いながら言ったとき、トンネルの手前で何台かの車が停まっていて、バスに「停まれ」と合図を送っているのが見えた。大変な事故が起こったという。トンネルの先半分が土砂に埋まり、何台かのバスや乗用車が閉じ込められていたのだ。

あとで知ったのだが、そのうちの一台である小型トレーラーは、志乃子たちのバスの前を走っていたのだ。

通行止めになってしまったために、志乃子たちは予定を変更して東側の海岸線へと廻り、網走《あばしり》の旅館のテレビで、いまだにトンネル内に閉じ込められたままの数台の車に乗っている人の名前や、運転手の勤め先などを知った。そのうちのひとつは、確かにバスの前を走っていたトレーラーの後部に書かれていたものだった。

「私たち、志乃ちゃんの下痢で命拾いしたんだァ」

と言って、そのあとひとことも喋らずテレビのニュースに見入っていた友だちの丹前姿は、いまでも鮮明に思い出すことが出来る。

そうなのか、私は自分が奇跡的なほどに強運の持主であることに気づかないまま五十歳になってしまったのか……。

その考えに至った瞬間、志乃子は文机に頰杖をつき、目だけ動かして自分の周りを見やった。自分がいかに強運に恵まれてきたかを気づかずに生きてきたことは、大きな罪を犯しつづけてきたのと同じだと思えたのだ。

それは、自分という人間を自ら冒瀆《ぼうとく》しつづけてきたのと同じではないのか、と。

「私はやる。あの三千万円で何かをやってみせる」

志乃子は声に出して言い、文机に両手を突いて立ち上がった。何をどうするのか、まるでわからなかった。

階段をのぼって来る足音が聞こえ、志乃子は壁に掛けてある時計を見た。九時だった。

この緩慢な、重そうな足音は夫だ。いかにも疲れたという足音をさせて階段をのぼって来るときは、じつは機嫌が良くて、体調もいいのだ。本当に疲れているときや、困ったことが生じたときは、音もなく帰宅するのだ。

糖質ゼロ・ビールは買い足してある。芋焼酎の水割りの準備も整っている。智春のマンションから持ち帰った大量の「加わ瀬」の料理のうちの二品は、すでに解凍してある。「加わ瀬風近江牛のロースト」と「スッポンの煮こごり」だ。

志乃子はそう思いながら、玄関のドアをあけた。「京都嵐山・加わ瀬」と印刷された段ボールを三箱もかかえた夫が立っていた。

「えっ？　また？　うちの冷凍庫、もう入らないわよ」

夫は玄関に段ボール箱を置き、財津ホームの冷蔵庫には早苗用のアイスクリームが三つ入っているだけだから、そこに入れさせてもらうよう、財津に頼んでおいたと言った。

「夕方に智春からメールがあって、取りに来てくれって。これでも『加わ瀬』のおじいちゃんから孫に届いた分の半分だぜ。あとの半分は、雅美ちゃんが持って帰ったよ。レンタル冷凍庫屋さんてないかしらって言いながら」

「二週間ほど前に逢ったきりなのに、雅美ちゃんと随分親しくなったのね」

いったいあの沖縄の女の子は、智春の何なのだと思いながら、志乃子はそう言って、三つの段ボール箱をひとまず台所に運んだ。自分の言い方に刺《とげ》があったことを少し反省したが、母親が、息子のマンションの鍵をつねに預かっている女を気にするのは当然だと思った。

「コンビニのアルバイト、辞めるって言ってたのに、まだつづけてるのね」

志乃子の言葉に、夫は壁ぎわのソファに坐って缶ビールを飲みながら、

「店長が替わって、働きやすくなったんだって」

と言った。

「また新しい取引先が出来そうなんだ。まあこっちの見積り次第なんだけどね。利益の少ないときは数をこなして、世の中の流れをしのぐしかないって腹を決めたら、なんだかその方向へ動きだしたよ」

「睡眠だけはちゃんと取らないと。体を壊したら元も子もないもん」

働き者の夫にも恵まれた。やっぱり私は運がいいんだ。志乃子はそう思った。

蒸し器から蒸気が出てきたので、「加わ瀬風近江牛のロースト」の塊をラップで包みながら、「加わ瀬」のご隠居が筆で書いた字を見た。

――解凍した後、ラップにて包みて弱火で蒸すべし。呉々《くれぐれ》も蒸し過ぎることなかれ。孫へ。――

要するに、なかまで温まればそれでいいということなのであろう。志乃子はガスの火を小さくして、ガラスの器に「スッポンの煮こごり」を入れ、夫のところに運んだ。

携帯電話の着信音が聞こえた。姉の美乃からだった。それと同時に玄関のドアをノックしながら、財津厚郎が声をかけた。財津はきょう新婚旅行先のハワイから帰って来た

のだ。

志乃子はドアをあけながら、携帯電話を耳にあてがったが、何も聞こえてこなかった。もしもし、と何度も問いかけると、奇妙な音が聞こえてきた。流しに水が落ちる音に似ていた。

「志乃ちゃん、いろいろお世話になって……。お母さんをお願いね」

美乃の聞き取り難い声がした。

「どうしたの？　酔っ払ってるんでしょう。いまどこにいるの？」

「お店」

美乃は泣いているようだった。

「私、死のうって決めたの」

夫と財津が段ボールの中身を出しているのを見ながら、

「どうして？　何があったの？」

と志乃子が訊き返すと同時に電話は切れた。何度かけ直しても、美乃は電話に出なかった。電源を切ったようだった。

私の運転だと電車のほうが早い。夫はもうビールを飲んでしまった。そう思いながらも、志乃子は車のキーをつかんで家から走り出た。夫が慌てて追って来て、事情を訊いた。志乃子の言葉が聞こえたらしく、

「俺が車で送るよ」

と財津が言った。

俺も一緒に行くと言って、琢己は財津の運転する車の助手席に坐り、何度も自分の携帯電話で美乃と連絡をとろうと試みつづけた。

後部座席に坐った志乃子は、母に電話をかけて「海雛」に行ってもらおうかという思いに駆られるたびに、携帯電話を両の掌で強く包み込んで、そうしてしまうことを制した。

母は動転し、「海雛」へと急ぐに決まっている。体にどんな障りが生じるかもしれないし、転んで大怪我をしかねない。

「人騒がせな女」

と姉に腹を立てながらも、何があったのかはわからないが、姉は自殺するような女ではないと思った。

私の運の良さは、私と近しい人たちにも同じ恩恵を及ぼすはずだ。そうでなければ、私は真に運の良い人間だとはいえないのだ。

「海雛」に着くまでに、志乃子は胸のなかで繰り返しそう言い聞かせた。

日曜日の夜なので、駅の周りに人通りはなく、商店のほとんどは閉まっていた。細い通りで車から降りると、志乃子は「海雛」に向かって走り、格子戸に鍵がかかっていたら、夫と財津に、破ってもらおうと考えたが、鍵はかかっていなかった。店内に明かりはついていなくて、調理場の蛍光灯の光だけが「海雛」のカウンターに届いていた。

志乃子を押しのけてカウンターのなかに入った琢己は、美乃の名を呼び、十数種類の地酒を入れてある保冷機の横に屈み込むと、

「俺と財津さんは車で待ってるよ」

そう安堵混じりの声で言い、店から出て行った。

ああ、大丈夫だったのだと思いながら、カウンターの奥に入ると、コンクリートの床に坐り込んだ美乃が、立てた膝のあいだに顔を突っ込むようにして嗚咽《おえつ》していた。空になった焼酎の四合壜が転がり、その横に三分の一に減った清酒の一升壜もあった。

「よくもそこまで酔うわね。汚れたボロ雑巾みたいよ」

そう言って、志乃子は美乃を立ち上がらせようとしたが、美乃はさわるなと言って、志乃子の手をひっかこうとした。

「じゃあ、そこに坐ってたら」

志乃子は一升壜を取り、それを美乃の手の届かないところに置いてから、自分はカウンター席のほうへと移った。

「お酒、置いといてよ」

「飲みたかったら飲んだら？　ここは美乃ちゃんの居酒屋なんだもん、お酒なんて幾らでもあるでしょう？　その代わり、あしたは、死んだほうがましだっていうくらいの二日酔いよ。あ、そうか、死ぬんだもんね。美乃ちゃんにあしたはないわよね」

「うるさい！　白ナマズ」

言ったな、私がいちばんいやがることを。

志乃子は、カウンター席用の脚の長い椅子を持ち、調理場に行くと、グラスに水道の水を入れ、美乃の横に椅子を置いて腰かけた。水を頭からかけてやるつもりだったのだが、涙混じりの洟《はな》をすすりあげながら、膝のあいだから顔を出そうとしない美乃の乱れた髪を見ているうちに、その気は失せていった。

「私の目は、ナマズの二十倍はあるし、あんなに手足は短くないわよ。色の白いは七難隠す、って言葉、知ってる？」

そう言って、志乃子は姉の様子をしばらく窺ってから、

「安心したらお腹が減ってきちゃった。私もタクもまだ晩ご飯食べてないのよ。タクなんか、お腹ぺこぺこだと思うわ。ねェ、なんか作ってよ。お店は休みだけど、なんかあるでしょう？」

と言った。

「こんな顔、琢己さんに見られたくない」

美乃の口調で、空になった焼酎の壜や清酒の一升壜の減り方ほどには酔っていないのだなと志乃子は思った。美乃は酔うとまず舌が廻らなくなるのだ。そうなるのは、日本酒なら二合くらいのはずだ、と。

きっと、ふいに寂しさを感じ、心が虚しくなり、誰かに甘えたくなったのであろう。それには何かきっかけがあるにしても、休みの日にひとりで店に来て用事を片づけているうちに日が暮れて……。

志乃子はそう考えると、自分が年老いた母を姉にまかせっぱなしにしていることを申し訳なく感じた。

「美乃ちゃんは寂しいわよね。私なんか、夫もいて、子供も三人いて、みんな健康で、とりたてて悩みがなくても、なんだか寂しいなァ、虚しいなァって思うことがあるもん」

と言って、店から出た。今夜は姉につきあってやろうと決めて、財津と夫が待っている車のところへと行った。

「今夜はお母さんのところに泊まるわ。ご飯は用意してあるのを適当に食べてね」

「美乃さん、どうしたんだ？」

夫の問いに、

「一過性のヒステリーってやつかな。たまにはそういうこともあるわよね」

志乃子は答え、財津に礼を言った。財津は手を軽く横に振り、

「そういうときはねェ、そうか、よしよしって話を聞いてあげるのがいちばんだよ。ぎゅうぎゅうに詰まってる毒ガスみたいなのを抜いてやるには、とにかく好き放題に文句を言わせることだよ」

と言って帰って行った。

店に戻ると、美乃はカウンター席に腰かけて、ハンカチで洟をかんでいた。

「どのくらい飲んだの？」

「日本酒を一合半くらい」

「たったそれだけで死にたくなったの？」

「うん、どうしてかしら。うつ病にかかったのかなァ」

「今夜、私がつきあってあげるわ。私じゃ不満だろうけど。カラオケでも行く？」

「カラオケ、嫌い」

「買い物にでも行かない？　どかんと服とか靴とか、欲しいなァって思ってたものを買っちゃうのよ」

「こんな顔で人前になんか行けないし、老後のことを考えたら贅沢できない」

「きょうは老後のことなんか忘れなさいよ。私、お腹が減ってるんだけど」

「自分で何か作ってよ。冷蔵庫にいろんなものがあるわ。鰺の刺身のづけとか、お客さんがまったく箸をつけなかった鶏手羽のローストとか」

志乃子は調理場に行き、営業用の大きな冷蔵庫をあけ、ラップで丁寧に包まれた小皿や幾つかの密閉容器を出すと、それらを持ってカウンターのなかへ戻った。

「女将、お酒」

と美乃は志乃子に言った。

志乃子は保冷機のなかから封を切っていない清酒の一升壜を出した。

「それは『やたがらす』。奈良の吉野の地酒。あっさりしてて癖がない。でも、うまい。その年その年で出来不出来があるけどね。本当は常温で飲むのがいちばんおいしいのよ」

美乃が指差したグラスにそれを注いでカウンターの上に置くと、志乃子は密閉容器に入っているいくらを小鉢に盛りつけた。すった長芋と混ぜてある。

「食べながら飲まなきゃ駄目よ」

「うるせェ、女房みたいなこと言うな。この酒のつぎ方はなんだよ。この居酒屋はド素人か？　ぎりぎりの表面張力の技を見せろってんだ」

そう言って、美乃は自分で酒を足してから、また泣き顔になった。

「お客さまは泣き上戸でいらっしゃいますか？」

志乃子が笑いながら言うと、わずかに口に含んだ酒をいつまでも舌の上で転がすようにして飲んでから、美乃は突然何かを思い出したといった表情で立ちあがった。

「琢己さん、車で待ってくれてるのよね」

「もう帰ったわよ。車は財津さんが運転してくれてたし。財津さんは、きょう新婚旅行から帰ったばっかりなの。新妻が心配して待ってるでしょう？」

美乃はカウンター席に戻り、大きな欠伸をして、人間はどうなることが幸福なのかしらとつぶやいた。

「欠伸のあとに口にする言葉？　それって永遠の問題よ。なぜそれが永遠のテーマなのか。人間が地球に登場して四百万年もたつのに、相も変わらず、幸福とは何かを考えつづけてるのは、その答えが言葉ではどうにも説明できないからよ」

「なまいきなこと言うな、白ナマズ」

「あの写真、絶対に探し出して、この世から抹殺するからね」

志乃子は、鰺の刺身のづけを口に入れたまま言った。志乃子が生まれて十日目に、父が愛用のドイツ製のカメラで撮った写真は、露出値を間違えたらしく、全体が暗くて、あお向けに寝ている赤ん坊の裸身だけが異様に白く浮きあがって見える。しかも、その赤ん坊の志乃子は丸裸なのだ。

「何もかもが写ってるのよ。おむつくらい着けといたらどうなの？　女の子なのよ？　あんな写真を撮るなんて、犯罪だわ」

グラスを両手で持ち、肩を震わせて笑いながら、どこを探してもみつからないのだと美乃は言った。

「ほんとなのよ。写真をしまいそうな場所は全部探したけど、あの写真だけがないのよ。わたし、あの写真、すごく好きなの。生まれて十日目の志乃ちゃん。あんたが死んだら、公表してやろうと思って」

「私が先に死ぬって決めてるみたいね」

「目をうっすらあけて、真っ白で、手足が短くて、天然記念物の白いナマズをテレビで観たとき、あっ、志乃ちゃんだって叫んだら、お母さんも、ほんとだ、そっくりだわねぇって笑ってたじゃない」

「あれはサンショウウオなの。ナマズじゃないって何回言ったらわかるのよ。赤ん坊の手足が短いのは当たり前でしょう」

「そんなにむきにならなくても……。あの写真の志乃ちゃんのヌードは、五十歳になったいまの志乃ちゃんのよりも千倍も素敵でしょう？」

「うん、そりゃあまあ、確かにそうよね。汚れなき裸体よね」

その志乃子の言葉で、美乃はまた肩を震わせて笑い、自分で酒をつぎ、そのグラスを持ったまま調理場へ入って行くと料理を作り始めた。

好きなだけ飲んだらいいわと胸のなかで言い、

「まさにキッチンドリンカーね。何を作ってくれるの？」

と志乃子は訊いた。

ちりめんじゃこを胡麻油で炒め、茗荷を刻み、それを冷や奴の上に載せるのだと答え、

「私、頭に来たのよ」

と美乃は言った。

この「海雛」の前の持主である鹿島仁義とは、ときおり食事をともにする程度のつきあいで、格別な好意を抱いていたわけではないが、居酒屋経営の師匠として、仕入れや料理や酒の知識を学んでいるうちに、ひょっとしたら事のなりゆき次第では、自分たちは結婚するはめになるかもしれないなどと考えるようになった。

お互い、そのことを口に出したことはなかったが、そんな雰囲気が生まれて来ていると自分は感じていた。

それがここ半月ほど鹿島のほうからは何の連絡もなくなり、こちらから電話をかけても、携帯メールを送っても、いっさい返答がない。

またふらっと旅に出たのだろうかと思っていたが、きのう店を訪れた常連客が、仁義さんと「海雛」の新しい女将とは近いうちに結婚するのだとばかり思っていたが、このての事に外れたことのない自分の勘は、今回は見事に外れだったと笑いながら言うのだ。

鹿島仁義は、なんと二週間前に結婚していたのだ。相手は三十七歳で、歯科医だという。

自分は、ひどく取り乱してしまい、表情が変わるのを客たちに気づかれまいと苦労

した。

六十歳の鹿島に、明確な恋愛感情を持っていたわけではないし、結婚することになるかもという予感も、それを期待してのものではなかった。もしほんとうにそういう方向に進んだら、自分には踏み切れない何かがあるが、それは贅沢というものかもしれないと考えて、いささか荷が重かったのだ。

それなのに、鹿島が三十七歳の女と再婚していたことを知ったとき、自分で自分を制御できないほどに取り乱した。嫉妬ではない。滅多にない結婚の機会を喪《うしな》ってしまったという喪失感でもない。とにかく、腹が立ったというしかないのだ。

そのような女性がいることを、なぜ私に隠したのか。再婚したことをなぜしらせてくれなかったのか。それどころか、電話も携帯メールも無視しつづけたのはなぜなのか。自分はあの鹿島という男に侮辱された気がして、怒りを抑えることができなかったのだ……。

美乃は話しているうちに腹立ちが甦ったのか、フライパンの扱い方が乱暴になっていった。

「私に惚れられているとでも思ったのかしら。そりゃあ、好意は持ってたけど、惚れたりはしてないわよ。なんで隠すのよ。正直に言ったらいいじゃないの。私はそれに腹が立つの」

喋りたいだけ喋らせろ……。そんな意味の言葉を財津が帰りがけに口にしたのを思い出しながら、志乃子はカウンター席に移った。

「私、いまだから言うけど、あの男って好きじゃないの」

と志乃子は言った。すると、本当に鹿島仁義という男に嫌悪感を抱いた。

「作陶家なんて自称してるけど、どうせ素人に毛が生えた程度なのよ。作務衣を着て頭にバンダナを巻いてたら芸術家っぽく見えるって思ってる程度なのよ。三十七歳の歯科医と再婚して、結構な髪結いの亭主になれてご満悦なんじゃない？」

志乃子は、美乃の怒りの根が何かを理解しながらも、あえてそう言った。ここはひとつひとつの言葉に慎重にならなくてはと思った。

「私は馬鹿にされたの。誇りを踏みにじられたの」

電子レンジで温めたご飯に、冷や奴と鯛のかまぼこを運んで来てくれて、美乃はそう言った。

「でも、あの鹿島さんのお陰でこの『海雛』は美乃ちゃんのものになったよね。ねェ、毎月どのくらいの利益があるの？　病院でのお給料の倍はあるでしょう？」

志乃子の問いに、美乃は冷や奴を肴にグラスの酒を飲みながら、

「こんな重労働でたったの倍だったら、やめるわよ」

と言った。少し呂律が怪しくなってきていた。

「えっ！　三倍？　四倍？　もっと？」

「いくら何でも、この程度の居酒屋よ。もっとってことはないでしょう」

「てことは、四倍くらいはあるんだ。それで何の文句があるのよ。死ぬような病気にかかってるわけじゃないし、借金に追われてるわけでもないし、お母さんもまだ元気だし……。幸福って何なのって酔っぱらって泣いて、死にたいなんて私に電話してきて……。私のほうがよっぽど脚をばたつかせて泣きたいわよ。私なんか、結婚して子供を産んで育てて、朝昼晩、ご飯を作って洗濯して掃除して、いつのまにか五十になって……。子供がやっと大きくなって社会へ巣立っても、智春なんていちども家に帰って来ないのよ。私はただひとりで心配するだけ。啓次郎は頼りなくて、いつ仕事を放り出すか、しれたもんじゃないし、茜は芯のない白ネギみたいな男の子と仲がいいし……。琢己は家に帰って来たら、お酒を飲んで食事して、お風呂に入って、泥のように寝るだけよ」

「志乃ちゃん、しあわせよ。何の文句があるのよ。そんなこと言ってたら罰が当たるわよ」

　美乃に真正面から見つめられて、諭されるようにそう言われた途端、志乃子は体中の力が抜けた気がして、カウンターの上に両手を伸ばして突っ伏した。

　カウンターに並んだグラスや食器類をそのままにして、志乃子が美乃と実家に帰ったのは十二時前だった。

母はテレビをつけたまま座蒲団《ざぶとん》の上で寝ていた。

よく寝ているが、これでは風邪を引いてしまうと思い、志乃子は母を揺り起こした。

どうして志乃子がいるのかと少し不安そうな表情の母に、

「お店のほうに遊びに行ったのよ。美乃ちゃんが遊びに来いって誘うから。今夜は泊まるね」

と言った。

「ぬるいお湯に長くつかって、過去の毒を全身から出す」

そう言って美乃は浴室へ行ってしまった。

自分はテレビの置いてあるこの八畳の間に蒲団を敷こうと決め、志乃子は二階へあがった。あの写真を探し出すぞと思ったのだ。

けれども、どこをどう探せばいいのか見当がつかなかった。姉とふたりで使っていたこの二階から自分が去ってもう二十数年がたつ。父の死後、遺品の整理を手伝ったが、何を残し、何を捨てたか、ほとんど記憶にない。

姉も探したというのだから、自分が探しても無駄であろう……。

志乃子はあきらめて階下に降り、パジャマに着替えて、入れ歯用容器に洗浄剤を入れている母に訊いてみた。

「写真は、全部アルバムに整理したのよ。二カ月もかかったのよ。お父さんは、ただ写真を撮るばっかりで、ちゃんと整理しとくなんてことはしなかったから」

「あの写真だけがないのよ。それが不思議でしょう？」

「変だわねェ。あんな写真、もう二度と撮れないのにねェ」

その口調と表情には、志乃子の傍から逃げようとしているところがある気がして、

「あれ？　お母さん、何か隠してるでしょう。あの写真がどこにあるのか、知ってるんじゃないの？」

と訊きながら、自分の寝場所に行こうと背を向けた母を追いかけて、同じ問いを繰り返してみた。

母は蒲団の上に正座し、枕元に入れ歯の容器を置いてから、

「絶対に内緒にしといてくれって約束させられたのよ。あの写真、琢己さんが持って行ったの」

と言った。

それはいつごろのことかと訊くと、母は確か二年ほど前のお正月だったと答えた。

「二階の納戸とか天袋に物が溢れて困ってるって言ったら、要らないものを捨てちゃいましょうって琢己さんが片づけてくれたのよ。志乃子と美乃は、子供たちと中華街に行ってたのよ。せっかくのお正月なんだからって止めたんだけど、こういうことってのは、思い立ったときにやっとかないと、また何年も手をつけないもんなんだって」

母はそう言って、そのときのことを思い出そうとするように額を天井に向けた。

「お父さんが死んで半年ほどたったときに、お前も一緒に遺品を整理したでしょう? あのとき、何もかも思い切って捨てたはずなのに、どうしてこれを残したのかって首をかしげるようなのがたくさん出て来たの。そのなかにアルバムがまぎれ込んでたの。写真は捨てちゃいかんでしょうって琢己さんが言って、なかを見たら、お前の子供のときの写真が整理してあったの」

その母の言葉で、志乃子は自分がアルバムを納戸に隠したことを思い出した。夫にも子供たちにも見られたくなかったので、日を改めて取りに来ようと考えて、新聞紙に包んで納戸の奥の棚に置いたのだ、と。

「で、あの写真を見て、琢己さんが、これは志乃子ですかって訊いて、そうよって答えたら、納戸に坐り込んで長いこと見入ってから、これ、ぼくが貰っていいですかって……。私は、どうしてこんなに大切なものが納戸にあるのかと思って、簞笥の上の段の、アルバムをしまってあるところに入れたのよ。琢己さんは、これをぼくが持って行ったことを絶対に誰にも言わないでくれって。その顔が恐いくらいに真剣だったから、私、ずっと口を堅くして黙ってたのよ。美乃に、志乃ちゃんのあの白ナマズの写真だけがないって言われるたびに、なんだか冷や汗が出たわよ」

志乃子は母の部屋から居間へと移り、座椅子の背を倒して、両脚を伸ばして凭《もた》れるように坐り、夫はあの写真をどうするために持って帰ったのかと考えた。

なぜ私には内緒なのか。あの写真を人に見られることを、私がいやがっているからだろうか。夫は、私たちの家のどこに隠しているのか。財布に入れて持ち歩いているのではないことは、私が知っている。琢己が財布をテレビの上に置いたまま風呂に入ったので、ほんのいたずら心で中身を点検したのは四日前なのだ。

一万円札が二枚、五千円札が一枚、千円札が七枚。クレジットカードが二枚。病院の診察券が一枚。仕事先で誰かに貰った名刺が二枚。レシートが五枚。電話番号を走り書きしたメモや納品書の類が三、四枚。

なんとまあ、妻に見られてもいいものばかりの財布だこと、とあきれ、ひょっとして夫は、そのような財布をわざとテレビの上に置いて風呂に入ったのではないかと勘ぐったほどだ。

私は、家族のみんなから「片づけ魔」と呼ばれるほどに整理整頓が得意で、家のどこに何があるかを正確に把握している。啓次郎と茜の部屋は管轄外だが、それ以外の部屋は、いわば私の領土なのだ。そして夫は何よりも整理整頓が苦手で、あれはどこに置いたのか、とか、あれはここにしまったはずなのに、としょっちゅう捜しまわっている。

夫の携行品は財布だけではない。仕事用の小さな手提げ鞄がある。ノートが二冊、メモ用紙も二冊、筆記具、小さな懐中電灯、巻尺、目薬、サングラス、赤玉という名の腹薬……。

「あのなかかなァ」

志乃子はそうつぶやき、夫の浮気を疑う妻のようなことはしてはならないと思った。夫の真意をどうしても知りたければ、直接訊けばいいのだ。母が約束を破って喋ってしまったことがわかっても、それで夫と母とのあいだに亀裂が生じるほどの問題でもないのだから。

志乃子は床の間の前に置いてある雑誌を数冊持って来て、そのなかの女性用のグラビア雑誌を開いた。美乃がもう何年も定期購読しているものだった。

ページをめくっていると、その雑誌の下に置いてあった別の雑誌のタイトルが目に入った。「名盤できくジャズの歴史」となっていて、閉じた雑誌から幾つか附箋の先が突き出ていた。かなり前に発行されたものらしく、表紙は変色し、なかの紙も少し黄ばんでいる。

美乃ちゃんがジャズ？　ああ、木本沙知代のライブに行ったときの感想を電話で話したとき、珍しく興味を示して、モアちゃんが歌った曲名を何度も私に訊いたな。でも、たったそれだけで、わざわざこんな本を買ってくるだろうか。

志乃子はその雑誌の裏を見た。発行年月日は平成五年七月三十一日だった。古書店でみつけたのだろうかと思いながら、附箋の貼ってあるページをひらいた。

「コンプリート・チャーリー・パーカー・オン・ダイアル」というモダン・ジャズのアルバムについて解説してあった。

次の附箋のページは、ビル・エヴァンス・トリオのライブ盤「ポートレイト・イン・ジャズ」で、その次の附箋は、「ヴィレッジ・ゲイトのハービー・マン」。その次はマイルス・デイヴィスの「ラウンド・アバウト・ミッドナイト」だった。

志乃子が聴いたことがあるのはビル・エヴァンスだけだったが、曲名も忘れたし、何年くらい前だったのかさえ記憶になかった。ラジオを聴きながら確定申告のために領収書類を整理していたことだけは覚えている。

しかし、その本のビル・エヴァンスについての解説を読むと、彼が結成したトリオによる「ポートレイト・イン・ジャズ」のアルバムは一九五九年に作られていた。

「昭和三十四年だわ。私が二歳の年よ」

そんな時代にすでに、アメリカのジャズの世界では、天才と称《たた》えられる人たちが演奏活動をしていたのか。志乃子は木本沙知代の歌を心に甦らせながら、ああ、またあのジャズの名曲を聴きたいと思った。

浴室に入ってから一時間ほどたって、美乃はパジャマ姿で、頭にタオルを巻きつけて出て来ると、

「まだ体のどこかに毒が残ってるけど、まあいいか」

そう言って、台所に行き、ミネラルウォーターのペットボトルを持って来て、志乃子の横に坐った。

「これ、美乃ちゃんの？」

本を開いたまま志乃子は訊いた。

「レコード店のご主人が貸してくれたの。その人、木本沙知代さんのことを知ってたわ」

そう答えて、美乃は喉を鳴らしてミネラルウォーターを飲んだ。

「でも、彼女のライブに行ったことはなくて、噂で知ったんだって。凄いジャズ・シンガーがあらわれたって、友だちから電話がかかってきたそうよ」

「美乃ちゃんはどうしてそのレコード店のご主人と知り合いなの？　海雛のお客さん？」

志乃子の問いに、首を横に振り、

「木本さんの歌を、志乃ちゃんがあんまり褒めるもんだから、ジャズの名曲ってのを聴いてみようと思って、そのレコード店に行ってみたのよ。海雛のお客さんが『ジャズなら横浜のあそこだよ』って教えてくれたから。そしたら、たまたまご主人がお店に来てて、ジャズについての初歩的知識を講義してくれたの」

と美乃は説明した。

「初めて来たお客さんに？」

「うん、私が若い店員さんに、ジャズの名曲が入ってるCDを二、三枚みつくろって下さいって頼んでるのを横で見てて、噴き出して笑っちゃって。お客さん、菓子屋で、菓子を二、三種類適当にみつくろって袋に入れるってわけにはまいりませんよって言われたの。その七十二歳のご主人に。ジャズにもいろんなジャンルがありましてって、そこから講義が始まって、私が、木本沙知代というジャズ・シンガーを知ってるかって訊いたら、名前だけは知ってる、いちどライブでじかに歌を聴きたいと思ってたところだって言って、隣の喫茶店からコーヒーを出前してもらって、ご馳走してくれたの」

このとっつきの悪い印象を与える美乃が、初対面の人間と話し込んでコーヒーをご馳走になった？　ジャズの名曲が入ったCDを自分で買い求めに行った？

海雛を買い、自分で商売を始めたことで、美乃の人生の窓は増えて、それらは開き始めたのではないだろうかと志乃子は思った。

「じゃあ、入門篇としてお勧めはどれですかって訊いたら、この本を貸してくれたの。私が勧めるものから入ったら、そこにはこのじじいの好みが介入する。私がこんなのはつまらないと思っても、あなたは強く惹かれるかもしれない。いろんな曲を聴いて、ああ、これは嫌い、これは好きと、余計な先入観なしで、ただ自分の瞬間的な感覚で入っていくのがいちばんいい。しかし、ジャズというものの進化や変遷や、歴史に残る名プレーヤーについてのある程度の手引きは必要だろうから、この本をお貸しするって」

美乃はそう言って、二階の自分の部屋にあがると三枚のCDを持って来た。ビル・エヴァンスの「ワルツ・フォー・デビー」と、キャノンボール・アダレイの「サムシン・エルス」、それと「ダイナ・ワシントン・ウィズ・クリフォード・ブラウン」というアルバムだった。

レコード店の二階に、ごく限られた客と店の担当者だけが使う視聴ルームがあり、そこに案内されて、何曲か聴いて、これとこれとこれが好きと指差したのを買ったのだという。

「この『サムシン・エルス』の最初の曲、『枯葉』って、しびれるわよ。トランペットはマイルス・デイヴィス。たまらないのよ、あの枯葉の哀愁が」

その美乃の言い方がおかしくて、志乃子は声をあげて笑った。

「で、喜び勇んで買って、居酒屋の女将をやって家に帰って、お風呂に入って、さあ、ジャズにはバーボンかしら、なんて思いながらCDコンポに久しぶりにスイッチを入れたら、壊れて音が出ないの。三年間、コンセントも抜いたままだったし、あれを買ったのは四十歳の誕生日だったもんね。無理もないわよね」

志乃子は畳の上にあお向けになり、手足をばたつかせて笑い、

「早く新しいの買いなさいよ」

と言った途端、自分が姉に何のお祝いもしていないことに気づいた。美乃が一大決心

をして病院勤めを辞め、「海雛」を鹿島仁義から買って居酒屋の女将として新しい出発をしたというのに、自分はそのお祝いをしていない……。

「私が買ってあげる」

と勢いで言ってしまってから、すぐにしまったと後悔したが、五万や六万なんて何だ、一千五百万円も入ったんだぞと志乃子は自分に言い聞かせた。

「なんだか太っ腹になっちゃったわねェ。『いつまでも有ると思うな親と金』だぞ」

幾分驚いた表情で見つめ返してから、美乃はそう言った。

「もう注文しちゃったのよ。駅前の電器店で。大量販売の安売り店のせいでしばらく店を閉めてたんだけど、また商売を再開したから、ちょっと奮発して、二十六万円のを」

「二十六万円？　ＣＤコンポって、そんなに高いの？　私、せいぜい五、六万かと思って……」

志乃子は、自分の気前のよすぎる言葉を即座に撤回しようと、寝転んでいた体を正座させた。

「どんなものでもピンからキリまであるのよ。音響の機械ってのはその最たるものなのよ。理事長のお宅のコンポは総額四百七十万円の代物よ。音が違うのよ、音が。私のコンポでは聞こえない音が、理事長のでは、はっきりと腹に染み込む音で聞こえるんだから」

「理事長って、病院の？　あの人、そんな趣味があったの？」

「奥さんが好きなのよ。とくにブラームスが。ブラームス命なの。ブラームスは、交響曲は四作あるんだけど、とくに第四番が。私、お勧めのCDを買ったわ。バーンスタイン指揮のウィーン・フィルを。私、いっぺんにはまっちゃって、ある時期、寝る前に毎晩聴いてたの。でも、理事長のお宅で聴かせてもらったら、ぜんぜん別の曲だって言ってもいいくらいに違うのよ。どっちもおんなじCDなのよ。呆然《ぼうぜん》としたわよ。その日から、私、自分のCDコンポのコンセントを抜いちゃったの」

美乃の言葉を聞いているうちに、志乃子は、井澤繁佑が学生時代に自分でステレオのセットを作ったという話をしてくれたことを思い出した。

「そんな高いの、買ってあげられないわ。海雛新規開業のお祝いに二十六万円なんて」

「けち！　ただで貰った茶碗で三千万円儲けたくせに。ねェ、その三千万円、何に使うの？」

その美乃の問いに、夫の仕事の回転資金に三百万円使ったが、それ以外の使い道はまだ考えていないと志乃子は答えて、井澤手作りのステレオセットのことを話して聞かせた。

「井澤さんも、モアちゃんの歌を聴きたいって言ってたわ。東京か横浜でのライブは、こんどはいつなのか、本人に訊いとくわね」

そう言って、風呂に入るために立ちあがり、木本沙知代は自分のアルバムを作るつもりはあるのだろうかと考えた。

七

十月の半ばになっても、「かささぎ堂」の笠木恵津の引っ越し先はわからなかった。財津厚郎が知り合いの不動産業者たちにあたってみてくれたが、あの二階屋に関しての情報を持っている者はいなかったのだ。

息子夫婦と暮らすことになった七十二歳の笠木恵津が、夫の遺した土地を手放さずに所有しつづけるはずはあるまいと推測していたのだが、もし手放すならば、どこかの不動産業者に話を持っていくだろうから、あるいはすでに買い手がついていたのかもしれない。

それとも、土地を手放すであろうというのは他人の勝手な詮索《せんさく》で、当面は売る気はないとも考えられる。

いずれにしても、能勢志乃子は笠木恵津を捜したのだ。三千万円をひとり占めしようとしたのではない。みつからなければ仕方がないではないか……。

夫にも、娘の茜にも、改めてそう諭されて、志乃子は少し気がらくになり、「取引きは終わったのだ」ともういちど自分に言い聞かせ、笠木恵津のことには、ここでいちおうきりをつけると決めた。

けれども、最初に支払われた茶碗の代金のうちの一千万円は自分のものではないとつねに自覚していたかったので、志乃子はその金額だけを預金通帳から引き出し、別の新しい口座を作ってそこに移すために銀行に行き、所定の手続きを済ませると、財津ホームの早苗に電話をかけた。

笠木恵津に渡す金を置いておくために、自分名義の新たな口座を設けたことで気がらくになり、久しぶりに早苗の頓狂なお喋りを聞いてみたくて、富岡八幡宮の近くの甘味処でおいしいものをご馳走しようと思ったのだ。

早苗は、ちょうどいまから銀行に行くつもりだったのだと言い、店で待っていてくれと嬉しそうに応じた。

いまや上に高くまっすぐ伸ばせなくなった右腕を無意識にさすりながら、志乃子は行きつけの事務用品店で納品書の用紙を買い、富岡八幡宮の横の道を歩いて甘味処に行きかけて、前から自転車でやって来る女を見た瞬間、慌てて民家の玄関口に立った。

その女から隠れるために、背を向ける格好で他人の家に入るふりをしたのだが、志乃子はなぜ湯木留美という名の、きわだった美貌の女に気づかれたくないのか、自分でもよくわからなかった。

首を捻って湯木留美のほうを見やると、まだ少し花をつけている金木犀のある家の横から狭い路地へと曲がっていくところだった。

ああ、この五十肩はいつ治るのだろう。志乃子はそう思いながら歩きだし、何気なくうしろを振り返った。それは、もうとうに道を曲がって行ってしまったはずの湯木留美が、身を翻すように自転車の向きを変えるのと同時だった。

志乃子は体が冷たくなるような気がして、小走りで甘味処へと向かった。

あの女は、私を見ていたのだと思った。うしろを通り過ぎるときか、あるいはそれよりも前に、私に気づいていたのだ。いや、はっきりとは気づかず、なんとなく似ているなと感じ、路地への曲がり角で自転車を停めて確かめていたのかもしれない。

私もそうだが、あの女もどうして声をかけなかったのだろう。誰かの家の玄関に立った私の姿を見て、顔を見られないためにそうしていると受け取ったのであろうか。実際、そうだったのだが……。

湯木留美が笠木恵津から伝授されたあのカレーのレシピは、事務机の抽斗にしまい込んだままだ。何種類かのスパイス・パウダーを調合しなければならないのが面倒で、カレーを作るときはつい市販のルーですませてしまうからだが、自分の無意識という領域には、あの女に近づきたくないという正体不明の感情がある。それはなぜだろう。あの美貌への女としての妬みだろうか。いや、そうではない。そんな単純なものではなさそうだ。

志乃子は、そう考えながら、湯木留美に気づかれないようにしてしまったことを後悔した。なにも自然に挨拶をすればいいものを、顔を隠したことで、女に不信感を抱かせてしまったという思いだった。

「うちは、きょうが支払い日なの」

用事を済ませて甘味処にやって来た早苗は、手提げの古い革鞄を持っていた。いかにも大事なものが入っていると感じさせる旧式の革鞄は、まだ十九歳の早苗を年増の熟練事務員に見せた。

「その鞄、大昔の行商人が持ってたって感じね」

「でしょう？　この手提げ鞄、私をばあさんにさせちゃうでしょう？　でも、財津のおっさんは、銀行に行くときはこの鞄を使えって。こんな鞄を持って銀行に出入りするほうが危ないじゃんねェ」

そう言って、早苗は「昼下がりのセット」というのを注文した。

「こんどの土曜日と日曜日は休ませてもらえることになったの。不動産屋は土日はかきいれ時なんだけどね。おばあちゃんとこへ行くの。志乃子さんも一緒に行かない？　あの石をみつけたとこへ案内するから。もっとおもしろい形の石があるかもしれないわよ」

その早苗の誘いは本気のようだった。

東海道本線の金谷《かなや》駅から大井川鐵道《おおいがわてつどう》に乗り換えて北上して行くと、次第に河原の幅が狭くなり、渓谷のなかに入る。自分の実家はそのなかにある。

辺鄙《へんぴ》な山里だが、大井川鐵道は人気があって、休日は旅行者や鉄道マニアが多く乗っている。そんなマニアたちのほとんどが通り過ぎる特徴のない小さな駅から東側の山の背に向かって畑や茶畑のなかの道を行くと、戸数三十ほどの集落がある。祖母は、その集落の北の端で暮らしている。

下水道はやっとおととしにその集落にも整備されたが、どの家もいまだに井戸水を使い、自分たちが口にする野菜類は自分たちで作っている。かつては茶葉農家だったが、事情があってその茶畑を人に貸し、父も、父の姉弟たちも都会に出て来た。

故郷から離れてしまったが、先祖代々からの、広いだけが取り柄の土地と家を手放したくても買い手がない。だから、祖母は茶畑のわずかな賃貸料と、子供たちからの仕送りで生活をして、ひとりで家を守っているのだ。

早苗はそう説明し、

「でも、おばあちゃんひとりだから、お金に困るってことはないのよ。叔父さん一家は東京で、伯母さん一家は静岡市で暮らしてるけど、みんなおばあちゃんの家に行くのを楽しみにしてて、お盆とお正月には、何があっても帰って来るの。おばあちゃんが死んだら、あの家はどうしようかって考えてるらしいけど、おばあちゃんは耳が遠いだけで、まだまだ元気だし。ねぇ、行かない？」

と早口で言った。

いなかの古い家だから、十二畳と八畳と六畳の部屋がある。十二畳の部屋は、仏壇があるだけで誰も使っていない。祖母は納戸の横の六畳の部屋で寝起きしていて、食事もそこで取るので、志乃子さんは十二畳の部屋で手脚を伸ばして寝ればいい。

その早苗の言葉で、志乃子は十二畳という広さを想像してみた。きっと、畳は東京サイズではないはずだから、自分が知っている十二畳よりもはるかに広いのだろうと思った。

「行きたいけど、主婦にそんな自由な時間はないのよ。でも、行きたい」

志乃子はそう言いながら、あの「リンゴ牛」を作った幾筋もの水の落下を見たいと思った。

「じゃあ行こうよ。おばあちゃんが喜ぶから」

「早苗ちゃんのおばあちゃんが、どうして喜んでくれるの？」

人寂しいから、たまに客が来るのが嬉しいのだろうかと思いながら、志乃子はそう訊いた。

「背中にリンゴを載せて笑ってる牛そっくりな人がいるから、いつかつれて来るって約束しちゃったっスよ」

早苗の言葉に、少し怒った表情を作って睨み返したとき、隣の椅子に置いたショルダーバッグのなかの携帯電話が鳴った。マナーモードにするのを忘れていたので、志乃子はバッグを持って店の外に出た。電話は木本沙知代からだった。

「いま、近くまで来てるんだけど、ちょっとお喋りでもしない？」

と沙知代は言った。

「近くって、どこにいるの？」

沙知代の説明を聞き、志乃子は頭のなかで門前仲町周辺の地図を描いた。沙知代は自分の運転する車で新木場の東側にいるのだ。

志乃子は、富岡八幡宮の場所を教え、その東隣の筋にある甘味処の店名を言った。

「若い友だちとお喋りしてたの。若いわよ、十九歳の女の子」

「私が邪魔してもいいの？」

「いいわよ。いまどきの子だけど、おもしろくて気持ちのいい子よ。モアちゃんを紹介したらきっと喜ぶわ」

電話を切り、店のなかに戻ると、もうすぐ学生時代の友だちがやって来ると早苗に言った。自分が知るかぎり、日本一のジャズ・シンガーだ、と。

「ジャズ・シンガー？　プロの？　日本で一番？　何て名前？　ジャズって、どんな曲？　私でも知ってる曲があるかな」

志乃子は、まだ誰もが知るメジャーな歌手ではないが、その力量は日本一だと思うと説明し、ライブで沙知代が最初に歌った三曲を教えた。「ジュリー・ロンドンの『この世の果てまで』、サラ・ヴォーンの『あなたは変わったわ』、スー・レイニーの『オール・バイ・マイセルフ』。どれもすばらしかった。聴いて、なんだか涙が出そうになっちゃった」

早苗は自分の携帯電話を出し、両方の親指を素早く動かして、何かを打ち込んだ。三つの曲名と歌手名をメモしたのだという。

「凄い早技ねェ。左手は人差し指も使ってなかった?」

志乃子は感嘆の声で訊いた。

「右手は携帯を持ってるから親指しか使えないけど、左手は空いてるじゃん。だから人差し指も中指も使えるよ。こんなの普通よ。もっと凄いこと出来る子、いっぱいいるよ。私は中指を使いすぎると、薬指がつっちゃうの。友だちからは修業が足りないって笑われてるけどね」

「もういっぺんやってみせてよ」

志乃子が頼むと、早苗は、右手で携帯電話を持ち、それを計算機のように掌の上に載せて、左の人差し指と薬指と中指で文字を打った。右の親指は文字変換用で、左の親指で確定ボタンを押すらしい。

「すごーい。見事な曲芸を見てるって感じ。速すぎて、どの指でどのキーを押したのかわからないわねェ」

「こんなことが出来たからって、しあわせはやって来ないもんね」

つまらなさそうにつぶやき、早苗は携帯電話を事務服のポケットにしまった。

「どうしたの？　彼氏とケンカでもしたの？」

「彼氏なんていないもん。出来かけたかと思った途端に逃げられちゃうんだもん」

志乃子は笑いながら、なぜ逃げられるのかと訊いた。

「私って理屈っぽくて、垢抜《あかぬ》けてなくて、年寄り臭くて、すぐに説教を始めるんだって。ほんのちょっとつきあった男の子が、みんなおんなじことを言うんだもん。四人が四人、全部。だから、きっと人からはそう見られてるんだ。そう見られてるってことは、きっとそうだからだ。ねっ？　そうでしょう？」

「同じ年頃の男の子が、早苗ちゃんには不甲斐《ふがい》なく見えるのよ。歯ごたえがなさすぎて、つい相手の幼さに苛立つのよ。それって、相手は感じるから、上から説教されてるような気がして、早苗ちゃんが煙たくなってくるんだと思うわ。だって、私が知ってる十八、九の男の子って、まあどれもこれも、まともな日本語は喋れないし、相手の目を見て話なんか出来ないし、打てば響くってところがまったくないんだもん。そのくせ、オーデコロンとか整髪料とかはこまめにつけて、ゲームソフトが新発売になるっていったら、夜中から並んで買って……。艶のないゴーヤが垂れ下がってるみたいな歩き方で」

早苗は笑い、十日前に知り合った男の子に、しなびた胡瓜《きゆうり》みたいな歩き方は直したほうがいいと思う、と遠回しに忠告したら、お前こそ白いムカデみたいにくにゃくにゃするなと言い返されて、それきり電話もメールも来なくなったと言った。

「それって、ぜんぜん遠回しじゃないわよ。核心をずばっと突いたのよ」

志乃子がそう言って笑ったとき、木本沙知代が店内に入って来た。ドレッド・ヘアにして、そのところどころに緑色の石の飾りを結びつけ、どこかの原始的な部族が祭事に身につけそうな、色とりどりの柄を織り込んだ丈の長い服を着ていた。

「駐車場を探すのに時間がかかっちゃった」

そう言ってから、沙知代は、椅子に腰かけたまま茫然と見上げている早苗に、先に丁寧に初対面の挨拶をした。

志乃子にそっと脚を蹴られて、早苗は慌てて立ちあがり、

「土屋早苗です。志乃子さんにはいつもお世話だらけで、こんなときに横入りしてすみません」

と言った。

早苗が何を伝えようとしたのかは察しがつくのだが、初対面の木本沙知代に度肝を抜かれて、奇妙な日本語を口走ったのだと思い、志乃子は両手で口を押さえて笑った。

「土屋さんは、お歳はお幾つ？」

と訊きながら、沙知代は志乃子の隣の席に坐った。

「十九です。あのお、早苗って呼んでくれたら嬉しいです」

「じゃあ、私のこともモアちゃんて呼んでね。うわあ、嬉しい。こんなに若いお友だちが出来ちゃった」

「モアちゃん、ですか……。モアちゃんて、眩暈がするほどのカリスマですね。私の心はいまひれ伏してます」

志乃子は、片手を伸ばして早苗の肩を小さく叩き、

「少し落ち着きなさいよ。なにもかもがうわずってるわよ。密林で原住民の巫女《みこ》とでくわしたんじゃないんだから」

と言った。

「私のどこが巫女なのよ」

そう言って、沙知代は抹茶と和菓子のセットを注文し、ふたりの話に横入りしたのは私のほうだったのではないのかと早苗に訊いた。早苗は、大井川の上流にある自分の実家に遊びに行かないかと志乃子さんを誘っていたのだと説明し、「リンゴ牛」のことを、祖母のことを、幾筋もの細い滝のことを、いなかの家の夜の静けさを、早口過ぎて口がうまく動かないほどになりながら喋ってから、

「モアちゃんも一緒に行きませんか？」

と誘った。あがってしまっているので、その気もないのにモアちゃんまで誘ってしまったのだと志乃子は思った。

「へえ、私まで誘って下さって……。こんな女が突然訪ねて行ったら、早苗さんのおばあさま、びっくりなさいますよ」

その沙知代の言葉に、早苗は首を強く横に振って、

「しません、しません。うちのおばあちゃんは物に動じません」

と言った。

「行きたいなァ。志乃ちゃん、私、行きたい。一緒に行こうよ」

その沙知代の言葉に驚き、

「えっ？　モアちゃん、本気？」

と訊き返しながらも、志乃子はそれを沙知代のいわばリップ・サーヴィスなのだと思った。だが、沙知代は、着ている服と同じ生地で作った大きなバッグのなかから手帳を出し、自分のスケジュールを確認し、

「日曜は九時までに家に帰ればいいわ」

と言って、志乃子を見やった。あなたはどうするのかと問いかける目だった。

三十年ほど前から、大井川鐵道は鉄道マニアが押し寄せるようになった。一日に何便

かSL列車を走らせるからだ。休日ともなると列車は満員になる。自分の実家に行くには、そのSL列車には乗らない。観光客用のSL列車が停まらない無人駅だからだ。

大井川鐵道にはふたつの線がある。在来の東海道本線の金谷駅から千頭《せんず》駅までが本線で、千頭駅から井川《いかわ》駅までが井川線だ。井川線はダムを造るために引かれた路線で、入り組んだ渓谷を縫って急な斜面を上り下りするため、日本でたったひとつのアプト式区間を持つ路線なのだ。

そう説明してから、早苗も決断を促すような目で志乃子を見た。

「行こうよ。私、くたくたなのよ。夫が死んだあとの相続税のことで、思いもかけないトラブルが起こっちゃって……。人間とのトラブルじゃなくて、税法上の問題なんだけど、私ってそういうことがどうにもこうにも苦手だから、全部税理士にまかせてたの。そしたら、うちの税理士が能無しで。手の打ち方が遅くて、私、苛々しちゃって、頭にきて、別の有能な税理士に代えたの。その相続税のことがやっと片づいたのが三日前。この一カ月、どんなに大変だったか。週に二回のボイス・トレーニングにも行けない。週に三回の英語の個人レッスンにも行けない。それどころか、たった一曲の歌の練習もできない。だから、仕事を人に譲って、歌に専念することにしたわ」

その沙知代の、両手を大きく動かしながらの言葉で、志乃子はバッグを持って店から出ると、夫に電話をかけた。現場で作業中だったら怒るかもしれないと思ったが、夫はすぐに電話に出た。現場の建築会社の事務所でひとやすみしているところだという。

志乃子が事情を話すと、

「ああ、行ってこいよ」

と琢己は機嫌のいい口調で言った。

「土曜日、仕事でしょう?」

「うん、だけど昼までには終わるよ。だから、弁当を作ってくれなくてもいいんだ。行ってこい、行ってこい。大井川鐵道は絶景だぜ」

「行ったこと、あるの?」

「テレビの旅番組で観たんだ。蒸気機関車が走ってるんだぜ」

志乃子は店のなかに戻り、

「私も行けるわ」

とふたりに言った。

金谷までは沙知代の車で行くことが決まった。志乃子と早苗は、土曜日の朝の九時に待ち合わせて、電車で沙知代の家に行き、そこで沙知代の運転する車に乗る。車は新金谷駅近くの駐車場に預け、そこから大井川鐵道に乗る。

それだけを決めると、早苗は旧式の革鞄を持って財津ホームへと戻って行った。

「早苗ちゃんのこと気に入ったのね」

と志乃子は笑顔を沙知代に向けた。

「あの子、清潔よ。頭もいいわ。あの子、きっとジャズにはまるわ」

と沙知代も笑みを浮かべて言った。

「あの子には嘘がないのよ。磨けば光る玉よ。どう光るかはわからないけど。あっ、この子は光る。ぱっと見た瞬間にそう感じたわ」

さらにそうつづけてから、沙知代はさっきの手帳をひらき、挟んであったチケットを二枚出した。次のライブのチケットだった。十一月の中旬に横浜のライブハウスでの公演が決まったのだ。

「百二十人入るライブハウスなの。私には入れ物が大きすぎるって気がするけど、勧めてくれる人が、チケットを五十枚引き受けるからって。バンドもスケジュールをこじあけてくれたし。そのバンドは、こないだの大御所たちじゃなくて、みんな若い人なの。ぱっと見は、そこいらのニイチャンだけど、みんな凄腕なのよ。だけど、この凄腕五人が組むのは初めてなの。ピアノ、ベース、サックス、ギター、ドラムス。凄腕同士だから、ぶつかり合うのよね」

「大丈夫よ、みんな、巫女には従うわよ」

志乃子は、冗談めかして励ましたつもりだったが、沙知代はしばらく黙り込み、ひらいたままの手帳の、何も書かれていないページに見入りつづけたあと、

「そうか、そうだよね」

　と言って顔をあげた。

　チケット代は一枚五千円だったので、志乃子は一万円を払おうとしたが、沙知代は受け取らなかった。

「駄目よ、モアちゃんも凄腕のプロなのよ。プロはただでは仕事をしないの。プロにお金を払わないやつとはつきあっちゃいけないの」

　そう言って、無理矢理に一万円札を沙知代に渡し、五十枚ものチケットを引き受けてくれるのは、どこかの音楽プロダクションの人なのかと訊いた。沙知代の口から出たのは、美乃に本を貸してくれたレコード店の店主の名だった。そのライブハウスの経営者から聞いて、沙知代に電話をしてきたという。

「そのあと、私がレコード店に訪ねて行ったの。あのレコード店も、ご主人も、私たちの世界では有名よ。この世界で名をなした人たちは、みんなあの人にいちどはお世話になってるわ。飯塚《いいづか》さんていうんだけど、飯塚さんは、私と逢うなり、『木本さんは別格です』って言ってくれたの。『私は長生きをしてよかった』って。『日本人でこれほどのジャズ歌手が登場するとは思わなかった』って」

　志乃子は、沙知代が話し終えるのを待って、姉の美乃とそのレコード店の店主との出会いを語って聞かせた。

「こないだ、五日ほど前かな、お店の人たちをつれて『海雛』に来てくれたんだって。お酒は芋焼酎のお湯割りを一杯半って決めてて、それ以上は飲まなくて、魚料理が好きなんだって。大きな金目鯛丸々一匹の煮つけを、猫も真っ青になるくらいきれいに食べたって」

こういうのも奇遇と表現すべきであろうと言い、沙知代はチケットをもう一枚出した。美乃のためだという。そしてそのチケット代は頑として受け取らなかった。

早苗の祖母の家へ一泊で遊びに行くための打ち合わせをしたあと、志乃子は甘味処から歩いて七、八分のところにある有料駐車場まで沙知代を送った。沙知代の車は十人乗りのワゴン車で、後部座席の二列を取り外してあった。音楽機材を積むためには、そうしなければ狭いらしい。

志乃子は、家に帰ると、留守番電話に入っていた夫の得意先からの三件の用事を処理するために、十軒の資材店に電話をかけた。それがやっと終わったときには四時になっていた。

一泊の旅など久しく行っていない。久しいどころではない。家族で夏休みに海に行って民宿で一泊したのは、智春が高校二年生のときだから、六年前ではないか。

志乃子は指を折って数え、早苗の祖母へのおみやげは何にしようかと考えた。菓子では芸がなさすぎるが、いなか暮らしの老人にはそれがいちばんいいかもしれない。ひとり暮らしなのだから生菓子は避けよう。日持ちのするもので、東京でなければ手に入らない菓子……。

「うーん、そうなると難しいのよねェ」

ひとりごとを言いながら、洗濯物を取り込んでいるとチャイムが鳴った。玄関には湯木留美が立っていた。

突然に訪ねて来て申し訳ないと言ったきり、湯木留美は志乃子を見つめて玄関口に立ちつづけた。

ひとことも口にせず、薄ら笑いとも思える曖昧な笑みを注ぎながらも、湯木留美の目は志乃子の家の内部を詳細に観察しているようだった。

奇妙な恐怖を感じながらも、志乃子は一歩前に出て、どんなご用件かと訊いた。この女を自分の住まいに入れてはならないと思ったのだ。

「お玄関先の立ち話で済むような用件でおうかがいしたんじゃないんです」

と湯木留美は言い、わざとらしく志乃子の肩口から部屋の内部を覗き込んだ。

「どんなご用件かわかりませんが、たいていは玄関先の立ち話で済むんじゃないでしょうか。湯木さんと私とはそんなに親しいおつきあいじゃないんですから」

その志乃子の言葉が終わらないうちに、湯木留美はリビングの左側を指差し、

「私が狙いをつけてた文机があるわね」

と言って、微笑みながら首を大きくかしげた。ねぇ、なかに入れてくださいなと要求しているとわかっても、志乃子は通せんぼをするように立ちつづけたまま、文机がどうしたのかと訊いた。その声が震えていることが自分でなさけなかった。

「『かささぎ堂』からぶんどっていったのは、あの文机だけじゃないでしょう?」

そう言った途端、湯木留美は笑みを消し、志乃子の腹の底をさぐるように、ふいに目を細めて睨みつけてきた。

ああ、そのての女だったのかと、志乃子は湯木留美の計算された表情の変化を見て思った。

「文机は笠木さんが下さったんです。私は、自分でも買えるものだったら売ってもらおうと思ったんですけど、笠木さんが、店には邪魔だから、欲しかったら持って行っていいって」

「私が知りたいのはその文机じゃないのよ。笠木さんのご主人が遺したがらくたのなかに隠れてたやつよ」

志乃子は烈しい動悸と脚の震えで立っていられないほどになりながらも、

「一歩でも私の家に入ったら警察を呼びますからね」

と言って、リビングへ行き、李朝の時代の手文庫を持ち、再び玄関口に戻った。

「これですか? なかに日記とか写真とかが入ってましたけど、これを笠木さんに貰ったときには、そんなものが入ってるなんて知らなかったんです。笠木さんもご存知なかったと思います」

手文庫をあけて、志乃子は横尾文之助の手記を出し、それを湯木留美の眼前に突きつけた。

「警察を呼ぶなんて言ったけど、そんなことをして困るのは、能勢さんのほうじゃありませんの？　あなたが『かささぎ堂』の二階から持って行ったのは、これだけじゃないでしょう？　それをこうやって隠しつづけるってのは、能勢さんがその価値を知ってるからよ。おとなしそうな、ごく普通の家庭の主婦だと思ってたけど、案外、したたかね。もうひとつ、凄いものを持って行ったでしょう？」

「凄いものって何なんです？」

そう訊き返しながら、志乃子は、この女はその凄いものが具体的に何であるかを知らないのではないかと思った。そうでなければ、鼠志野の茶碗だと言うはずではないか、と。

少し恐怖も鎮まり、動悸もおさまってきて、志乃子は、自分はいかなる犯罪も犯していないし、道義的にやましい行ないもないと心のなかで確かめてみた。笠木恵津への分け前は、別に銀行口座を設けて、そこに納めてある。笠木恵津が見つからないから渡せないだけなのだ。そしてそれはこの湯木留美とは何の関係もない……。

こんな誰もが振り返るほどのはなやいだ美貌を、つねに意識して生きて来たであろう何者ともつかない女の脅しに負けるものか。私は赤ん坊のときは「白ナマズ」で、おとなになってからは「リンゴ牛」なのだ。私はケンカなんかしたことはないが、やったら強いかもしれないのだ。私は運がいいのだ。滅多にないくらいの強運に恵まれているのだ。

志乃子は頭のなかでめまぐるしく考えを巡らせ、

「ああ、あれですか？」

と言った。湯木留美の目の光が強くなった。

志乃子は、京都の著名な陶芸家の息子が幼いときに焼いた手足の長い人形を持って来て、

「これも貰いました。これで全部です」

と言った。

不審気な表情で陶製の小さな人形を手に取って眺め入り、

「これは『かささぎ堂』のどこにあったの？」

と湯木留美は訊いた。

「二階のがらくたの山のなかの、小さな桐の箱に入ってたんです。子供がこねくりまわして作ったようなものだけど、可愛らしかったから貰ったんです。これって、そんなに凄いものなんですか？」

「これが入ってた桐の箱を見せてもらえません？」

「捨てました。あんまり汚いから」

志乃子の言葉を聞いているのか聞いていないのかわからないような湯木留美の表情には、落胆とも当惑ともつかない翳《かげ》が生じていた。

やはりこの女は「凄いもの」が何なのかを知らないのだ。だが、それなのに、「かささぎ堂」の二階のがらくたのなかに「凄いもの」が人知れず紛れ込んでいたことを知っている。いったいどうやってそれを知ったのだろう……。

志乃子はそう考えると同時に、この湯木留美という女は、どんな権限があって私に「凄いもの」の存在を問い詰められるのかと腹が立ってきた。

私はさっきからずっと守勢に廻っている。何を怖がっているのだ。子供のころから美しさを鼻にかけてきたに違いないこんな女に臆したまま、何の攻勢もかけられないなんて、人間として恥ずかしい。臆病すぎる。

勇気を出せ、白ナマズ。反転攻勢に打って出よ、リンゴ牛。私にはやましいところはひとつもないのだ。

そう自分に言い聞かせ、陶製の人形を湯木留美の手から取ると、

「この人形がどんなに凄いものでも、私のものです。私が貰ったんです。笠木さんは、私にくれたんです。どうしてあなたに渡さなきゃいけないんですか？　あなたにいったいどんな権利があるんです？　だいいち、どうして私の家をご存知なんですか？　私の

あとをこっそり尾《つ》けたんですか？　何のためにそんなことをするんですか？」

と早口で言った。日頃、そんな喋り方をしたことがないので、舌が廻らなくなって、唇の端から涎《よだれ》が出そうになった。

「私に権利があるのよ。だけど、それはこんな人形じゃないわ。突然訪ねて来て、びっくりさせちゃって。こんどまたゆっくりお話ししましょう」

湯木留美は笑みを取り戻し、階段を降りかけたが、振り返って、

「あのカレー、作ってみました？」

と訊いた。志乃子は、まだだと答え、

「私には湯木さんとゆっくりお話しする気はありません。こっそり私のあとを尾けてた人なんか気味が悪くて……」

と言って、ドアを閉めた。そして、台所の流しのところへ行き、陶製の人形を石鹸《せっけん》で洗った。女のオーデコロンの匂いがついてしまったような気がしたのだ。

人形を元の場所に戻すと、志乃子は、握りしめた拳を強く前方に突き出しながら、よしっ、よしっ、と声に出して言った。

生まれて初めて人とケンカらしきものをした。反転攻勢に打って出てやった。相手はぐうの音も出なかった。ざまあみろ。

志乃子は文机に両肘をついて坐り、何度も深呼吸をして心を鎮めているうちに、あの

女の背後に恐ろしい連中が控えていたらどうしようかと不安になってきた。

こういうときに頼りになるのかならないのか、はなはだ疑問な夫だが、私には夫しか相談相手はいないのだ。

そう考えながら、志乃子は携帯電話のボタンを押した。

夫の声とともに電気ノコギリの回転する音と近くにいる作業員の怒鳴る声も聞こえた。

「えっ？　何？　よく聞こえないなァ」

そう訊き返しながら、琢己は作業現場から離れたところへ移動したようだった。

志乃子があらましを説明すると、琢己は即座に言った。

「なんで正直に鼠志野の茶碗を貰ったって言わなかったんだよ」

「えっ？　だってそんなこと言えないでしょう？」

「言えばいいじゃないか。もう売ってしまいましたって。それがあなたとどんな関係があるんですか。私はそんな凄いもんとは知らずに持主から貰って、あとで高価なものだとわかって、持主を捜したけど見つからなかった。『かささぎ堂』のおばあさんの居所がわかったら、売ったお金を分配するつもりだ。それは私と笠木さんとの問題だ。そう教えてやったら、それで終わりだろう」

拍子抜けして、志乃子は電話を耳にあてがったままソファへと移り、そこに長々と横たわった。

「もしまたこんど来たら、そう言ってやれよ」

泡を食って電話してくるほどのことではないだろうという夫の口振りに、

「でも、あの茶碗の所有権が正式に湯木留美さんにあるとしたら、どうなるの？」

と志乃子は訊いた。

「そしたら、返したらいいじゃないか。買った相手に事情を説明して、茶碗を返してもらうか、それとも、お前が受け取るはずの金額をその湯木って女に渡すか。それで済むことだろう？　何の問題もないさ」

私の夫は、なんと単純明快に解決策を授けてくれたことだろうと志乃子が感心していると、

「その女に所有権なんてないよ」

と琢己は言った。

「あったら、ちゃんとそのことをお前に説明してるさ」

志乃子が、もしあの女の背後に怖い人たちが、と言いかけた言葉を、

「そんなのがいたら、最初からそういう連中が出て来るさ。いない、いない。いたところで、たいしたやつらじゃないよ」

琢己はそう打ち消し、取り付け工事はこれからが俺の出番だと大声で言って電話を切った。

携帯電話を自分の腹の上に放り投げるようにして置き、

「私の亭主は、頼りになるじゃん」

と志乃子は声に出して言った。

「惚れ直そうかしら……」

にわかに深い疲れを感じて、志乃子は目を閉じた。夕飯の仕度に取りかからねばならないし、夫の作業着と茜のスカートにアイロンを当てなければならない。そうだ、井澤繁佑にモアちゃんのライブが横浜でやることが決まったことを教えたい。

志乃子はそう考えているうちに眠ってしまった。

茜に起こされて、自分がソファで寝ていたのに気づき、慌てて壁掛け時計を見ると五時半だった。

「豚みたいないびきだったよ」

すでに学校の制服から普段着に着替えた茜は言った。気持ち良さそうによく眠っているので四十分ほど待ったが、いびきが大きくなってきたので起こしたのだという。

「これぞオバハンのいびきって感じだったよ」

「あんたも五十歳になったら、こんなふうになるの。なによ、豚とかオバハンとか。あんただって歯ぎしりをするのよ」

そう言って、志乃子は夕飯を作るために冷蔵庫をあけた。

母の手の骨折は治ったが、家事にいそしむことでまた転んだり、体のどこかを打ったりしてはいけないと思い、洗濯や掃除は決して自分でやろうとはしないようにとしつこいくらいに何度も言っていたので、志乃子は金曜日の午後、横浜の実家へ行った。母が庭に植えたコスモスが咲きかけていた。

美乃が買ったＣＤコンポには、専門家が使うようなヘッドホーンが付いていて、それもかなり高価なものだったので、志乃子は「海雛」の新規開店祝いとして、そのぶんの金額を熨斗《のし》袋に入れ、木本沙知代から貰ったライブのチケットと一緒に渡した。そして、何気なくヘッドホーンをつけて、スイッチを入れた。あらっぽくて自堕落でありながら、その底に深い叙情を秘めたサックスとピアノの烈しい旋律が頭蓋骨のなかに響いた。

「すごーい」

と志乃子は言った。美乃が何か話しかけてきたがその声は聞こえなかった。

「私、この曲、好き。もう文句なしに好き。はまった。私、完璧にはまっちゃった」

演奏に聴き入りながら、そう言って志乃子はＣＤ盤に入っている解説書を読んだ。ＣＤのタイトルは「ブレイクスルー」で、演奏はドン・プーレン＝ジョージ・アダムス・カルテットだった。

「これよ」

美乃が指差したところには曲名が書かれていた。「ソング・フロム・ジ・オールド・カントリー」。

日本語に訳したら「祖国からの歌」となるのだろうが、「祖国」よりも「遠い祖国」とするほうが似つかわしいし、「ソング」も「歌」よりも「音」か「響き」がふさわしい。

志乃子はそう考えて、勝手に自分で「遠い祖国からの響き」と日本語の題をつけた。

もう他の曲は聴く気になれず、その曲を三回つづけて聴き、スイッチを切ってヘッドホーンを外し、

「このピアノが、同じメロディーを音階を少しずつ下げながら、繰り返して繰り返して、すとんと落ちるところが痺れるわよねェ」

と言った。

「痺れる？　志乃ちゃんが音楽を聴いて、痺れるなんて感想を口にしたのは初めてよね」

美乃は嬉しそうに言い、この曲は一九八七年に来日したカルテットが、富士山の麓で毎年催されるジャズフェスティバルでも演奏し、一万人の観客を総立ちにさせたそうだと教えてくれた。

「ドン・プーレンがピアノ、ジョージ・アダムスがサックス、キャメロン・ブラウンがベース、ダニー・リッチモンドがドラムス。でも日本に来た翌年にダニー・リッチモン

ドは死んだの。これも名曲中の名曲ね」

その美乃の言葉に、

「烈しいリリシズムね」

と志乃子は言った。

「おぬし、なかなかわかるようになったのお。烈しいリリシズムかァ……。フリーキーかつアヴァンギャルドかつハードかつリリカル。そうよねェ、リリシズムってのがこの演奏の体幹よねェ」

「タイカン？」

志乃子が訊き返すと、美乃は雑誌の裏にボールペンでその漢字を書いた。それから志乃子を見つめ、

「ねェ、五線譜って知ってるよね」

と訊いた。

「知ってるわよ、そのくらい。楽譜を書くのでしょう？」

「あの五線譜って、五本の横線の隙間が〇・〇一ミリくらいのものもあれば、五センチのもあるって知ってる？」

「小学生のとき、音楽の授業で先生が黒板にチョークで書いた五線譜は、線と線のあいだが十センチくらいあったわね」

「そういう意味じゃないのよ。どんなに上手に歌える美声の持主でも、線と線のあいだが〇・〇一ミリしかない人がいるのよ。歌手にしても演奏家にしても、そういう小さい五線譜のなかでしか音が出せない人が、ただ上手だとか、見た目が派手だとかで一流扱いされてるのが、この日本ていう国なのよ」

「それって、レコード店のご主人からの受け売りでしょう」

志乃子がひやかすように上目遣いで見つめると、美乃は珍しく素直に、うんと答えた。

「飯塚さんは、木本沙知代さんの歌を、この五線譜の、線と線のあいだがものすごく広いんだって言ってたわ。あれは天性のもので、自分が知るかぎりでは、木本沙知代を超えるジャズ歌手はいないって」

「それ、ほんと？　モアちゃんはやっぱり大物なんだ」

志乃子は嬉しくなってきて、あした、モアちゃんも一緒に大井川鐵道に乗って、一泊の旅をするのだと言った。

「美乃ちゃんも行けたらいいのにね。でも、土曜日の夜は、『海雛』はかきいれどきよね」

「私、日曜日は、飯塚さんに食事に誘われてるの。修善寺《しゆぜんじ》までドライブ。修善寺にこぢんまりとしたフランス料理のお店があって、飯塚さんのお気に入りなんだって」

志乃子は、飯塚は正確には歳は幾つなのかと訊いた。

「七十二。五郎《ごろう》って名前なんだけど、ほんとに男ばっかりの五男坊なの。でも上のお兄さん四人は、みんな戦死したんだって。飯塚さんだけは、まだ兵隊に徴られる歳《と》になってなかったから……。奥さんは八年前に死んで、おふたりのあいだに子供は出来なかったから、八年間ひとりぼっち。毎晩外食だって笑ってたわ。外食には居酒屋がいちばんいいって。食べたいものを単品で頼めて、ほうれん草のおひたし、とか、春菊のごま和え、とか、お味噌汁とかもあるからだって」

「朝は？」

と志乃子は訊きながら、飯塚五郎と美乃の歳の差は十九歳かと計算した。

「自分でコーヒーを淹れて、目玉焼きとかメザシとかで済ますんだって。昼はいつもお店の近くの蕎麦屋さんでニシン蕎麦。ニシン蕎麦ばっかり」

「お食事に誘ってくれるなんて、美乃ちゃんのこと、気に入ったのね」

そう言いながら、もしやということがあっても、相手は七十二歳なのだなと志乃子は思った。

「美乃さんは、白は白、黒は黒、知らないことは知らない、自分はこう思う、ってのがはっきりしてるから、話をしてて気持ちがいいって。私、そんなふうに褒められたのは初めてだったから、最近ちょっとぎこちなくなっちゃった。褒められるように振る舞おうって意識したら、自然じゃなくなっちゃって」

美乃がそう言ってかすかに顔を赤らめたので、志乃子はそんな姉を下世話な観察の目で見ないために、再び「遠い祖国からの響き」に聴き入った。

八

大井川鐵道の始発駅である金谷駅はプラットホームが短いのでＳＬ列車の機関車部分がはみ出してしまう。だから、ＳＬの正面が見たい観光客は、次の新金谷駅から乗る。それらの人々のなかには、車でやって来て、駅の周辺にある駐車場に停め、ＳＬ列車に乗り込むことが多く、観光バス用の駐車場もある。

事前に早苗からそう聞いていたので、志乃子たちは昼の十二時過ぎに新金谷駅に着いた。

木本沙知代がもう三年乗っているというメルセデスのジープ型の四輪駆動車は、車高が高くて、いかにも堅牢そうで、乗ると同時に、

「軍用車みたい」

と早苗が言ったが、実際にドイツでは軍用車として使っているのだという。

「ダンプカーには負けるけど、さあ、何でもかかってこい、って車よねェ。私の軽自動車と大変な違いだわ」

駐車場に沙知代が車を停めると、志乃子はそう言いながら、灰皿に付いているライタ

ーの差し込み口から電源を取りながらカー・ラジオにつなげているデジタル・オーディオ・プレーヤーのスイッチを切った。

その沙知代のプレーヤーには、約一万曲が入っていて、音楽だけでなく、落語が五席と、樋口一葉の「たけくらべ」を著名な舞台女優が朗読したものもおさめられていた。

都内を出発してから新金谷駅に着くまでの車中、ブルーノート・ジャズやクラシック、パンク・ロック、ポップスや演歌など、沙知代の好きな曲を大きな音量で流しつづけ、志乃子と早苗は、

「これ好き」「あっ、これ私の好みじゃない」

と言い合って、早苗の表現だと「メチャノリ」の状態でドライブを終えたのだ。

「これ、持って行っていい？」

志乃子が沙知代のプレーヤーを持って訊くと、沙知代は笑いながら、

「静かな山里を楽しみに来たんじゃないの？」

と言って、南米のどこかの国の農民が肩から掛けていそうなぶ厚い布製の鞄をかついで新金谷駅のホームへと歩きだした。

ＳＬ列車が出て二十分ほどたっていたし、次にＳＬ列車が到着するまでには二時間近くあるせいか、旅にはいい季節の土曜日で、いま大人気の鉄道なのに、人は少なかった。

志乃子は切符を買ってから、駅舎のなかの売店の前に設置された木の椅子に腰を降ろ

し、茜に借りた小さめのリュックサックをあけた。早苗の祖母へのおみやげに選んだのは、門前仲町に昔からある和菓子屋自慢の栗羊羹《くりようかん》で、秋田から取り寄せた栗はまだ小ぶりだが、ことし最初の栗の蒸し方は我ながら感心するほどの名人技だと主人は言ったのだ。

志乃子はその箱とノートを出し、車中で聴いた曲の名を沙知代にもう一度教えてもらった。

「志乃ちゃんが、まさかあのジプシー・パンクにはまるとはねェ。十回くらい、繰り返し聴いてたわよねェ」

椅子に並んで坐り、沙知代は、志乃子のノートに歌手の名と曲名を書いてくれた。

「ゴーゴル・ボルデーロの『スタート・ウェアリング・パープル』」

「題は何て訳したらいいのかしら。『紫を着ることから始めろ』？」

志乃子の問いに、沙知代は、確か映画では「紫のドレスを着てくれ」と訳されていたはずだと教えてくれた。

「映画？　映画のテーマ曲なの？」

「エンド・タイトルのところで流れるのよ。はちゃめちゃにがなり立てるの。まさに、ジプシーの今風バンドがファンキーに」

「何て映画？」

「『僕の大事なコレクション』て題。いい映画よ」

　そう言いながら、沙知代は売店のほうを見た。志乃子は、この歌手の名はどう読むのが正しいのかを訊こうとしたが、沙知代は大柄な体を身軽に動かして、売店に行くとアイスクリームを買った。

「うなぎのアイスクリームだって。粉山椒を振って食べるんだって。志乃ちゃんも早苗ちゃんもどう？」

「うなぎ？　うなぎをアイスクリームに練り込んであるの？　私、想像しただけで気持ち悪い」

　そう志乃子は辞退したが、駅舎に入るなりずっと小型カメラで木本沙知代を撮りつづけている早苗は、

「意外にいけるよ。食べてみたら、うん、うなぎの味がしないでもないなァって感じ。でも私は遠慮するです」

と言った。

　早苗は、木本沙知代と逢った日から、彼女をこの世で最も崇拝する人と決めたのだという。新金谷駅から沙知代の写真を撮り始めて、あすの夕刻に帰路につくまでのあいだに写した写真で「木本沙知代の大井川鐵道の旅」というアルバムを作るつもりなのだ。

　沙知代は、うなぎアイスクリームなるものを舐めながら戻って来て、志乃子のぶんを

手渡しながら、粉山椒を振るのはやめたと言った。

志乃子はひとくち舐めて、確かに言われてみれば、うなぎのような味だなと思った。

新金谷駅から早苗の祖母の家のある駅までは四十分くらいということなので、その間の列車のなかで食べようと、志乃子は早起きをして三人分のサンドウィッチを作った。胡瓜だけのサンドウィッチ、玉子のサンドウィッチ、スライス・チーズとベーコンのサンドウィッチの三種で、とりわけ胡瓜だけのは、志乃子自慢の一品だった。

薄くスライスした胡瓜を塩でよく揉み、しばらく置いてから、夫に力一杯に水気を絞ってもらう。女の握力では充分に絞り切れないからだ。そしてそれを密閉容器に入れて冷蔵庫で一晩寝かし、朝、もう一度水気を切って、マヨネーズを薄く塗ったトーストにぶ厚く挟むのだ。

初めて見る人は、たいてい、胡瓜だけ？　という表情をするが、食べると絶賛する。そして、作り方を教えてくれと言うが、自分で作ってみるとうまくいかない。志乃子が作ったのとはまったくの別物に仕上がってしまう。

この胡瓜のサンドウィッチは、母が若いころに近所の主婦に教えてもらったもので、その人に合格点を貰うまでに五、六回失敗している。

これを全部食べたら、志乃ちゃんが作ってくれたサンドウィッチが食べられなくなると言って、沙知代はビニール袋のなかにアイスクリームを入れたので、志乃子もそうし

た。沙知代はビニール袋の口を固く結んで、ごみ箱に捨てると、

「志乃ちゃんが三回以上聴いてた曲はねェ、さっきのと、マイルス・デイヴィスの『ラウンド・アバウト・ミッドナイト』。ブラームスの『交響曲第一番』の第一楽章。それと、アート・ブレイキーとジャズ・メッセンジャーズの『危険な関係のブルース』。それと、あとは何だっけ……」

と言ったので、志乃子はそれらをノートに書いた。

「みんな有名な曲よ。定番てやつよ。マニアックな人って、そういうのを小馬鹿にするんだけど、でもやっぱり、いいものはいいのよ。コルトレーンだって、長い演奏者生活のあいだには煮つまってきちゃって、超絶技巧だけの、しちむつかしい曲に迷い込むんだけど、結局は定番の『マイ・フェイヴァリット・シングス』がいちばん素晴らしいのよ。ビル・エヴァンスだと初期の『マイ・フーリッシュ・ハート』とか……。スタンダード・ジャズもクラシックも、みんなそうよ。日本の演歌もポップ・ミュージックもね。曲のどこかに必ず『聴かせどころ』ってのがあるのよ。さびを利かせてるところっていうのかなァ。人はそこが聴きたいのよね。そういう部分がどこにもない曲は、誰がどんな技巧を凝らしても駄目よ。クラシックの世界でもね。たとえばカラヤンて指揮者は通俗だってけなす人が多いけど、人間はみんな通俗よ。通俗でない人間なんている？　カラヤンが凄いのはねェ、どんな曲もみんな演歌にしちゃうところよ」

沙知代の話を横で聞いていた早苗は、

「私もカラヤンを聴きます。ビルなんとかも、デイヴィスさんてのも聴きます」

と言った。

「カラヤンとは別の意味で、フルトヴェングラーも凄いわよ。ヴィルヘルム・フルトヴェングラー。ドイツのバイロイトで指揮したベートーヴェンの第九は伝説の名演よ」

その沙知代の言葉で、早苗は何度も小さく唇を動かしながら駅の時計を見た。若い駅員がプラットホームへと歩きだし、中年の三人連れの婦人も改札口を通って行った。

二輌だけの電車はもうプラットホームに停まっていて、志乃子たちは慌てて走り、うしろの車輛の右側の、大井川に面する席に坐った。乗客は、前の車輛に五、六人、うしろには志乃子たちを含めて五人だけだった。

ベルも鳴らず、発車を告げるアナウンスもなく電車は単線の線路を悠長な速度で走りだした。

民家の軒下に干してある洗濯物は、手を伸ばせば届きそうで、その民家の向こうには幅広い大井川の、草の繁った河原が見え、進行方向にはさほど高くない山々のつらなりがあった。

「大きな川……。昔は満々と水を湛えてたのかしら。そうだったら、確かに、越すに越されぬ大井川よね」

と志乃子は言って、リュックサックからサンドウィッチを出した。熱いミルクティーも魔法壜に入れて来たし、そのための紙コップもたくさんあった。

すぐに電車が停まったので、停止信号が出たのかと思ったが、そこは駅だった。駅舎はなく、プラットホームらしきものがあるだけで、町なのに、茶畑が至るところで日を浴びている。

「ここからは延々と茶畑。あのプレハブの大きな建物は、茶葉の乾燥工場」

そう言って、早苗は進行方向を指差し、あの山々を縫って大井川鐵道が進んで行く先は南アルプス山系なのだと説明し、胡瓜のサンドウィッチを手に持った。そしてそれを見つめて、

「これ、胡瓜だけじゃん」

と言った。

「うん。でもこれ、作り始めたのがきのうの夜の十時で、完成したのは今朝の七時なの。手間暇だけはかかってるのよ」

志乃子の言葉に、

「パンよりも胡瓜の方が多いじゃん」

そう言いながらひとくち口に入れ、いい音をたてて食べ始めた瞬間、早苗は、おいしいと大声をあげた。

「なんで胡瓜だけでこんなにおいしいサンドウィッチが出来上がるの？　気に入っちゃったなァ。これって癖になるよね」

「どれどれ、わらわも食してみようぞ」

と食べ始めた沙知代は、志乃子の膝を叩きながら褒めた。

「ほんとはね、このサンドウィッチにマヨネーズやバターを塗るのは邪道なの。胡瓜とパンだけで味わうのが正しいんだけど、水分が絞り切れてなかったら、パンがべちゃっくでしょう？　だから用心のために、マヨネーズを極《ご》く薄く塗ったの。そうじゃないのを食べてもらいたかったんだけど、道中何が起こるかわからないでしょう？　道が大渋滞ってこともあるし」

これは俺でないと駄目なんだと、夜につづいて今朝も胡瓜を絞って水切りをした夫の渾身《こんしん》の握力は、マヨネーズなんか必要としなかったなと志乃子は思った。

電車は大井川の左側を上流へと進みつづけた。駅と駅の間隔はどれも短かったが、速度が遅いので、四つめの駅に停まったときには、志乃子は新金谷駅から随分遠く離れてしまったような気がしたが、上流へ上流へとのぼっているはずなのに、大井川の幅はいっこうに狭まらず、対岸にときおりあらわれる小さな町はひどく遠くにあるものに見えた。

車窓の左側は豊かな樹木に覆われた山で、その山の麓には竹林が多かった。

鉄路に沿うようにのぼったり下ったりしていた国道は、山が深くなるにつれて、志乃子の視界から消えたが、それはまた突然近くにあらわれて、この沿線が辺境の地ではないことを教えてくれる。古くから茶の一大産地だった故であろうと志乃子は考えながら、

「川の西側に住む人が、対岸の町の誰かを訪ねようと思ったら、どうしたらいいの？」

と早苗に訊いた。新金谷駅の近くに橋があったが、それ以後はひとつの橋も目にしなかったのだ。

「川向こうには行けないわよ。家山《いえやま》って駅の近くまで行かないと橋がないんだもん」

「えっ？　じゃあ、このあたりに住んでる人は、いま向こうに見えてる町にどうやって行くの？」

「だから、行けないんだって。行きたくても、指をくわえて見てるしかないの。線路は抜《ぬ》里《り》って駅から次の川根温泉笹間《ささま》渡《ど》の駅へ行くとき、やっと大井川を渡るくらいだから」

その早苗の言葉で、沙知代は笑いながら、

「越すに越されぬ大井川、なのよ」

と言った。

「おんぼろ電車でどこへなとつれてって、って気分よねェ。いいお天気で、空には秋のうろこ雲が拡がってて、暑くもなく寒くもなく、大井川は悠然と蛇行してて、サンドウイッチはいい出来だった。世はなべて事も無し」

志乃子はそう言いながら、サンドウィッチを包んであったアルミホイルを丸め、空になった紙コップと一緒にビニール袋に入れ、それで自分たちはどの駅で降りるのかと沿線地図を出した。

その地図の下にイラスト・マップが添えられていて、早苗が「ここ」と指差した駅の近くに「不動の滝」という文字と、滝に見えなくもない絵があった。

「これがあの滝?」

志乃子の問いに、早苗は首を振り、白糸さんというのは近在の人たちだけの呼び方で、名前なんかついていないと答えた。

「でも、この近くなんでしょう?」

「うん、近くよ。山道を歩いて二時間くらいかな。けもの道みたいなとこも通るから、もし迷わなかったら二時間」

「迷ったら?」

「そしたら、遭難じゃん」

「遭難? けもの道で? けもの道って、けものしか通らない道でしょう?」

「うん、熊がいるよ」

志乃子と早苗の会話を聞いていた沙知代はおかしそうに笑い、

「熊と出会ったら私はあの『スタート・ウェアリング・パープル』をとびきりファンキ

ーに大声で歌うわ。『紫のドレスを着てくれ』ってとこから『ディオゲネスからフーコーまで、どいつもこいつもみんなぶっ飛ぶぜ』ってとこまでを。志乃ちゃんが痺れたジプシー・パンクだから、熊もぶっ飛ぶわよ」

と言った。

電車は家山駅に停まった。この沿線では最も大きくて、店舗も民家も多い町のようだったが、そこを過ぎると左側は再び山の麓をかすめるような箇所がつづき、右側には整然とした幾つもの茶畑と大井川の輝きが見え、やがて誰もいない小さな駅に停まった。短いホームから少し離れたところに、掘っ建て小屋のような木造の建物があり、どうやらそれが駅舎のようだった。

「なーんにもないわね。降りる人もいない、乗る人もいない。駅員さんもいない。あるのは山と茶畑と、ちらほらと茶畑農家。ここで降りて、日なたぼっこでもしてたいわねェ」

と沙知代は言った。

「ここは抜里、私、あの一本道の左側にある家の子と仲が良かったの。でも、ケンカして絶交しちゃった」

そう早苗がつぶやくと同時に電車は抜里駅を出た。

早苗の祖母の家に最も近い駅は、大井川に架けられた橋を渡って少し上流へ行ったところで、抜里駅のそれよりも少し駅舎らしい建物があったが、無人駅で、駅舎のなかには、最近、熊が出没するので注意するようにと書かれた紙が貼ってあった。

駅を出て少し大井川のほうへと歩くと、山の背に沿うようにして舗装された道が東のほうへと延びていた。その道をのぼりきると茶畑が拡がり、かなりの間隔をあけて家が点在していた。

正面の丸くて低い山と、右側の高い山との、いわば山ふところへの入口あたりに、祖母がひとりで住んでいる家があると説明し、早苗は小走りで先に行き、志乃子たちのいるところから百メートルほど向こうで歩を停めて笑顔で振り返った。祖母がこちらに向かって歩いて来ているという。

「『いちめんのなのはな』、って詩があるけど、ここは、いちめんのちゃばたけ、ね」

と沙知代は言い、急ぎ足で、早苗の祖母の姿が見える地点へと向かった。志乃子もあとを追ったが、沙知代の歩く速さにはついて行けなかった。

沙知代は笑顔で志乃子のほうを振り返り、早く来るようにと手招きをしながら、

「紫のドレスだぜ」

と言った。

茶畑のなかの彎曲《わんきょく》した道の向こうに、確かに紫色のつばの大きな帽子と、同じ色のカーディガンを着た老婦人がいて、志乃子たちにお辞儀をしていた。

「パンクなおばあちゃんじゃん。ディオゲネスもフーコーもぶっ飛ぶぜ」

と言って、志乃子は早苗の祖母にお辞儀を返した。

「ディオゲネスとフーコーって、何なの？」

と訊きながら、早苗は祖母のところへ走って行った。

「きれいな紫色だね。おばあちゃん、その帽子とカーディガン、よく似合うよ」

早苗に言われて、祖母は口をすぼめて恥ずかしそうに笑い、年寄り臭い格好でお客さんを迎えては孫の恥になるからと答え、体を折り曲げるようにして、もういちどお辞儀をし、志乃子と沙知代に挨拶をした。

「あつかましくもお世話になります」

と志乃子は言った。

何の遠慮もいらない。自分の家だと思って、くつろいでくれ。早苗の祖母はそう言って、沙知代の大きな布製のバッグを持とうとした。

「重いですよ。持てますか？」

沙知代はそういう言葉で好意を辞退したが、確かにそれは重かったらしく、早苗の祖母はバッグを持つなりよろめいた。

「何が入ってるの？」

その志乃子の問いに、

「おみやげ」

と沙知代は答えた。

これは幾ら何でも重すぎるといった表情でぶ厚い布製の肩掛け鞄を道に置いた早苗の祖母は、いったいどんなおみやげを持って来てくれたのか、そのような気遣いは無用なのにと言った。

「すき焼き用のお肉と、すき焼き用の鉄鍋なんです。鉄鍋は特注で、二十年使い込んで、この鍋を使って作るすき焼き以外はすき焼きとは言えない。これが夫の口癖だったんです。今夜は、日本一おいしいすき焼きを召し上がっていただこうと思って。鞄の中身は、それだけじゃなくて、私の着替え、パジャマ、化粧道具なんかも入ってますけど」

よく響く声で沙知代は言い、早苗の祖母から鞄を受け取ると、それを軽々と自分の肩に掛け、近くを横切った赤とんぼを目で追った。

「そりゃあ重いはずよねェ。すき焼き用の鉄鍋持参だなんて、さすがにモアちゃんは豪傑よ。恐れ入りました」

その志乃子の言葉に、

「厚さ八ミリよ」

と笑顔で言い、茶畑の上を飛ぶ赤とんぼを指差した。あまりにも秋の光が透明なのと、茶畑の濃い緑による目の錯覚で、赤とんぼの群れに気づかなかったのだが、その数は多くて、目が慣れると、高い山と低い山とに囲まれた小さな盆地状の一帯は赤とんぼだらけといってもよかった。

「早苗、あとで白菜と春菊を買いに行かんと」

そう言いながら、早苗の祖母は一本道を歩きだした。早苗はデジタル・カメラの画像に沙知代と赤とんぼの両方をおさめようと苦心していた。

「ジャズ・ボーカルの女王・木本沙知代と赤とんぼ、茶畑でハモる。あっ、これいいタイトルじゃん」

早苗は言って、一本道を走って行き、また何回かシャッターを押した。

「ねェ、早苗ちゃん、写真を撮られつづけるのって、凄く疲れるんだけど」

沙知代の言葉で、早苗はカメラをジーンズの尻ポケットにしまい、白菜と春菊以外に買わなければならないものはあるかと訊いた。豆腐と椎茸《しいたけ》は家にあると、早苗の祖母は言った。

一本道は少しのぼりながら山のほうへとつづいていて、かつては早苗の家の茶畑だったという一角を過ぎると、北側の低い山のほうから流れて来る幅二メートルほどの川に沿って曲がった。その浅いが流れの急な川がふたつに分かれて林の奥へと消える手前に、横長の平屋の家があった。

「ここが、おばあちゃんの家。この坂が結構きついんだけどね」

柿の木の伸びた枝が家の門のように見えるところに、階段だと十段近くありそうな坂が待ち受けていて、そこだけあちこちが欠けたコンクリート敷きになっている。

「お陰で、おばあちゃんちの縁側からは、このあたりの茶畑全部が見おろせるし、ほんの少しだけど大井川の流れも見えるよ」

早苗は言って、祖母の家へと走った。志乃子は、そんな早苗の弾かれたような走り方を、清流の川魚のようだと思った。

意外に広い玄関で靴を脱ぎ、いまは誰も使っていないという六畳の間の横を通ると、台所兼食堂があり、そこから縁側に出て左へ行くと、今夜志乃子たちの寝る部屋となる十二畳の座敷があった。

土壁で隔てられているが、その向こう側にもうひとつ部屋があり、いまそこはキクばあちゃんが使っているという。

「キクばあちゃん？　この家には、もうひとりお年寄りがいらっしゃるの？」

志乃子の問いに、キクばあちゃんとは自分の祖母のことだと早苗は答えた。

もうひとり、サヨばあちゃんと呼ばれる年寄りがいたが、それはキクばあちゃんの姉だ。昔、ここで一緒に暮らしていた時期があったので、家族は、サヨばあちゃん、キクばあちゃんと呼び分けていた。サヨばあちゃんは六年ほど前に死んだが、自分はいまも祖母をキクばあちゃんと呼んでいる。子供のころからずっとそう呼んできたので。

早苗はそう説明すると、台所に行き、それから家を出てどこかから自転車を出して来て、急な坂道を下って行った。

縁側に坐ると、確かに集落全体を見おろすことができたし、立ちあがって少し背伸びをすると、大井川の流れの一部分も見えた。いま来た一本道を駅のほうへと自転車を漕いで行く早苗の姿は両側の茶畑の膨らみに包まれて見えなくなった。

「物事って逆からだとまったく別のものに見えるっていうけど、風景もそうなのね。向こうから歩いて来たときは、ここは山あいの小さな集落のはずれだったけど、こうやって見ると、茶畑も農家も道も、飛んでる赤とんぼも、駅を隠してる低い山も木立ちも、みんなこの家の掌のなかって感じよねェ」

その沙知代の言い方がおもしろくて、志乃子は持参した栗羊羹をリュックサックから出すのも忘れ、集落の高台と呼んでもいい縁側からの風景に長く眺め入ってしまった。

キクばあちゃんが茶を運んで来てくれて、この茶は、昔は自分たちのものだった畑で穫れたものだと言った。そして、いま畑はあの茶畑農家に貸していると説明しながら、BS用のテレビアンテナを屋根につけている二階屋を指差した。

色は薄いのに甘味の濃い茶だった。志乃子は栗羊羹の入っている箱を出し、

「ありきたりのものですけど」

と言って、それをキクばあちゃんに渡した。沙知代も布製の鞄から発泡スチロールの箱と段ボール箱を出した。発泡スチロールの箱には、上下を保冷剤で挟まれたすき焼き

肉が入っていた。志乃子もその屋号だけは知っている有名な精肉店の包装紙に包まれた牛肉は、さらに竹皮でくるまれていた。

「うちの父ちゃんは、すき焼きはこれ以外のお肉は認めなかったの。松阪牛の最高級品。松阪牛ってのは肉そのものに甘味があるから、すき焼きにするのがいちばんの食べ方だってのが、父ちゃんの持論だったのよ。おいしいものを食べられるなら千里の道も厭《いと》わずって人だったわ」

沙知代はそう言いながら、段ボール箱から特注のすき焼き鍋も出した。厚さ八ミリの鉄鍋は使い込まれていた。

キクばあちゃんは珍しそうにその鉄鍋を自分の膝に載せたが、正座している脚にこたえるらしく、笑顔で箱に戻した。

「あっ、そうだ、リンゴ牛を持って来たわ」

志乃子は硬い紙箱に入れたリンゴ牛を出し、それを沙知代の前に置いた。

「ほんとだ。リンゴを背に載せた牛が微笑んでる。他のどんなものにも見えないわよ。ひと目見ただけで、これはリンゴ牛よ。これが自然による造形だなんてねェ」

と感嘆の口調で言い、沙知代はリンゴ牛を自分の両手に載せて、目の高さに持ち上げた。

「志乃ちゃんに似てる……。これって、志乃ちゃんと呼ばれて、なあにって振り返ったときの志乃ちゃんよ」

自分が淹れた茶を飲む手を止めて、キクばあちゃんはカーディガンのポケットから老眼鏡を出すと、それは何かと訊いた。

志乃子は、早苗はこの石をキクばあちゃんには見せなかったのかと思いながら、リンゴ牛が自分のところにやって来たいきさつを説明した。

「はあ、早苗が白糸さんで？　それはいつのことだろかねェ」

そう訊きながら、キクばあちゃんは沙知代の手からリンゴ牛を受け取り、老眼鏡をかけ直して仔細に眺め入っていた。さかさまにし、斜めにし、さまざまな角度から観察するといった顔つきは、次第に思惟《しい》のそれに変わった。

「白糸さんの……、どこにあったと言ってました？」

「大きな段差ができてるとこですって。これはそこに逆になって転がってたそうなんです」

志乃子は、キクばあちゃんの掌の上でリンゴ牛をさかさまにした。そして、いま上を向いている部分は、汚れを取って安定させるために、早苗ちゃんの知り合いの石屋さんが研磨してくれたそうだと言った。

「石屋……。ああ、清水《しみず》の留《とめ》さんが」

そうつぶやいて、キクばあちゃんはリンゴ牛を大事そうに持ったまま台所へ行ったが、しばらくすると志乃子にも沙知代にもどこへ行くとも言わず家から出て急な坂道を下り、一本道を駅のほうへと歩いて行った。

「リンゴ牛と一緒に行っちゃった」

と沙知代は言った。

「どうかしたのかしら。キクばあちゃん、あのリンゴ牛を見てるうちに表情が変わっていったわ」

その志乃子の言葉をさして意に介した様子もなく、沙知代は縁側にあお向けに寝そべり、自分はフーコーについては少し知識があるが、ディオゲネスがどんな人なのか知らないと言った。

「早苗ちゃんにあとで説明しないといけないでしょう？」

「私はフーコーって人は名前だけしか知らないの。ディオゲネスのことは、ほんの少し知ってるよ」

志乃子はそう応じ返して、大学生のときに受講した西洋哲学史の本の記述を思い出そうとした。

「アレキサンダー大王がね、ある町に高名な哲学者のディオゲネスがいるって聞いて、わざわざ逢いに行ったのよ。で、道端に寝そべってるディオゲネスに、何か欲しいものはないか、何でも望みを言ってみよって言ったら、ディオゲネスは、望みはただひとつ、あんたがそこからどいてくれることだけだって。あんたがそこに立ってると影ができて日なたぼっこが出来ないんだって。古代ギリシャの哲学者で、ソクラテスの孫弟子。犬のような生活をおくった人」

「犬のような生活って、どんな生活？」

「わかんない。……フーコーって、どんな人なの？」

そう訊きながら、志乃子もあお向けに寝そべった。

「私の知ってるフーコーは、ミシェル・フーコー。フランスの哲学者。同性愛者であることに生涯苦しみつづけて、一九八〇年代の半ばくらいに五十八歳でエイズで死んだの。私、フーコーの『性の歴史』を読みかけたけど、一巻の途中で挫折したわ。フーコーが死んだあと、遺品を整理したら、部屋からいろんな性具とか、SM趣味の人が使う拘束具とかが出て来たんだって。そういう自分のフェティシズムに苦しむことで生み出された哲学って、いったいどんなんだろうって、ちょっと興味が湧いて読み始めたんだけどね」

という沙知代の口調は次第に歯切れが悪くなり、言葉と言葉の間隔があくようになったので、志乃子は沙知代が眠りかけているのだとわかった。

「ねェ、ここで寝ちゃあ駄目よ。板の上だし、風に当たるし」

「大丈夫。板の上で寝ても痛くならないための背中の贅肉よ」

志乃子は小さく笑い、キクばあちゃんはあのリンゴ牛を持ったまま出かけたようだが、それはなぜだろうと考えた。

石屋の留さんという人に、もっときれいに磨いてもらおうと思ったのだろうか。たぶん、私がリンゴ牛をとても気に入って大事にしていて、それは孫の早苗が白糸さんでみつけたものなのだという思いからかもしれない。

でも、私はあのリンゴ牛に手を加えたくはないのだ。坐りがいいように、台座に当たるところを研磨してくれただけでいいのだ。水による自然の穿ちと磨きそのままでいいのだ。

しかし、あのキクばあちゃんが、持主に相談もせずにリンゴ牛を石屋で磨いたりするだろうか。そんな余計なお節介をする人とは思えない……。それにしても、こんなにのんびりとした心で青空を舞う鳶《とんび》を見ていると、自分が白い綿雲になったかのような気分になる。私も眠い……。

「駄目よ、寝ちゃあ駄目よ。歌手が風邪をひいて喉をやられたら歌手失格よ」

志乃子はそう言って半身を起こし、沙知代の肩を揺すった。

「ほんの一分か二分だろうけど、私、いま完全に熟睡しちゃった」

沙知代はあお向けになって顔だけ茶畑のほうへ向けてそう言ってから上半身を起こした。自転車を漕いで一本道を帰って来る早苗が見えた。荷台には野菜を入れているらしい箱が載せられていた。

その箱をかかえて家に入って来て、早苗がそれを台所の流しのところに置いたので、志乃子も台所に行き、

「キクばあちゃん、あのリンゴ牛を持って、どこかへ行っちゃったんだけど」

と言った。

「うん、川沿いの道で逢ったよ。石屋さんに行くって。わけを訊いても何にも言わないで行っちゃった」

早苗は言って、箱から胡瓜を五本出した。あのサンドウィッチの作り方を教えてくれという。

「あした、白糸さんに持って行って食べようよ。朝、七時出発だからね」

「教えるもなにも、胡瓜を薄く切って、塩揉みして、しばらくして水気を切って、それを二回繰り返して、そのまま冷蔵庫に朝まで入れとくのよ。それでサンドウィッチにするとき、もういっぺん水を絞って、トーストに挟んでおしまい。それだけ」

「それだけ？　塩加減は？」

「適当でいいわよ。ただね、水気を絞るとき、満身の力を込めて絞らなきゃいけないの。女の握力じゃあ足りないかもしれない」

「だって、この家、女しかいないじゃん」

縁側のほうから沙知代がやって来て、

「おばあちゃんが帰って来たわよ」

と言い、ディオゲネスとフーコーについて早苗に説明を始めた。

志乃子は沙知代のデジタル・オーディオ・プレーヤーを借り、イヤホーンを耳に差し込んだ。ゴーゴル・ボルデーロの「スタート・ウェアリング・パープル」を聴くつもりだったが、扱いに慣れないために操作を間違って、落語の出囃《でばや》しが脳の中心部で大音響をあげた。慌てて音量を下げると、五代目・古今亭志ん生の落語が始まった。寄席の客たちの拍手や咳払いなども聞こえた。

名前だけは知っているが、これが名人と呼ばれた五代目・志ん生の高座なのかと思いながら、志乃子は再び縁側に坐った。演目は「唐茄子屋政談《とうなすやせいだん》」というらしい。

志乃子は、落語のひとつの演目を初めから終わりまで聴いたことはないなァと思いながら、やっとその表情が見えるところまで近づいて来たキクばあちゃんに手を振った。

そして、声をあげて笑った。志ん生の語り口があまりにおかしかったからだった。

それで、志乃子は三十分近く、志ん生の「唐茄子屋政談」の前篇に聴き入ったので、キクばあちゃんが自分の横にリンゴ牛を置いたことにも気づかなかったし、台所で三人が喋っている声もまったく聞こえなかった。

落語が終わって、イヤホーンを耳から外すと、早苗と沙知代が縁側に腰かけて志乃子を見つめていた。

「気持ち悪いよぅ、ひとりで笑ってるのって」

と沙知代は言い、

「こっちには何にも聞こえないんだもんね。それなのに、イヤホーンを耳に差して、志乃子さんだけが笑っててさァ。この人、頭変なんじゃないかって思うじゃん。電車のなかで聴いちゃ駄目よ」

そう早苗も言った。

「だって、この志ん生の『唐茄子屋政談』って、おかしいんだもん。涙が出るほどおかしいのよ」

「それは五代目・志ん生だからよ。いまの噺家がどれほど雑魚《ざこ》ばっかりかがわかるでしょう？」

「ディオゲネスもフーコーも、もうどうだってよくなっちゃった。そんなしちむつかしい哲学なんて、志ん生の落語で吹っ飛んじゃった」

志乃子は、置いてあるリンゴ牛にやっと気づき、それを掌に載せて、リンゴや牛の顔やしっぽや、底の台座の部分を見た。どこにも手を加えた跡はなかった。

「唐茄子って何？」

と早苗は訊いた。

「かぼちゃのことよ。昔、江戸の人たちは、かぼちゃを唐茄子って呼んだの」

と沙知代は言った。

へえっと感心したように沙知代を見つめ、

「私、今朝の九時半に沙知代さんちへ行ってからまだたったの五時間くらいしかたってないのに、知らないことをたくさん教えてもらっちゃった。ゴーゴル・ボルデーロ。ビル・エヴァンス。マイルス・デイヴィス。モーツァルトの『フィガロの結婚』。ブラームスの『交響曲第四番』。バーバーの『弦楽のためのアダージョ』。ディオゲネス。フーコー。志ん生の『唐茄子屋政談』……。沙知代さんとずっと一緒にいたら、私の脳味噌は知識の宝庫になりますよね」

と早苗は言い、リンゴ牛を持って台所へ行った。

これを持って、石屋さんに何をしに行ったのかとキクばあちゃんに訊いているようだった。

「私が教えてあげたのもあるんだけど」

その志乃子の言葉に笑い、沙知代は腕時計を見て、大井川に沿った道を歩こうと誘った。

「だってまだ三時前よ。白糸さんに行くのはあしたなんだし、これから夕飯までずうっと茶畑を眺めててもしょうがないでしょう？」

「じゃあ沙知代だけ行って来たら？　私はこの縁側で青い空と茶畑とあの鳶を、ぼおっと見てたいわ」

「ここにいたら、寝ちゃうんだもん。この縁側は睡魔の陣地よ。睡魔のやつが人を眠らせようと虎視眈々《こしたんたん》と狙ってるのよ」

真顔で言ったくせに、沙知代はまた縁側に寝そべり、口で三味線を奏でてから、艶っぽい内容の歌を、いい節回しの小声で歌った。

「うまいなァ。それ、何？」

志乃子の問いに、

「端唄《はうた》。——露は尾花と寝たと言う　尾花は露と寝ぬと言う　アレ　寝たと言う寝ぬと言う　尾花が穂に出て現れた——」

沙知代はまだ旋回しつづけている遠くの鳶を見やりながら、もう一度歌ってくれ、日本の伝統的音曲の間や節回しとジャズとは一脈通じるところがあるのだと言った。

「キクばあちゃんが何か変なんだけど」

縁側にやって来て、早苗は不安そうな表情でつぶやいた。リンゴ牛があった正確な場所とか、石屋の留さんに磨いてもらう前の、底の部分の縞模様について、何度もしつこく訊くのだという。

よほど気になるのか、早苗はまた台所へと行き、祖母の様子を窺っているようだったが、志乃子は自分から余計なことは訊かないほうがいいと思い、リンゴ牛の底の部分を仔細に観察した。

早苗が白糸さんで見つけたとき、それは上を向いていたのだ。リンゴも、牛の顔も逆さまになっていて、ただの奇妙な形の石ころにしかすぎなかったが、何気なく逆にして置いてみると、リンゴを背に載せて微笑んでいる牛があらわれたということになる。

それは、早苗から貰ったときに説明されていたので、志乃子は寝る前の三十分ほどの自分だけの時間に、リンゴ牛をさかさまにして眺め入ったりもしたのだ。

だから、いま早苗の実家の縁側であらためて見つめても、何か新発見があるわけではなかった。

「ここに縞模様の跡があるよ」

と沙知代は言い、その部分を指差した。石屋の留さんが研磨機で平らにして、座りを良くしてくれた際に、もっと鮮明だった朱色の縞模様の大半は消えたが、ほんの一部は残ったらしい。

「この朱色の三本の線も、私、気に入ってるの」

と志乃子は言い、リンゴ牛をさかさまにしたまま時計廻りに動かした。それもまた、掌の上や文机の上での、自分だけの世界に浸る儀式と化した行為で、長い年月、間断なく滴り落ちる水が、どのように一個の石を彫っていったのかを、志乃子にあれこれと想像させる楽しみをもたらしていたのだ。

「私、大事な宝物が三つ出来たの」

と言って、文机と陶製の人形のことを沙知代に話して聞かせた。

「自分の奥さんが、寝る前のつかのまの時間にそんな世界に浸ってるなんて、ご主人は知ってるのかなァ」

と沙知代は言って、あっと小さく声をあげながら青空を指差した。旋回をつづけていた鳶が、山の中腹めがけて急降下していったという。

「獲物をみつけたのかなァ。リスとか兎とか野ネズミとか」

そうつぶやいて、志乃子は沙知代の指差したあたりを見つめたが、鳶は空には戻ってこなかった。

夫は、私の空想癖を知っているだろうかと考えながら、

「さあ、どうかなァ。案外、知ってるかもね」

と志乃子は言った。

「夫婦って、知らないことがあるほうがいいのよ」

そう笑顔で言い、沙知代は台所のほうに目をやった。早苗はリンゴを剝いて、それを皿に載せて戻って来ると、

「やっぱり、キクばあちゃん、何か変」

そう小声で言い、志乃子と沙知代にリンゴを勧めた。

あのリンゴ牛がどうかしたのかと訊いても、口を濁して答えないし、ときおり指を折

って何かの計算に没頭しているという。

「あんなに急ぎ足で歩いたら心臓に良くないよって言っても、返事もしないの」

「キクばあちゃんは心臓が悪いの?」

志乃子の問いに、早苗は首を横に振り、血圧がいつも少し高めなので薬を服んでいるが、かかりつけの医者は、若者のような心臓だと感心していると答えた。

「すっごい健脚だよ。山歩きしたら、私、ついて行けないもん。このへんの人は、みんな足腰が丈夫なの。歳が若くなるほど足腰が弱いんじゃないかな。ちょっとそこまで行くにも車を使うからだって誰かが言ってた」

早苗はそう言いながら、沙知代を指差した。沙知代は縁側に寝そべって再び寝息をたてていた。早苗は掛け蒲団を持って来て、それで沙知代の体を包むようにすると、デジタル・オーディオ・プレーヤーのイヤホーンを両の耳に差してスイッチを入れ、あれこれと選曲してから畳の上にあお向けになった。

「何を聴いてるの?」

きっと早苗も寝てしまうであろうと思いながら、志乃子はそう訊いた。

「ドヴォルザークの『スラヴ舞曲集』。この曲が終わるとね、次はバッハの『マタイ受難曲』になるの。私、はまっちゃったじゃん、クラシックに」

早苗は目を閉じたまま、右手でタクトを振る仕草を始めた。

「のどかで、静かで、心が落ち着くわねェ」

とつぶやいた志乃子の声は、イヤホーンで音楽に聴き入っている早苗の耳に届くはずはなかった。

「三人揃って討ち死にしてたのね」

という沙知代の声で目を醒ますと、志乃子は畳の上で寝てしまったらしく、体には蒲団が掛けられ、隣でまだ眠っている早苗の体は毛布でくるまれていた。

「いま何時？」

そう訊きながら、志乃子が縁側と座敷とを区切る障子戸をあけると、眼下の茶畑の半分に夕日が当たっていた。

奇妙な音で、早苗のほうに目をやると、歯が折れてしまわないかと思うほどの歯ぎしりをしながら、早苗が寝返りを打った。

「あんまり凄い歯ぎしりだから、ちょっと心配になって、早苗ちゃんに、大丈夫？　大丈夫？　って声をかけたら、歯ぎしりで返事をするのよ」

と沙知代は笑った。五時前だった。

「なんか悩みがあるのかしら」

と蒲団を畳みながら、志乃子は言い、早苗の肩を揺すった。

早苗は目をあけ、しばらく虚ろな表情で天井を見てから、あっと声をあげて起きあがり、

「すき焼きの用意をして、お風呂を沸かさなきゃあ」

と言った。

「三人とも、よう寝とったねェ」

と笑顔で言いながら、キクばあちゃんは茶と胡瓜の浅漬けを盆に載せて来た。この時間は急激に気温が下がるから、そろそろ起こそうと考えていたのだという。そして、風呂は食事の先にするか後にするかと訊いた。

「私、お風呂はいつも寝る前だから」

と沙知代は言った。

私もそうだと志乃子は言い、昼寝のせいで、まったくお腹が空いていないので、あんな上等の松阪牛のすき焼きは、もっと空腹になってから食べたいと思った。

すると、それと同じことを沙知代はキクばあちゃんに言い、熱い茶を飲みながら、胡瓜の浅漬けをいい音をたてて食べた。

自分も夕食はいつも七時くらいからだし、風呂も寝る前に入るので、いつもと同じようにしようと言い、キクばあちゃんは、リンゴ牛をさかさまにして持つと、縞模様の部分を撫でた。

「石屋の留さんは、機械で削って磨く前に、確かに朱色の縞模様があったけど、どんな

模様だったかは忘れたって。だけど、これは間違いなく、リツばあちゃんが白糸さんの真ん中の深い段のところに置いたもんだよ。ほら、残ってる模様のここんところ」

そう言って、キクばあちゃんは三本の斜めの線と、そこから離れたところにある別の線を指でなぞった。

「ねっ？　これが『サンズイ』、それでもう消えたけど、ここにこういう模様がつづいて、この下に『月』だよ。『月』の下のところは削られんと残ってる。絶対に間違いない。これは『清』って字だよ」

志乃子も沙知代も早苗も、四つん這《ば》いになってキクばあちゃんに近づき、その掌のなかのリンゴ牛を見つめた。


自分の祖母はリツという名で、ここから大井川を下ったところにある茶畑農家に嫁いで、息子二人と娘三人を産んだ。息子と娘をそれぞれひとりずつ子供のころに亡くしたが、次男は長じて第一次大戦で武勲を立て、勲章を貰った。夫が死んでからも、茶畑を守りつづけて、八十七歳で死ぬ十日ほど前まで仕事を止めなかった。

あれは私が十歳のときだから六十三年前で、リツばあちゃんは七十八歳だった。どうして正確に覚えているのかといえば、その日、リツばあちゃんが私の誕生日のお祝いに赤飯を炊いてくれたからだ。

当時、この近辺の村で、誕生日に赤飯を炊いてもらえる子はいなかったのと、そのとき初めて、私は自分の誕生日とリツばあちゃんのそれとが同じことを知ったからだ。

六十三年前に七十八歳だったということは、リツばあちゃんが生まれたのは、いまから百四十一年前ということになる。

このリツばあちゃんは、十六のとき、年に一度、茶葉の買いつけに来る東京の老舗の茶葉商の青年と逢った瞬間、体中に電気が走ったようになった。つまり、恋をしたのだ。

その人は清《きよし》という名だった。老舗の有名な茶葉商の跡取り息子で、二十一歳だったという。

その清さんにしてみれば、大井川の上流の小さな茶畑農家の娘など、そこいらの芋とおんなじようなものだったろうが、十六歳のリツという娘には、どう言えばいいのか、そう、白馬に乗った王子様だった。

清さんは仕事を済ませるとすぐに東京に帰って行ったが、リツばあちゃんの心のなかからは消えなかった。

また来年来るだろうかと、なんだか胸をしめつけられるような思いを抱いたまま日をすごしていたとき、山菜採りに行く道の沢で、「清」と読める朱色の縞模様を持つ石をみつけた。

見ようによってはそのように見えるというのではなく、漢字で一字、「清」とはっきり読める。

リツばあちゃんは家族に隠してその石を背負っていた籠に入れて持ち帰った。

ある日、リツばあちゃんが十六歳だったということは、百二十五年前だ。その百二十五年前の糸さんの幅広い滝の奥にある段差に置くのが目的だった。

どうしてそんなことをしたのかは、リツばあちゃんは十歳の私には語らなかった。

「いまも白糸さんの真ん中の段差のどこかにあるはずだけど」

と言って恥ずかしそうに笑っただけだ。そしてその話を、私は忘れてしまっていた。無理もない。リツばあちゃんが話してくれたのは私が十歳のときで、私にとってはさして興味をひく話でもなかったのだから。

志乃子たちがキクばあちゃんの話を聞いているうちに、茶畑の夕日の当たっている部分は急速に小さくなり、話が一段落したときには夕暮の濃い青が景色のすべてを包み込んでいた。

おそらく、キクばあちゃんは、リンゴ牛なるものを目にして、志乃子からそれをみつけたときのことを聞いた瞬間、これまで六十三年間思い出しもしなかった遠い記憶が一気に甦り、はたしてそれが自分の錯覚ではないのかと我が心に問いかけつつも、どこかに確信のようなものを抱いたのであろう、と志乃子は思った。

何よりの証拠は、このリンゴ牛の台座の部分の朱色の模様だ。これはどう見ても漢字の「サンズイ」で、これに従って指で「清」という字をなぞれば、途中は研磨されて消えてはいるが、終わりの「月」の下の部分へと自然に筆がつながっていく。

青味がかった灰色の石にそのような朱色の縞模様があるのは自然の産物であろうが、おぼろな記憶のなかのリツばあちゃんの話とあまりに合致している。

それで、キクばあちゃんは、矢も盾もたまらなくなって、リンゴ牛を持って石屋の留さんのところへと急ぎ、ここに「清」という字にそっくりの模様はなかったかと尋ねたのであろう。

そして、家に帰ってから、自分の記憶からはほとんど消えてしまっていたリツばあちゃんの話を懸命に思い起こしながら、あれは間違いなく自分が十歳で、リツばあちゃんが七十八歳だったから、六十三年前のことで、ということは、十六歳のリツばあちゃんがこの石を白糸さんの段差の奥に隠したのは……、と指を折って計算したのであろう。

何度も計算をし直し、石が白糸さんのこぢんまりとした滝の奥に滴る水に打たれつづけて百二十五年たったことを知ったのだ。

志乃子はそう思いながら、私はいま、この世の不思議というものを目のあたりにしていると感じた。

「百二十五年前って、江戸時代？」

と早苗は三人の顔を見やって訊いた。

「えっ？　江戸時代じゃないわよ。もう明治に入ってるんじゃないの？」

と沙知代は自分の肩掛け鞄からノート型パソコンを出して電源を入れたが、

「あっ、ここはパソコンの回線なんてないよねェ。私のパソコン、モバイル設定をしてないから電波で接続って出来ないのよ」

そう言って、手帳を使って計算を始めた。

沙知代の手帳には、満年齢早見表というのが印刷されたページがあった。それを見ながら、

「あのねェ、ことし満一〇四歳の人は明治三十六年生まれだって。そこから先は書いてないわ。ということは、いまから百二十五年前なんだから、明治三十六年よりも二十一年前ってことになるんじゃない？　つまり、明治十五年」

その計算の仕方で正しいのかどうか咄嗟《とっさ》にわからなくて、志乃子は早苗と顔を見合わせて考え込んだ。

早苗は沙知代からボールペンを借り、紙に数字を書いて筆算を始めた。

「これって、数学以前の、算数の次元じゃん。それもせいぜい三桁だよ。暗算ですっと答えが出せないなんて、私って、なさけないじゃん」

そう言いながら、変な持ち方でボールペンを使い、

「うん、沙知代さんの計算で間違いないっす。この石が白糸さんのところに置かれたのは明治十五年。西暦一八八二年だよ。キクばあちゃんは、西暦何年の生まれかなァ」

と早苗は言った。

「知らないよ、そんなこと。どうして私が、キリストさんが生まれた年に合わさなきゃなんないの」

とキクばあちゃんが言い返したので、志乃子も沙知代も笑った。

「このリンゴ牛、百二十五年間でこうなったんだァ。最初は丸かったのか四角だったのか、それはわかんないけど」

リンゴ牛を持って、そうつぶやいたあと、

「ビアー・ブレーク」

と号令をかけるように言って、沙知代は台所に行き、缶ビールを持って来た。

「私、未成年ですから。でも、沙知代先生が飲めと仰るなら飲みます」

早苗の言葉に、

「駄目。未成年者にお酒は飲ませない。志乃ちゃんみたいな下戸にも、断じて酒は強要しない」

と言って、沙知代はひとりでビールを飲み始めた。

キクばあちゃんはガラス窓と雨戸を閉めたが、いつでも縁側に出られるようにと、少し開けておいてくれた。この時期は、夜の八時から十時くらいまでのあいだに縁側で見る月がきれいなのだという。

「ああ、月が出て来たねェ。まだ低いけど」

キクばあちゃんに教えられて、志乃子はリンゴ牛を持って縁側に坐った。

間隔をあけて点在する茶畑農家の明かりがなければ、月の光はもっと鮮明だろうが、まだ低い空にあるはかなげな色の月は、自分の家からは見られないものだ、と志乃子は思った。

おとなの男の拳くらいの大きさの石が、このリンゴ牛へと彫刻された百二十五年という歳月が、長いのか短いのか、志乃子にはわからなかった。

それで、志乃子は自分の好きな中国の故事を久しぶりに思い浮かべた。

百年に一度飛んで来る純白の大きな鳥。ひとつの決まった岩の上で羽根を休めたあと、その大きな羽根を拡げて嘴で羽づくろいをする。その際、羽根が岩に触れる。鳥は飛び立って行き、また百年後に飛んで来て、その岩で羽根を休めて羽づくろいをする。そうやって、白い鳥の羽根が触れた岩の一部が白くなるほどの歳月……。

自分は中学生のときにこの話を本で読んで、数字であらわすことのできない長遠な時間を「劫《こう》」と表現するのを知ったのだ、と志乃子は思い出した。

仏教の宇宙観であるらしいが、「劫」という時間については、さまざまな譬喩《ひゆ》で表現されていた。

たとえば、長寿の人があって、その人が四千里四方の岩山を最も軟らかい布で拭いて、岩山がすべて磨耗《まもう》しつくしても「劫」は尽きない。

たとえば、四千里四方の大城を芥子《けし》の粒で満たし、百年に一度、一粒を取って、その芥子粒をすべて取り尽くしても、なお「劫」は尽きない。

さらにもっともっと「劫」という時間の長さについての譬喩はつづいたが、読んでいるうちに眩暈に似た感覚に襲われて、志乃子はそれ以上読み進めなくなったのだ。

志乃子は光度が高まっていっているような半月を見ながら、

「ということは、永遠ていうのは、いまのこの一瞬なんだ」

とつぶやいた。ノーベル賞どころではない凄い発見をしたという思いに多少の興奮を覚えたとき、うしろで早苗の声がした。

「キクばあちゃん、あしたは自分も行きたいって」

「えっ？　どこへ？」

「白糸さんに。行ってもいいだろうかって」

「いいわよ。私たちに遠慮なんかいらないわ。どうぞご一緒にって言ってよ」

「でも、途中で疲れて、何かあったら困るし」

「おばあさまは元気だし、私たちよりもはるかに健脚よ。大丈夫よ。沙知代はどう言ってるの？」

志乃子の問いに、キクばあちゃんを白糸さんに誘ったのは沙知代さんなのだと早苗は言った。

「沙知代さん、自分用のウィスキーも持って来たのよ。いまロイヤル・ハウスホールドっていう上等のスコッチにほんの少し水を混ぜて飲んでるよ。ほんの目薬ほどの水よ。薄めるための水じゃなくて、スコッチの香りを立たせるための呼び水なんだって」

と言って、早苗はカメラを持って台所へと行った。

「目薬程度じゃあ呼び水にならないわねェ。ティースプーンに一杯ってとこよ」

早苗の喋っていることが聞こえていたらしく、沙知代はそう言いながら、持参したバカラのタンブラーに上等なスコッチを注ぎ、その香りを志乃子に嗅がせた。

それから、スプーンに水を入れ、その少量をスコッチ・ウィスキーに混ぜた。

「ほんとだ。生《き》のままのときよりも、ほんの少し水を差したほうが香りが強くなるのねェ。まさに呼び水ね」

感心して言い、志乃子は、すき焼きの準備にとりかかっているキクばあちゃんを手伝って白ネギを切った。

「白糸さんに行くのは十五年ぶりよ。うーん、十六、年ぶりかなァ」

とキクばあちゃんは言い、糸こんにゃくを揉み洗いして、それをまな板に載せた。早苗は普段はほとんど使っていないという切れ味の悪い包丁を左手に持って糸こんにゃくを切った。

「あれ？　早苗ちゃんは左利きなの？」

志乃子の問いに、そうだと答え、

「字を書くのとお箸を持つのだけは右手なの。小学生になったころに、キクばあちゃんに叱られて、お箸と筆記具だけは右手で使えるようにしたの」

と言った。

「それであんな変てこりんな持ち方でボールペンを握るのね」

白ネギを切った包丁を洗い、松阪の精肉店から取り寄せたというすき焼き肉を包んである竹皮をひろげながら、志乃子は言った。

「だから、どんなに上手に書こうと思っても、私には万年筆は駄目なんだ。ペン先の角度が立ち過ぎるか寝過ぎるかのどっちかで。どんなに上等の万年筆も、私が使ったら、ペン先が駄目になっちゃうの」

ああ、自分もそうだが、早苗も、あえて別の話題に興じることで、いまは百二十五年前の、「清」という漢字の模様を持つ石について触れないようにしているのだと志乃子は思った。

この早苗という十九歳の娘は、とても賢い子だ……。そんな思いが、リンゴ牛の柔和な微笑と混ざり合っていき、志乃子は、早苗がリンゴ牛を白糸さんでみつけたのは偶然ではないような気がしてきた。

「浅い滝壺があってねェ」

とキクばあちゃんは言った。

「浅いというても六尺くらいの深さで、三分もつかってたら唇が青うなるほどの冷たさで、ヤマメがたくさんおったのよ。あの白糸さんの下の滝壺にねェ」

ちょっと困ったような表情で早苗が笑みを向けたが、志乃子にはその仕草の意味がわからなかった。

「この近くの林さんていう家の子が、ヤマメ獲りに行って、滝壺で溺れ死んだのよ。そのちょっとあとに、やっぱりこの近在の人が、白糸さんへ行く道でスズメバチに刺されて死んで……、それから、あの白糸さんには行かんほうがいいってことになって。山の形が変わったせいだろうって」

「山の形が変わるんですか？」

椅子に腰かけてウィスキーを飲んでいた沙知代は、キクばあちゃんにそう訊きながら、タンブラーに水を足した。差し水だけで飲むのは最初だけで、濃い味と香りを楽しんだら、あとは薄い水割りの状態にしたウィスキーを飲むのだな、きっと喉のためにそうするのであろう。志乃子はそう思った。

「植林のせいで、山の形が変わっていくのよ」

とキクばあちゃんは言った。

木を伐り出してそのままにしておくと、極く部分的にせよ、そこは禿げ山《はやま》状態になる。すると、大雨のとき、そこに土砂混じりの雨水の通り道ができる。

植林をするだけでも、山の地盤は弱くなるのに、木を伐り出して、そのあとに新しい苗木を植えないでおくと、弱い部分がさらに緩んでいく。

そんな場所が、長い年月のうちに拡がっていき、数年に一度の割合で土砂崩れが起きる。それを繰り返しているうちに、これまで安心して通れた山道は失くなり、動物や虫たちの気が荒くなるのだ。

志乃子は、キクばあちゃんの説明に聞き入りながら、この見事な松阪牛のすき焼き肉には、包丁を入れるべきではないのではないかと思った。一枚の長さがどれも三十センチほどもあるのだ。

「動物の気が荒くなるのはわかるような気がするけど、昆虫もですか？」

と沙知代は訊いた。

「なんか、苛々が募るんだろうって、製材所の職人さんが言ってたねェ」

そのキクばあちゃんの言い方がのんびりとしたものだったので、自分たちの棲《す》む場所

に何やかやと気にいらない雑多な災いが出来《しゆったい》して機嫌を悪くした昆虫たちの怒ってい
る様子が浮かび、志乃子は包丁を持ったまますき焼き肉を見つめながら笑った。
「志乃ちゃん、そのすき焼き肉を包丁でどうしようっていうの？」
と沙知代は訊き、タンブラーを持って流しのところにやって来た。
「どういうふうに切ったらいいのかって思って……」
「切っちゃ駄目よ。これはこの大きさのまま一枚ずつ食べるんだから」
まず、すき焼き用に特注した厚い鉄鍋を熱し、そこに肉の包みに添えられている牛脂
の塊を入れて脂をひく。
そして、大匙に三、四杯のグラニュー糖を入れ、それがやや狐色に変わるまで待って、
すき焼き肉の大きな一枚を加える。
しかし、この一枚は、いわば捨て肉なのだ。生贄《いけにえ》と言ってもいい。
グラニュー糖がカラメル状になるとともに、生贄の肉の脂とうま味が、鉄鍋にひいた
牛脂と混じり合っていく。
そうしたら、生贄の肉を取り出し、食べるための肉を入れて醬油と酒で味付けし、七
分ほど火の通ったところで、溶き玉子につけて食べるのだ。
ひととおり肉だけ食べた段階で、野菜や豆腐や糸こんにゃくを入れて、そこからは通
常のすき焼きの食べ方となる。

これが南原流のすき焼きであって、この方法以外のものはすき焼きとは認めない。

そう説明してから、

「私が鍋奉行をやるから、みんなはただ食べることに専念してよ」

と沙知代は言い、さっき別のタンブラーに入れたウィスキーを水で割った。

「こんな凄いお肉を、一枚生贄にして捨てちゃうんですか？　私が食べます。生贄を食べる生贄になるっす」

と早苗は真顔で言った。

すき焼きパーティーを開始したのは七時半で、わずかにあけてある雨戸から冷気が入って来て、月はさっきよりもはるかに高い場所にあって光度を増していた。

志乃子は、沙知代がグラニュー糖まで持参していたことに感心しながら、それが牛脂と混じって狐色に変わっていくさまに見入った。

キクばあちゃんまでが息を詰めるようにして鉄鍋に敷かれたグラニュー糖を見つめていたので、志乃子は笑った。そして、きょうはいったい何回笑ったことだろうと思った。

「もう、だいぶグラニュー糖の色が変わって来てますよ。なんだか焦げ臭くないっすか？」

早苗の言葉に、

「まだまだ。カラメルの一歩手前まで待つの」

と言い返し、沙知代は生贄用の肉を長箸でつかんだ。キクばあちゃんは、グラスに半分ほど入っている日本酒を鍋に入れるために、沙知代の指示を待っていた。

早苗も醤油差しを持って身構えている。志乃子は、四つの小鉢に玉子を割り入れ、それを箸で溶いた。

狐色になったグラニュー糖の上に生贄用の肉を入れ、沙知代はそれをゆっくりと混ぜ合わせるように鉄鍋のなかで動かした。

「まさに生贄ね。このお肉が焼け焦げて食べられる代物じゃなくなるまで待つのね」

と志乃子は、鉄鍋のほうへと身を乗り出した。

「よし、頃合じゃわい」

そう言って、沙知代は一枚のすき焼き肉を入れ、

「早苗ちゃん、お醤油」

と号令をかけた。

「うん、そのくらい。キクばあちゃん、お酒。はい、そこまで」

醤油と焦げたグラニュー糖と肉の香りが台所に満ちた。沙知代は、まだ少し赤い部分が残っているその肉をキクばあちゃんの小鉢に入れて、

「どうぞ召し上がれ」

と言った。

「こんなに大きなお肉、小鉢じゃあ小さかったねェ」

と言いながら、キクばあちゃんは溶き玉子にからめた肉を口に入れた。到底、一口で食べ切れる大きさではなかった。

「あらまあ、なんと！」

三人の顔を見やりながら、キクばあちゃんは感嘆の声をあげた。

「この世のものとは思えないほどのおいしさだよ」

志乃子も早苗と一緒に喚声をあげ、小鉢を両手で持ち上げて、自分のぶんの配給を待った。

キクばあちゃんは一枚を食べるのがやっとだったが、志乃子は二枚、早苗は三枚食べた。

焦がしたグラニュー糖の仄《ほの》かな苦味と、最上級の松阪牛の甘味が、醤油の香りによって、自分たちが知っているすき焼きをはるかに超えた料理へと変わったのだと志乃子は思った。

「この生贄が、焦がしたグラニュー糖に秘術を吹き込むのよ」

そう言って、沙知代は、醤油色になって、ボール紙の切れ端が丸められたかのように変わり果ててしまった生贄の肉を長箸でつかんで出し、鉄鍋に白ネギと白菜と椎茸を入れた。

もうこれで自分の仕事は終わったというふうに、どっこいしょと声に出して言いながら椅子に腰を降ろし、沙知代は残っていたウィスキーの水割りを飲み始めた。

「最近、自然に出るのよ、このどっこいしょが。でも、私、週に三回ジムに行って、五キロ走って、いろんな器具を使って筋力トレーニングをして、プールで千メートル泳いでるのよ。そうしとかないと、ステージで二時間近くも歌えないの」

と沙知代は言った。体力がどうのというよりも、そうやって自信をつけておかないと不安なのだという。

キクばあちゃんは、茶碗に半膳ほどご飯を食べると、テレビを点《つ》けてもいいかと訊いた。

「時代劇を観たいのよ」

と早苗は言い、テレビを点けてやった。

時代劇はすでに始まっていて、キクばあちゃんは視線を画面に向けながらも、

「いまはスズメバチの交尾の時期だから、いちばん凶暴になっててねェ、みんな、あしたは香水とかはつけんほうがいいよ」

と言った。

スズメバチは、黒い色に強く反応するので、できるかぎり白い色の服装で行くように。巣の近くには、警戒する見張り役のスズメバチが飛んでいるので、それをみつけたら、大声を出さず、静かな動作でそこから離れて行くように。

襲われたときのために、大きなビニールの風呂敷を持って行く。それをかぶって、身

を低くして、スズメバチたちの怒りが鎮まるのを待つのだ。

自分は若いころによく山菜採りに行ったので、スズメバチに対しての勘が働くから、滅多なことはないはずだ。

黒い色に反応するので、帽子をかぶって行くこと。茶畑で仕事をするためのつばの広い帽子があるから、それをかぶればいい。

志乃子も沙知代も食事を終えると、あと片づけを始めたが、早苗は自分がやるからと制して、ふたりを縁側のほうへと追いやった。

「三人でやれば早いのに」

熱い茶を注いだ湯飲み茶碗を縁側に置き、月を眺めながら、志乃子はそう言った。

「お客さまにあと片づけなんか手伝わせちゃいけないと思ってるのよ。お言葉に甘えましょう。あの早苗ちゃんは、掘り出し物よ。お勤め先ではとても役に立ってると思うわ。一見そこいらの最近のネエチャンだけど、神経が細やかで機転が利いて、愛嬌がある。私の付き人になってくれたら、お給料をはずむけどなァ。でも、そんなことしたら、社長の財津さんに恨まれちゃうもんね」

その沙知代の言葉で、付き人を必要としているというのは、沙知代が本格的にステージ活動を始めようと決心したからではないかと志乃子は思った。

「これからの沙知代に、付き人って必要なの？」

「付き人っていうか、マネージャーというか……。小さなライブでも、私の手足になって動いてくれる人がいないと大変なのよ。どこかへ行くにしても、電車や飛行機の手配、宿泊の手配も、いまはみんな自分でやらなきゃいけないでしょう。衣装や化粧箱や、他にもたくさん持って行くものがあるし。若いと、ひとりでなんとかえっちらおっちら運べるけど、五十を過ぎたら、もうそれだけで疲れちゃって、歌う前にエネルギーを消耗しちゃうの」

そう言いながら、沙知代は雨戸を大きくあけ、座敷へと移った。縁側と座敷を仕切る障子戸の中段部はガラスが嵌め込まれているので、そこから秋の月を楽しむことができた。障子戸を閉めなければ、冷気で足元が冷えるのだ。

「もうこれは絶対に付き人が必要だってことになったら、私には、あの早苗ちゃん以外には考えられない。そのときは、私が財津さんに直接お逢いしてお願いしてみるつもりなの」

と沙知代は言った。

昨夜、風呂からあがったあと、早苗とふたりで下ごしらえしておいた胡瓜を、志乃子は、朝起きるとすぐに再び力を込めて絞り、トーストにマヨネーズを薄く塗って、得意のサンドウィッチに仕上げた。

その手順を見ていた早苗は、やはり心配が的中したと小声で言った。

キクばあちゃんはとても繊細な心の持主で、少しでも興奮するようなことがあると、頭のなかをそればかりが占めて、一睡もできなくなる。そういうときのために、かかりつけの医師から二種類の薬を処方してもらっている。

しかし、キクばあちゃんは、寝床に入って二時間か三時間たって、ああ、もうこれはあの薬なしでは眠れないと判断しないと、服用しようとしないのだ。寝床に入る前に、今夜は服んでおこうとは考えないので、朝起きたときはまだ薬が効きつづけていて、ふらついたり、疲労感に襲われる。

今朝はそういう状態だから、出発を一時間ほど遅らせたほうがいい。

志乃子は、昨夜、すき焼きの準備にとりかかっていた際の、早苗の意味不明の笑みには、そういう心配が込められていたのかと知った。

「あんまり顔には出さないけど、あのリンゴ牛が百二十五年前にリツばあちゃんが白糸さんに置いた石だってわかって、キクばあちゃんはものすごく興奮しちゃったのよ。だから、寝る前にあの薬を服まさなきゃあって思ったんだけど、自分で服もうと思わないかぎりは、家族の誰に言われても服まないの」

「一時間くらい出発を遅らせても、どうってことないわよ。きょうもいいお天気だし、サンドウィッチも出来たし。スズメバチ対策でお化粧禁止で、すぐに旅仕度可能よ」

少し遅れて起きてきて、まだパジャマ姿のままの沙知代は、

「眉を描くらいはいいかしら。香料なんか使ってないみたいよ。せめて、眉くらい描かないと、私の顔、のっぺらぼうのお化けよ。この一本の深い寝皺のなんと無惨な」

と言った。

家の外にある小屋から戻って来たキクばあちゃんは、埃にまみれた麦藁帽子を三つ持っていた。

「準備できたら出かけるよ」

その声には張りがあって、まだ薬が効いている人のそれではなかった。

「やる気満々じゃん。もう誰が止めても無駄だよ。予定通りに出発ね」

と早苗はあきらめ顔で言った。

家の裏側の竹林に沿った道を進むと視界は大きく開けたが、山の背は一面の草むらで、キクばあちゃんは持参した竹棒でそれを払いながら、みんなの先頭に立って歩きつづけた。マムシとヤマカガシを追い払うための竹棒だという。

「空中にはスズメバチ。足元には毒蛇。森のどこかには熊。これって、つまり、命懸けってことよね」

と沙知代は言って笑った。

幅は狭いが水量の多い小川を渡り、その上流へと向かうと、道には人が歩いた跡があ

ったが、うしろを振り返っても、もう茶畑はどこにも見えないところまで行ったところで道は途絶えた。

伐採したまま放置されている杉の木が山の斜面から滑り落ちそうになっていた。

この伐採跡が目印なのだと早苗は言い、キクばあちゃんの手を引いて斜面を登り始めた。

「ねェ、こんな斜面ばっかりじゃないでしょうね。私、もうすでに脚が動かなくなりかけてるんだけど」

息を弾ませながら、志乃子は訊いた。

「ここを越えたら、らくになるよ。あの山のうしろ側までは安全地帯なの」

早苗が指差したあたりに、てっぺんだけ姿を見せている山は、人間の脚では到底一時間では辿り着けないように思えて、志乃子は白糸さんに行こうとしたことを後悔した。

杉の植林帯がいつのまにか眼下に見えるところまで行き、車が一台通れる道に出ると、「熊に注意」という立て看板があった。しかし、その道に車のタイヤ跡はなかった。

「ねェ、熊って、どうやって注意したらいいの？」

その沙知代の問いに、

「みんなで歌をうたったらいいね」

とキクばあちゃんは言ったが、その代わり、スズメバチたちはその歌に怒って攻撃してくるとつけ加えた。

出発してから三十分しかたっていなかった。

「襲われるとしたら、スズメバチがいいか熊がいいか……。うーん、考えちゃうわねェ。まあ、出たとこ勝負よ」

そう言って、沙知代はキクばあちゃんのうしろを歩きつづけた。

さすがは日頃鍛えているだけある。歩の運び方が力強い。それに比べてこの私のなんたる軟弱な。

だるくなってきた大腿部を揉んでから、志乃子は歩きながら遠くの山の高いところを眺めて、自分のうしろにいる早苗に、

「白糸さんに行くときは、いつもひとりなんでしょう？　怖くて寂しくない？」

と訊いた。

「慣れてるから寂しくないよ。東京の人混みをひとりで歩いてるときのほうが寂しいんだもん。東京って、寂しいとこだよね。うちのお父さんもお母さんも、働けなくなったら、きっとここへ戻って来ると思う。でも、あのふたりは死ぬまで働いてるかもね」

小川には幾つかの支流があって、それは遠くの山のほうからの流れのようだったが、どれも川と呼べるようなものではなく、岩陰や草むらのなかで湧く水の集まりとしか思えなかった。

キクばあちゃんは、古木が太い枝で山道に屋根を作っている地点にさしかかると、しきりに四方に目を配った。

「これはシイノキ。この木のトンネルを抜けたら、大きな岩があって、そこから二、三十分は歩きにくい道になるよ。その道を抜けたところで休憩しようね」

キクばあちゃんのその言葉で、シイやカシの森を進むと歩くのはらくなのだが、岩の東側の石だらけの山道を行くと三十分ほどの短縮になると早苗は説明した。

「スズメバチさんの気配はどうですか？」

と志乃子はキクばあちゃんに訊いた。

「大丈夫。さっき二匹ほど飛んでたけど、私らのことなんか気にもしてなかったねェ」

「わかるんですか？」

「うん、怒ったら、カチッ、カチッ、カチッて音を出すのよ。その音は仲間にも聞こえるから、もうそういうときは地面にひれ伏して、ビニールの風呂敷をかぶって、じっとしてるか、川に飛び込んで、潜ってるかしかないよ」

「私、帰りたくなったんですけど。だって、川なんて、どこかに消えちゃって、潜りようがないんですもん」

志乃子は本気で言った。

「心配しなくても。私らはこのへんのことはよくわかってるから。スズメバチの機嫌もわかるしねェ」

キクばあちゃんは笑いながら言い、川の瀬音があっちから聞こえるが、あれは森のずっと西側を蛇行して、自分たちが休憩しようとしているところの近くで小さな池を作っていると説明した。

その池の水の大半は、白糸さんから流れて来ているという。

志乃子の背丈の三倍ほどの巨岩に沿って足場の悪いところを注意深く進んで行くと、ひどく遠くに見えていた山がふいに間近になった。左手に伐り出された跡のある杉の植林山が見えていた。

石ころの道といってもいい場所を抜けると、幅二メートルほどの急流があらわれた。志乃子たちはそこで休憩をとった。出発してから一時間十五分たっていた。

早苗が背負っていた小さなリュックサックから白い液体の入ったペットボトルを出し、その中身を攪拌《かくはん》するように振った。餅米《もちごめ》と麹《こうじ》だけで作った甘酒だという。

近所に住むおばあさんは寝たきりで、もうほとんど食事をとれないが、嫁が作るこの甘酒だけは飲めるので、常時用意してある。それをキクばあちゃんが朝に分けてもらって来たのだという。

「炊いた餅米に麹を振りかけて発酵《はっこう》させるだけで、こんな甘いドリンクが出来るんだよ。そこのおばあちゃん、これだけで生きてるようなもんだから、凄く栄養もあるんだよね」

早苗の説明に、昔は、甘酒は力仕事をする人のための栄養ドリンクだったのだとキクばあちゃんが補足した。

「お米だけで、どうしてこんなに甘い飲み物が出来あがるのかねェ。これ、あと三、四日発酵させつづけたらアルコールが出来て来て、ほんとにお酒になっちゃうのよ。江戸時代には、町で甘酒を売る行商人があちこちにいたんだって。大工さんだとか左官さんだとかは、疲れたら、その行商人を呼び止めて、買って飲んで、また仕事にかかったのよ。昔の人の知恵だね」

志乃子は、早苗が紙コップに入れてくれた冷たい甘酒を舌の上で転がすようにして味わってみた。柔らかい甘味と仄かな酒の香りが混ざって、後口のいい濃厚さが口のなかに沁み込むようだった。

「材料だけ聞いたら簡単そうだけど、こんなにおいしく作るのは手間がかかって大変なんだよ。麹を振りかけた餅米を、六十度の温度で八時間発酵させなきゃいけないんだもん。これを毎日作ってる人は、いつも六十度を保つ容器を自分で考案しちゃったのよ。古い電熱器を使って」

と早苗は言った。

微生物の存在を知らなかった時代の人々が、こんなに滋味のある飲み物を作ったのだな。酒も酢も味噌も、みんな同じ原理なのだ、と志乃子は思った。

すると、どういう心の回路が働いたのか、百二十五年前に白糸さんに石を置いた娘と、あの手縫いの小さなリュックサックを背負った少女とが、志乃子のなかで、ひとつに重なった映像となって映し出されたのだ。

百二十五年前のリツという娘と、太平洋戦争終結直後、いまでいう北朝鮮から脱出しようとしている菊子という少女は、年齢にかなりのひらきがあるだけでなく、何の共通項もないにもかかわらず、石とリュックサックを挟んで向かい合っていた。

リツばあちゃんが石を滝の下に置いたのが百二十五年前。菊子という少女がリュックサックを背負って脱出用の船に乗ったのが六十一年前……。

どちらも、いま自分のところにある。石とリュックサックがあるだけではない。ふたりの見も知らぬ女が、歳月というものをたずさえてやって来て、自分に何かを教えようとしてくれている……。

志乃子はそんな気がした。

白糸さんに着いたのは、再び歩きだして四十分ほどたったころだった。

人が歩かなくなって随分たつが、かつてそこを誰かが行き来したのであろう跡がかすかに残る笹藪《ささやぶ》の道は、樹々によって日光が遮られていた。滝の水が落下する音は大きくて、この笹藪の群落を抜けて、岩のつらなっているところを越えたら白糸さんだと早苗に教えられると、志乃子は自分が想像していたものよりもはるかに大きな滝があらわれそうな気がした。

けれども、目の前にあらわれたのは、高さ五メートル、幅も同じくらいの、あちこちに突き出た岩によって細かく枝分かれしながら流れ落ちる、太いシャワーほどの滝だった。

「ほんとに白糸ねェ」

と沙知代はつぶやき、かつてはヤマメ獲りに来た人のほとんどがそこから滝壺に飛び込んだという岩に腰を降ろした。いまこの岩から飛び込んだら、首の骨を折ってしまうだろうと志乃子は思った。

滝壺は、かつての三分の一の大きさと深さになってしまったようだとキクばあちゃんは言った。

水量が豊かであったころの白糸さんに日が当たると、幾条《いくすじ》にも分かれて落ちる水が真っ白に見えたという。

早苗は、志乃子にリンゴ牛を出すよう促し、スニーカーを脱ぐと、滝の右側に並ぶ石の上を歩いて行った。

「ここよ。ここにリンゴ牛があったんだよ」

と言って、早苗は志乃子を手招きした。

志乃子も靴を脱ぎ、リンゴ牛を持って、早苗のいるところへ行った。髪も顔もたちまち飛沫《しぶき》で濡れた。

「ほら、ここに段があるでしょう。この段は上にも三つあって、水の多いときは向こうからは見えなかったの。日が当たると、あんなところに長細い洞窟があるって思っちゃうけど、奥行き三十センチってとこよね」

志乃子は、早苗がここだと示した場所にリンゴ牛をさかさまにして置くと、沙知代のいる岩に戻って腰を降ろした。

「わらわはバテたぞ」

と沙知代は言い、ペットボトルの水を飲んだ。

「スズメバチの気配はどうですか？」

と志乃子が訊くと、

「ない。心配しなくても、このへんに巣はないよ」

そうキクばあちゃんは言い、麦藁帽子を脱いだ。

「この滝の水は、どこへ流れて行くんですか？」

「さあ……、どこかで別の流れと一緒になって、それがまた別の流れに入って、あっちへ曲がり、こっちへ曲がり、そのうち大井川に流れ込むんじゃないかねェ」

ということは、この滝の源もよくわからないのであろうと志乃子は思った。

もうこのあたりに来ると植林された山はない。大昔から自然に自生した何十種類もの樹木ばかりで、山道のあちこちには苔の帯がつづき、低木の周りには野生の小花が咲いている。

そういう山のあちこちには、厚い土壌と夥《おびただ》しい木の根で濾過《ろか》された美しい水が伏流して、それがどこかで地表に湧き出るのだ。

その湧き出た水はわずかな一滴か二滴を岩陰にしたたらせるだけだが、長い年月のあいだに一筋の流れとなる。

一筋は別の一筋と交わり、それはまた別の一筋と重なり、この白糸さんを作っている。

水はさらに白糸さんで幾条ものしたたりとなって、一個の丸い石を百二十五年かかって「リンゴ牛」へと彫刻したのだ。

志乃子は、もし自分が八十歳まで生きるとしたら、これからの三十年間でどんなものが彫れるだろうと考えた。

いや、あるいは人間は生まれた瞬間から、その人だけしか彫れない何かを彫りつづけているのかもしれない。

いったいそれは何だろう。

特別な能力に恵まれているとか、財力があるとかなら、その何かを形としてあらわすことができるかもしれないが、ごく平凡な庶民の女にもまた、生まれてからずっと飽くことなく彫りつづけているものがあるとすれば、それを生涯のうちで実感したり、現実に目にする機会は得られるのだろうか。

道なき道といったところを歩きつづけて、しばらく息が弾んで、鼓動も速かったが、それがおさまってくると、志乃子はもう一度、石の上を歩いて白糸さんの近くへ行き、ちょうど目の高さのところにある段差を覗き込んだ。リンゴ牛に日が差していた。

小さな手製のリュックサックを背負って、北朝鮮の港からこっそりと船に乗り、死地をくぐり抜けて三十八度線を越えて日本に帰国した「菊子ちゃん」に、あの手文庫のなかのものを返したいと志乃子は思った。

破れ穴だらけの樋《とい》から流れ落ちる雨水に似た水滴の奥に手を伸ばし、リンゴ牛を取り出すと、志乃子はそれを両手で持って、沙知代たちが坐っている大きな岩へと戻り、

「かささぎ堂」から始まった幾つかの出来事を、出来るだけ順序だてて、みんなにわかりやすく話して聞かせた。話し終えるのに一時間近くかかった。

「その最中に、姉が居酒屋を買って商売を始めるなんてことも起こったの」

そうつけくわえて、志乃子はペットボトルの水を飲んだ。

「三千万円の茶碗……」

と空を見上げながら、早苗は言った。

「そんなの、かささぎ堂のおばあさんにだって一銭も払う必要ないっすよ。やくざの情婦みたいな女なんて、こんど何か言ってきたら警察を呼んだらいいじゃん」

「私、やくざの情婦なんて、ひとことも言ってないわよ」

その志乃子の言葉で、沙知代は笑い、

「情婦なんて言葉、いまの十九歳の女の子が知ってるってことにびっくりね」

と言った。

「知ってるっすよ。それくらい。『情夫』って書いたら『まぶ』って読むんですよ。知らなかったでしょう」

すると、沙知代は、当時まだ三十代前半だった横尾文之助さんに命を救われた人たちは、それ以後、氏と逢うことはあったのだろうかとつぶやいた。

そして、しばらく黙り込んだあと、

「私の付き人として、私の事務所で働いてくれない？」

と早苗に言った。

「もしそうしてくれるなら、私が財津さんに直接お願いに行くわ」

志乃子は、早苗が一も二もなく快諾するものと思っていたが、そうではなかった。

早苗は二、三分考え込み、財津の妻が出産するまで待ってくれるかと訊いた。しかし、それがなぜかは口にしなかった。

「うちの社長に逢ってくれるのも、赤ちゃんが生まれてからにしてほしいんです。私みたいなのを雇ってやろうっていうのに、勝手なお願いですけど。沙知代先生が、いますぐにも付き人が要るってことはわかります。でもあと二カ月ほど待って下さい。それでいいでしょうか」

「うん、いいわよ」

そう応じ返して、沙知代は自分の携帯電話の番号を早苗に教えた。早苗もそうした。

沙知代は、お尻をスズメバチに刺されたらどうしようかしらと言いながら、樹林の向こうへと消えた。

「心臓がどきどきしちゃって……。どうしよう、ぜんぜんおさまらないじゃん」

と早苗が胸を押さえながら言ったので、財津の妻が出産するまでとは、どういう事情からなのかと志乃子は訊いた。財津が出産するのではないのに、と。

「沙知代先生が、ああ、あの子は見込み違いだったかもって思うかもしれないし、私よりもっと付き人に適した人があらわれるかもしれないじゃん。だから、二カ月くらいはあけたほうがいいかもって思って……」

「じゃあ、財津さんの奥さんが出産してからってのは、沙知代に少し期間を与えるための咄嗟の方便なの？」

志乃子はそう訊き返した。早苗をあらためて見直す思いだった。

「だって、この子を付き人として雇うんじゃなかったって後悔されたくないもん」

なんと、たいしたものではないか。このまだ十九歳の早苗は、ちゃんと人間や世の中というものの要を見ているのだ、と志乃子は感嘆してしまった。

沙知代が戻って来ると、キクばあちゃんが別の方向へと消えた。その次には早苗が、その次には志乃子が、という順番だった。

志乃子が白糸さんに戻って来ると、胡瓜のサンドウィッチをみんなで食べた。キクばあちゃんがぶ厚く焼いた玉子焼きが、サンドウィッチによく合った。

「かささぎ堂のおばあさんに一銭も渡すことはないって理屈では思うけど、志乃ちゃんがしたいようにしたらいいって、私、考えを改めちゃった。森の奥で無防備な下半身をしゃがめて木洩れ日を見てたら、あんまり欲張って、あとで少しでも罪悪感が残るようなことはしちゃあいけないんだなァって……。そういうのって、心の奥に不快な跡が付いちゃうもんね」

と沙知代は言った。

「でも怪しい美人にびくつくことはないじゃん」

早苗は志乃子を見やって言った。

白糸さんに着いたあと、自分からはほとんど何も喋らないキクばあちゃんが少し気になってきて、

「お疲れになりましたか？」

と志乃子は訊いてみた。

キクばあちゃんは首を横に振り、早苗がおふたりをおつれしてこんないなかまで遊びに来てくれて、まさか自分の祖母の百二十五年前の娘心に触れることができようとは、と言った。

当時のいなかの娘にしては、いささか快活過ぎるいたずら好きだったそうだと母から聞いたが、自分はひたすら茶畑で働きつづけている祖母の姿をよく覚えている。あのリツばあちゃんのお陰で我が家の茶畑からは良質の茶葉がたくさん収穫できたのだ。

そのキクばあちゃんの言葉で、

「このリンゴ牛、置いて行きましょうか」

と志乃子は言った。

「ここに？」

とキクばあちゃんは訊きながら、リンゴ牛を両手で抱きしめるようにして持った。

「ここでもいいし、キクばあちゃんの手元でもいいし」

だが、キクばあちゃんは、これは志乃子さんに大事にされるほうがいいと言って、リンゴ牛を志乃子に返した。

帰りは、ゆっくり休みながらでも、来たときよりも時間はかからないが、みんなは大井川鐵道で新金谷まで行き、そこから車で東京へと帰らなくてはならない。日曜日だから、行楽帰りの車で高速道路が混むかもしれない。もうそろそろ出発したほうがいい。

キクばあちゃんの言葉で、早苗は志乃子たちを白糸さんを背景にして並べさせると写真を撮った。志乃子は早苗のデジタル・カメラを借り、リンゴ牛を段差のところに置いて何回かシャッターを切った。

帰り道はたしかにらくだった。往路は、登り道のほうが多かったのだ。

「ほんとは、もうあしたからでも早苗ちゃんに来てもらいたいんじゃない？」

帰路について三十分ほどたってから、志乃子は沙知代に小声で話しかけた。

「うん、ほんとはね。でも、早苗ちゃんに逡巡《しゅんじゅん》する気持ちがあるなら、ちゃんと決心がつくまで待つわ」

志乃子は、驚いている自分に気づかれないようにして、沙知代の顔を盗み見た。

沙知代は沙知代で、ちゃんと早苗の心を見抜いていたのか……。

みんな、たいした人間ではないか。この四人のなかでは、自分がいちばん世間知らずなのかもしれない。

志乃子はそう感じて、列のうしろに下がり、きっとあのあたりに大井川は流れているのであろうと思う方向を眺めながら、遠くのせせらぎの音に耳を澄ました。

（下巻へつづく）

本作品は二〇一二年九月、集英社より刊行されました。
初出誌「エクラ」（集英社）二〇〇七年一〇月号～二〇一二年七月号

集英社文庫

水《みず》のかたち 上《じょう》

2015年7月25日　第1刷
2025年8月13日　第3刷

定価はカバーに表示してあります。

著　者　宮本《みやもと》　輝《てる》

発行者　樋口尚也

発行所　株式会社　集英社
東京都千代田区一ツ橋2-5-10　〒101-8050
電話【編集部】03-3230-6095
【読者係】03-3230-6080
【販売部】03-3230-6393（書店専用）

印　刷　TOPPANクロレ株式会社

製　本　TOPPANクロレ株式会社

フォーマットデザイン　アリヤマデザインストア　　マークデザイン　居山浩二

ISBN978-4-08-745335-5 C0193